시그널맨

시그널맨

지 은 이 ㅣ 송상훈

2024년 9월 3일 처음 펴냄

펴 낸 이 ㅣ 송상훈
펴 낸 곳 ㅣ 문미디어

출판등록 ㅣ 2015년 2월 3일(제2015-000029호)
주   소 ㅣ 경기도 고양시 덕양구 고골길117-55 B동 201호(10265)
대표전화 ㅣ 070-8954-2012 ㅣ 010-3390-2016
전자우편 ㅣ ssk7387@naver.com
편   집 ㅣ 정글북

ⓒ 송상훈, 2024
ISBN 979-11-957973-5-6 (03810)

시그널맨

송상훈 장편소설

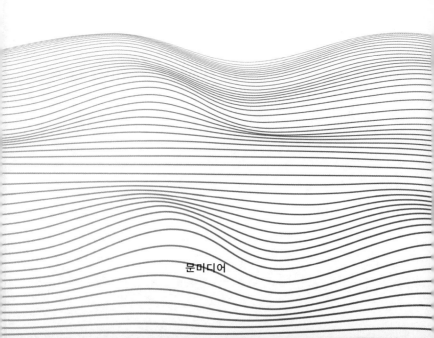

문마디어

차례

신호수

금성산 중턱, 어느 날 문득 가파른 산허리가 절개되어 유혈을 낭자하게 흘리는 듯했다. 육중한 코끼리를 닮은 거대한 산은 밀렵꾼이 쏜 총에 급소를 맞아 땅바닥에 쓰러져 있는 듯했다. 마치 모든 장기들이 썰물처럼 무심하게 밀려 나가고 있는 것 같았다. 그런 절박한 상황에, 코끼리는 어렵게 맑은 공기를 들이마시고 내쉬고 있는, 간헐적으로 격심한 고통과 아픔을 억누르며 반복적으로 신음 소리를 내며 끙끙 앓고 있는 것 같기도 했다. 아마도 그 총알이 두꺼운 가죽을 뚫고 들어가 폐부 깊숙이 파고들어 박히고 묻혀서 잔인한 고통과 번민의 요인을 연속적으로 불러들이고 있는 중인 것 같았다. 그래서 그런 것인지, 땅바닥에 무겁게 눌어붙은 육중한 덩치를 의식적으로 이리저리 움직일 수도 없고 사지 끝에 의식을 한동안 머물게 할 수도 없는 듯했다. 코끼리가 비참하게 그르렁거리며 헐떡일 때마다 볼록한 옆구리를 규칙적으로 오르내렸지만, 무거운 눈꺼풀조차 밀어 올리기 힘겨워 보였다. 그럼에도 유난히 맑고 투명한 하늘을 무심히 올려다보고 있는 것 같앉다. 코끼리 눈동자 속에 맺힌 어슴푸레하게 풀어진 회색 구름은, 삶에 대한 진지한 태도와 애착도 없고 다가오는 나날에 대한 희망과 성취의 의욕도 없어 보였다. 무연히 어딘가로 흐릿하게 흘려보낼 뿐. 오직 스멀스멀 다가오는 죽음의 의미와 어렵사리 살아온 삶의 긴요한 끈을 천천히 놓고 있는 듯했다. 그러다가 어떤 기억의 입자들이 뇌리에 서서히 착상되어 덩어리를 만들어 머물렀는지 흐뭇한 추억의 형상으로 부풀었는지, 흐릿하고 모호하던 입자들이 점점 더 엉클어지지 않고 분명하고 선명하게, 그 속에서 새록새록 돋아나는 따스함과 충만함을 어렴풋이 느낄 수도 있는 듯했다. 그러다가 어느새, 삶의 온기를 잃은 차갑고 스산한 표정으로 변하는가 싶더니, 크나큰 고통과 상처를 동반하는 처절한 상황 속으로 무겁게 가라앉고 있어도, 기꺼이 그리고 쉽게 싸늘한 죽음의 저편으로 훌쩍 떠날 것 같지도 않았다. 더욱이 천천히 지속적인 잔인한 고통의 늪 속으로, 그 잔인한 고통의 늪 속으로 서서히 짓눌려서 형체도 없이 사라져 녹아내릴 것 같지도 않았다. 영원히 소멸되어 사라지지 않고 층층이 쌓이는 격심한 고통과 아픔으로 세상을 살아가야 하는 그런 삶의 궤적에서 온전히 벗어날 수 없는, 그것을 일상의 순간순간으로 여과 없이 받아들여야 하는 그런 가혹한 삶. 알 수 없는 일! 왜 코끼리가 그런 가혹한 삶을 선택하며 살아야 하는지를 말이다.

그런 파괴적인 일상이 반복되는 초입에서, 난 신호수를 보고 있었다. 그 신호수로 인하여 나 또한 공범인지도 모른다. 왜냐하면 그들에게서 삼시 세끼를 해결하고 일당을 받고 노동을 하고 있으니까 말이다. 하루에 12만 원. 적지 않은, 그렇다고 많지도 않은 돈이었다. 혼자 일상의 짜인 좁은 범위 안에서 관습과 습관의 유연함과 자연스러움을 애써 해치거나 놓치지 않아도 되는 그런 돈이기도 했다. 아쉽지만 적당하다고 해 두는 것이 정신 건강에 좋아서 적당한 선에서 자신과 타협하는 것인지도. 그 정도의 돈이면 어퍼 암의 고무가 삭고 닳아서 달릴 때마다 삐거덕거리고 쥐도 새도 모르게 엔진 오일을 먹는, 10년이 넘어 보닛에 흠집이 많은 보잘 것 없는 아우디 A4를 간신히 운전하고 이월된 옷을 스마트폰으로 쇼핑을 해서 구입하고 종합 비타민을 먹을 정도였다. 그럼에도, 언제나 빠듯했다. 그것도 무료한 일상을 혼자 운영하니까 가능한 일이었지만, 항상 잔소리를 하는 아내가 곁에서 배럴아이 피쉬의 눈으로 사방을 감시하고 있으면 잔소리와 파열음으로 하루하루가 고달프고 힘든 나날을 보내지 않을 수 없을 것이다. 더욱이 장난기 많은 왁자지껄한 아이들이 같은 공간에서 같이 호흡하고 먹고 마시는, 그런 반복적인 나날이 별저항 없이 스스럼없이 이어지면 그것마저도 스러지듯 하나씩 하나씩 포기하며 막걸리를 들이키지 않을 수 없을 것이었다.

어쩌면 그것이 가족의 굴레에 갇힌 사내들의 초라한 단면인 지도 모를 일.

난 신호수다. 신호봉으로 차량의 흐름을 통제하는 단순한 사람이다. 원활하게도 하고 필요하면 그 자리에서 강제로 멈추게도 할 수 있는, 어찌 보면 우월한 위치에 있는 대단한 사람인지도 모른다. 보통 건설 현장에서 중장비가 삼거리로 나가면 안전이 보장된 곳에서 그런 반복적인 일을 했다. 그러다가도 한적한 시간일 때 삼거리에 서서 양쪽에서 오고가는 크고 작은 자동차들에게 시그널을 보내기도 했다. 핸들을 잡은 사람들은 각자의 일상을 빼꼼히 채우기 위해 빠르게 때로는 느리게 운행을 하고 있었다. 덤프트럭이 운행할 때마다 도로 위에 위태롭게 가라앉아 있는 희뿌연 먼지가 성마르고 급하게 일어났다. 짙은 먼지는 그 자리에서 머물지 않았고 서서히 허공 속으로 뻗어나갔다. 봄날의 신선하고 맑은, 눈으로 보이지 않는 투명한 바람길 쪽으로 음산하고 무겁게 이동하고 있었다. 벌레들이 떼를 지어서 움직이는 것처럼 어수선하고 선명하지는 않았다.

난 도로에서 일어나는 먼지로 인하여, 터널 현장 쪽으로 10미터 정도 걸어 들어갔다. 그곳은 낡은 건물이 두 동 있었다. 그곳에 농기계도 있고 건조기도 있고 냉동 창고도 있었다. 난 그 건물 초입에서 파라솔을 설치하고 신호수를 보고 있었다.

그 초입은 큼직한 건설 장비가 일으키는 흙먼지에 언제나 노출되어 있었다. 3M 1급 방진 마스크를 쓰지 않고서는 몇 시간을 버티기 어려운 상황에 내몰리는 열악한 환경이기도 했다. 25톤짜리 덤프트럭이 부순 모래를 싣고 들어오면 미세하게 가라앉아 있던 흙먼지가 제각각 숨겨 두었던 날카로운 발톱을 세워 비상하는 것이었다. 그 흙먼지는 적당한 높이에서 비행을 하다가 위태롭게 불시착하곤 했다. 아슬아슬하고 변덕스럽고 종잡을 수가 없었다. 흙먼지는 선량한 두루미들처럼 일정한 간격을 유지하며 우아하고 멋스럽게 비행하지 않았다. 어딘지 낯선 환경에 내던져진 불안한 눈동자들처럼 초조와 불안이 심저에서부터 낮고 무겁게 침잠되어 있었다. 그럴 즈음에 갑작스럽게 바람이 땅바닥을 훑고 지나가면 사방이 어수선하고 분주했다. 원래부터 출생이 불분명한 바람은, 주위의 시선을 아랑곳없이 술 취한 사람처럼 초점 없이 허우적거리는 것이었다. 마치 부모의 깊고 따스한 사랑을 받지 못한 아이들의 눈빛처럼 의식적으로 아래로 피하는 불안한 감정들이 내포되어 있었던 것이다.

그러다가 조용했다. 나는 양지바른 곳에 앉아 주위를 휘둘러보았다. 길 너머 텅 빈 밭이 초라하게 있고 그 너머에 축사가 큼직하게 웅크리고 있었다. 그 축사 옆으로 터널에서 나오는 흙과 TNT의 위력으로 알맞은 크기로 깬 돌덩어리들이 쌓여 가고 있었다. 아마도 그쪽으로 고속도로가 연결될 될 예정이었다. 그 너머에 가지런히 정돈된 논이 있고 그 너머에 성리 뜰을 가로지르는 하천이 흐르고 있었다. 나는 거기에 시선이 한동안 머물러 있다가 물줄기의 본류를 따라 서서히 움직였다. 멀리 있는 풍경은 흐릿하게 풀어져 갔고 사물의 기미도 제대로 파악할 수 없을 정도였다. 맑고 투명한 봄볕 아래편안하게 앉아 있는 나는, 급하게 졸음이 밀려드는 것을 느낄수 있었다. 점심을 먹고 잠깐 A4 차 안에서 잠을 자긴 했지만온전한 잠이 아니었다. 온화하고 따스한 오후 3시는 눈꺼풀의 무게를 더욱 가중시켰다. 그 게슴츠레한 눈동자로 비스듬히 하늘을 올려다보았다. 도식화되지 않은 순연한 구름들도오랫동안 멈춰 있는 것 같았고 바람 한 점 없이 풍요롭고 평안하게 보였다. 외로움도 없고 기쁨도 없고 삶도 없고 죽음도없는 그런 공간인 것 같았다. 긴박한 일상도 없고 초조한 긴장감도 없는 풀어진 달콤한 꿈결 속에서 유영하는 것 같은 느낌이었다. 그게 현실에서 잠시나마 도피할 수 있는 졸음의 아늑한 공간인지도 모른다. 아마도 그 공간을 살짝 넘어서면 또새로운 세계가 펼쳐질지도 모르는 것이리라.

나는 이 공간에 머무르는 짧은 시간을 예전부터 즐기고 있었다는 것을 느낄 수 있었다. 꿈결에서 머무는 것과 사뭇 다른 짧은 달달함이었다. 그것은 침대에 누워서 아늑하게 접근하는 것이고 지금 이 상황은 의자에 앉아서 위태롭게 영접하는 것이었다. 그 졸음의 공간은 그렇게 나를 받아들이고 있었던 것이다. 그 아슬아슬한 곳은 어느 누구도 개척하지 않은 미지의 세계일 것이다. 어쩌면 그곳은 이웃 간의 이간질과 질투도 없고 나라 간의 간섭과 전쟁도 없는 그런 평화롭고 아름다운, 넉넉하고 자비로운 세계인지도 모르는 것이다. 그 세계는 팍팍한 삶의 여정 속에 자연스레 다가오는 오아시스의 넉넉함을 품고 있었던 것이다. 짙은 그늘을 드리우는 느티나무의 아량을 엿볼 수 있었던 것이기도 했다. 그러다가 작업 차량이 들어오면 자동적으로 깨어나는 그런 아쉬운 세계인 것이다.

나는 의자에서 일어나서 기지개를 켰다. 건조기가 있는 쪽으로 걸어 돌아가서 어제도 오줌을 싼 그곳에서 지퍼를 내리고 오줌을 갈겼다. 그러는 사이 외부 차량은 들어오지 않았다. 나는 파라솔이 있는 쪽으로 발걸음을 재촉했다. 그렇게 한적한 오후의 느슨한 시간이 흘러가고 있었다. 4시쯤부터 해가 뉘엿뉘엿 대기도 조금씩 차가워졌다. 그 즈음에 나는 요즘 새로운 습관을 머물게 해서 일상의 기어에 꽉 물리기 위해서 무던히 애를 쓰고 있는 것이 있었다. 스쿼트 500개와 10000보였다. 만 보는 출근할 때부터 틈틈이 입구 쪽으로 반복적으로 걸으면서 채우고 있어 그 시간쯤에는 아직까지 채우지 못한 숫자를 채우기 위해 마무리하는 수순이었다. 그것을 채우면 스쿼트를 시작했다. 시선은 앞으로 응시하면서 작업 차량이 오는지 안 오는지를 주시하면서 말이다. 다리를 어깨 넓이만큼 벌린 채 앉았다 일어서는 방식으로 200개씩 끊어서 했다.

나는 새로운 습관을 고착시키고 성장시키는 것을 자신과의 진지한 약속이고 정당한 거래라고 생각하고 있었다. 나는 격하게 투쟁하지는 않았지만 서서히 점진적으로 나아갔고 무릎을 꿇거나 머리를 조아리지 않았다. 그것이 자신의 존립의 근거가 되는, 이 세상을 굳건하게 지탱하고 있는 힘이고 원동력이라고 생각하며 살아왔다. 그래서 그 시간 때 꼭 그것을 해야만 했다. 그것을 건너뛰면 불안했다. 하지만 그런 성실한 일상을 채우고 나면 그때까지 뒤숭숭하고 혼란한 마음이 평정심을 되찾고 가지런해지는 것을 느낄 수 있었다. 그렇지 않으면 남아 있는 하루의 시간이 무의미하고 하잘것없이 되는 것 같았고 찝찝해서 견딜 수가 없었다. 그래서 그런지, 자신이 자신의 성격을 너무나도 잘 파악하고 있어서 새로운 습관을 만드는 것을 의식적으로 꺼려했던 것 같았다. 스쿼트 500개와 10000보도 하루아침에 시작한 것이 아니었다. 일 주일 정도 기간을 두고 할 수 있을 것인지를 곰곰이 생각한 끝에 조심스럽게 시작한 것이었다. 그래야 자괴감이 없고 자신에게 난해한 상처를 입지 않는 것을 알기 때문이었다. 그 무엇보다도 40이 넘어가자 넓적다리가 점점 가늘어지는 것을 느낄 수 있었던 것이다. 그 두툼한 넓적다리의 상실에 대한, 세월을 거스르고 싶은 마음의 강한 반동도 없지 않았다. 그런 사소한 행위가 세월의 아가리에서 잠시나마 벗어나는, 그러면서도 진지하고 성실하게 침착하고 치열하게 맞서는 것이라 생각되었기 때문이었다. 그것이 하루를 충실하고 알차게 버티고 이겨 나가는 유일한 길이라고 생각하기도 했다.

그럼에도 불구하고, 나는 40이 갓 넘어도, 그런 성실한 투쟁을 하면서 살아왔어도 아직도 달콤한 열매를 성취해서 너그러운 일상을 마음껏 향유하지 못하고 있었다. 이미 결혼을 해서 아이들을 낳아 초등학교를 다닐 나이였지만 여전히 싱글이었고, 그래서 묵직하게 다가와서 치솟는 욕구도 손수 해결해야 하는 안타까운 현실이었다. 가끔씩 농사를 짓는 친구를 따라 대구에서 여자의 포근한 가슴에 안기기는 했지만, 그것도 잠시 뿐이었다. 이내 차가운 침묵과 너저분한 고독이 기분 나쁘게 주위를 휘감는 것을 느낄 수 있었다. 그럴 때면 지금까지 살아온 삶의 투쟁이 무의미하게만 느껴졌던 것이다. 허탈감과 번민. 나는 그런 심리적인 동요가 싫어서 출근을 하면 무작정 걸었고 또 걸었다. 신호수 영역 밖에까지 갔다가 오곤 했다. 그렇게 무작정 걷다가 보면 정념은 온데간데없어지고 마음을 추스를 수 있었다. 그럴 때 삼거리를 지나가는 비싼 외제 차가 설 때도 있었다. 그 외제 차 주인은 운전석 차 장을 열고 아랫것을 야멸차게 쏘아보듯이 꼬투리를 잡아서 다소 신경질을 부리며 잘난 체 하며 투덜거리는 것 같기도 했다. 자신이 자신을 위한 정제되지 않은 말만 하고 홀연히 떠났던 것이다. 아무래도 외제 차를 탄 그 낯선 사람은 자신의 재력과 사회적 위치를 보잘것없고 비천한 신호수에게 확인을 받고, 확신을 시켜 주고 싶은 것인지도 모른다. 적어도 자신은 비천한 신호수와 태생적으로 다르며 그래서 고급지고 화려한 인테리어 사이에서 주인 노릇을 안락하게 하며 느긋한 일상을 누리고 있다고 그렇게 말하는 것을 눈가의 표정으로써 쉽지 않게 읽어낼 수 있었고 오른손으로는 두툼하고 각진 핸들 아래에 이탈리아 국기가 새겨져 있는 곳을 무의식적으로 쓰다듬고 있는 것 또한 그런 연장선이라는 생각이 들었다. 그것을 낮고 비천한 신호수에게 강하게 인식을 시키고 싶었던 것이 분명해 보였던 것이다. 그것이 그 외제 차를 모는 낯선 사람에게는 중요하고 소중한 것이라고 생각하고 살아가는, 그것이 자신의 삶의 투쟁의 산물이며 달콤한 열매인지라 세상 사람들에게 드러내어 자랑하고 싶었던 것이다. 자신의 삶을 존경스럽고 사랑스런 눈빛과 관심으로 제대로 쳐다봐 달라고 말이다. 나는 그런 일이 일어나고 나면 그 외제 차를 타고 으스대는 그 낯선 사람이 부럽지 않았고 물질만능 시대에 인간의 본모습은 찾을 수 없고 겉모습에 비쳐진 화려한 치장에만 몰두해 있는 것 같아 안쓰러웠다. 왠지 그 낯선 사람이 측은하고 불쌍하다는 생각이 들었다. 저 사람은 저것밖에 드러낼 것이 없구나.

사람은 자신이 의도하든 안 하든 간에 자신의 강점을 드러내고 약점을 감춘다. 그것은 인간 본질에 가까운 생존의 방법인지도 모른다. 그 강점은 사람이 풍기는 은근한 매력과는 사촌쯤 되는 것인지도. 아마도 그 외제 차를 탄 낯선 사람은 자신의 강점이 겉으로 치장한 화려한 그런 모습을 의도적으로 드러내는지도 모른다. 다른 사람들의 부러운 시선을 즐기며, 아랑곳하지 않고, 인생의 소신과 가치와 철학이 오로지 그것으로 기인한 것이라 생각하고 있는 것인지도 모른다. 그것이 참된 선이고 희망이고 가치이라고. 만약에 그 누리고 있었던 것이 소실되면 어떻게 될 것인가. 그것을 회복하기 위해서 공동체의 시스템을 마비시키고 병들게 할지도 모른다. 그렇게 해서 회복되지 않으면 어쩌면 극단적인 방법을 선택할지도 모르는 것이다. 자신만 손상시키는 자살이라는 장치는 오히려 낭만적이고 다행한 일인지도 모른다. 사회의 기반을 흔들어 이익을 취하는 일부 정치 세력들처럼 더러운 짓거리를 하면 재앙이 아닐 수 없다. 기존의 질서로는 그들과 경쟁이 되지 않았고, 그래서 극단적인 방법으로 자신만의 이익을 취하는 것이리라. 그것을 날카로운 메스로 도려내지 않으면 안 될 것이리라. 진한 고통과 아픔이 뒤따를지라도, 공동체적인 안녕과 평화를 위해서 말이다.

나는 퇴근을 준비했다. 보통 퇴근 10분 전쯤에 파라솔을 걷고 안전모와 안전화를 벗고 아우디 A4를 타고 퇴근하면 되었지만 오늘은 자전거를 타고 왔다. 집은 가까웠다. 비싸고 고급진 자전거는 아니었다. 관산동에 살 때 중고로 샀던 자이언트 자전거였다. 중고로 200만 원 언저리에 샀던 풀샥 자전거였다. 겉으로 볼 때는 평범하고 튼튼하게 생긴 자전거였다. 산에도 갈 수 있고 들에도 갈 수 있고 도로에서도 탈 수 있는, 가성비가 훌륭한 자전거임에 틀림없었다. 나는 그것을 사기 전에 배달 우유를 마시면 사은품으로 주는 무겁고 투박한 자전거를 타고 다녔다. 그것도 처음에는 나쁘지 않았다. 하지만 자이언트 자전거를 타자 몸이 먼저 반응을 하고 서서히 적응을 하는 것이었다. 그렇게 되자 사은품은 왜 사은품으로 존재하는 것인지 알 것 같았다. 우유의 접근성에 대한 미끼에 불과하다는 것을 말이다. 한산한 길거리에서 이것저것 전시해 놓고 영업하는, 그 속에 생존이 있고 부양가족이 있는, 그래서 자전거 본연의 기능과 임무보다는 우유를 팔기 위한 수단으로 존재하는 것이었다. 그 수단 속에 부유하는 하찮은 존재인 것이다. 그 하찮은 자전거라는 말이다. 그 호화스러운 외제 차를 타고 다니는 그 사람에게 하찮은 자전거처럼 자신도 그렇게 비쳤을지도 모른다. 우유를 먹는 기간과 비례해서 선물로 주는 하찮은 자전거로 말이다.

나는 값비싼 자전거에 대한 갈망은 없었다. 사은품을 받을 때는 괜찮았는데 업그레이드가 되자 몸이 자전거의 얼개와 연결되어 편안해지고 페달을 밟으면 가볍게 구르는 것을 쉽게 느낄 수 있었다. 안장을 적당하게 높여 다리를 쭉 뻗을 수 있어 무릎에도 무리가 가지 않았다. 신세계였다. 그런 이후 고가의 자전거에 대한 인식이 달라졌다. 그래서 500만 원짜리를 넘보게 되었고 1000만 원에서 1500만 원까지 넘보게 되었다. 평소에 검소하게 지내는 것이 몸에 배인 자신은 값지고 화려한 것과는 거리가 있는, 평범하지 않은 사람이라고 생각하며 살아온 것을 알고 있었다. 그것은 오산이었다. 500짜리를 보면 1000짜리에 눈길이 가고 1000짜리가 괜찮다고 시선을 집중하면 1500짜리 2000짜리가 그 뒤를 따랐다. 그러다 보면 가격대가 낮은 제품은 하찮게 보였다. 자전거도 서열이 있고 무시와 경시가 있는 것을 느낄 수 있었다. 사람도 다르지 않았다. 차이. 돈의 차이가 자전거의 전통과 역사까지도 얻을 수 있고 탁월하고 세련된 디자인과 가벼움도 얻을 수 있었다. 그렇다면 그 외제 차를 탄 그 사람처럼 자신도 그런 재력과 여유가 있으면 그런 형태로 변질될 수도 있을 것 같은 불안한 생각이 들었던 것이다. 아, 그렇다! 자신이 그런 위치와 처지에 윤택하게 생활하고 누리는, 그런 보상받는 일상을 향유하지 않아서 그런지도 모른다고, 나는 깨달았다. 그래서 나는 속단하지 말아야겠다고 생각했다. 만약에 그런 위치에서 세상을 내려다보면 사람들을 하찮게 생각하지 않을 것이라고 다짐했다. 자신의 본성에도 폭력성과 거만함과 허세가 없다고는 할 수는 없었다. 순간순간 치밀어 불타오르는, 사소한 충격에 요동치는 사이다 기포처럼.

　나는 자전거를 타고 집으로 곧바로 가지 않았다. 큼직한 축사 쪽으로 이어지는 농로를 타고 하천 쪽으로 길을 잡았다. 아직 멀리 떠나지 않은 청둥오리들이 깊지 않은 하천 가장자리를 이리저리 유영을 하고 있었다. 자전거를 타고 가는 나의 모습에는 아랑곳하지 않고 그들의 안식처에서 안락하고 평화로운 하루를 마감하고 있는 듯했다. 그런 천진한 행위를 하던 도중에 멀리서 다가오는 사냥꾼의 산탄으로 한순간에 전멸할지도 모른다는 생각이 갑자기 들기도 했다. 사냥은 원래 그런 것이다. 상대방의 지고지순한, 행복한 시절을 은밀하게 파고들어 날카로움으로 목숨을 노리는 것인지도. 유쾌하고 달콤하고, 넉넉하고 사랑스러운 그때가 청둥오리들에게는 가장 행복하고 가장 위험스러운 지점에 놓여 있는 것이었다. 그

애틋하고 아름다운, 은밀하고 성스러운 그런 시기에 조심스럽게 다가와서 호흡을 멈춘 채 방아쇠를 당기는 것이다. 그때 나는 시선을 돌렸다. 고인 물이 구멍에 빨려 들어가는 괴상한 소리! 환청인지 알 수 없는 울음소리! 터널 입구 쪽에서 괴이한 비명 소리가 들렸던 것이다. 아직 죽지는 않고 죽을 수 없는, 생존할 수 없음에도 생명을 쉽게 놓을 수 없는, 상처투성이의 육체로 새끼를 깊이 품고 보호하는 그런 놀람과 경악의 울음소리. 심저의, 고통에 밟히고 밟힌 음영의 가장자리에서 웅크린 채 발버둥 치는 음습한 울음소리가 들리는 것 같았다. 큼직한 코끼리를 닮은 금성산, 그 금성산의 격심한 고통과 아픔이 온몸으로 전해져 오는 것 같았다.

코끼리는 없었다

코끼리는 없었다. 그는 흐리터분하고 분명하지 않은 꿈속에서 코끼리 무리들을 찾고 있었다. 몽롱한, 무슨 이유인지 명확하게 인식하지 못한 채 맹목적으로 어떤 기묘한 기운에 이끌려서 이리저리 홀린 듯이 걷고 있을 뿐이었다. 이념의 광기에 내몰리는 586의 집단적 형태와는 차원이 다른 것이었다. 형체를 볼 수 없는 귀신에게 홀렸는지 알 수 없었다. BTS 신곡의 지배력처럼 압도적으로 다가와서 편안하고 세련된 여유와 위안을 던져 주는 것도 아니었다. 정신은 흐릿하고 혼란스러웠고 마음은 들뜨고 동요하고 있었다. 그는 밀림인지 초원인지 알 수 없는 곳에 내던져져 있었다. 한 번도 가 보지 않은, 책에서나 TV에서 한 번도 보지 못한 그런 애매한 곳이었다. 안개가 가늘고 길게 이어져 풀어지는 것 같기도 했다. 건기가 있는 것 같기도 하고 우기가 있는 것 같기도 했다.

그는 요사이 이런 요상한 꿈에 이끌려서 헤매고 있는 자신을 어렴풋이 인식하고 있었다. 꿈을 깨고 현실의 바탕 위에 서 있어도 흐릿한 영상으로 머물러 있는 것을 느낄 수 있었다. 공룡의 발자국처럼 의식의 가장자리에 흔적을 뚜렷이 남기고 정작 공룡은 없는, 그런 이상한 일들이 계속 이어졌다. 그럼에도 뒤채며 너울거리는 일상의 거센 물결 위에 올라타면, 손잡이도 제대로 찾을 수 없는 그 위에서 발버둥 치는 것이었다. 두 손을 움직이고 흔들며 간신히 매달려서 말이다. 그렇게 되면 당면한 그 일상에 매몰되어 주위를 여유롭게 되돌아볼 수 없는 것이었다. 관조할 수 없는, 사자에게 사냥을 당하는 세렝게티의 얼룩말과 다르지 않은 처절한 모습이었다. 바쁘게 돌아가는 일상은 날카로운 이빨을 드러내며 포효하는 맹수처럼 다가왔다가 홀연히 사라지는 것이었다.

그는 새벽 즈음에 일어났다. 습관적으로 일어났다가 눈을 뜬 채 침낭을 끌어당겨 덮고 어둠 속을 망연히 올려다볼 뿐이었다. 새들의 울음소리도 들리지 않은 고요한 어둠이었다. 창밖에서 밀려드는 가로등 불빛이 있어 완전한 어둠은 아니었지만 어둠은 어둠이었다. 인공적인 빛이 들어와서 컨테이너하우스 안 아늑한 곳에 무겁게 웅크리고 있었던 것이다. 그곳에는 담금주가 진열되어 있었다. 황토 벽돌을 일정한 간격으로 쌓고 두꺼운 널빤지를 가로로 길게 올려놓은 얼개가 엉성했지만 제법 견고하고 튼튼해 보이는 구조였다. 더덕도 있고 산삼도 있고 오미자도 있고 송이버섯도 있었다. 그럼에도 음험한 뱀은 없었다. 표독한 눈빛을 사방으로 쏘아붙이고 혓바닥을 길게 뻗었다가 당기며 괴이한 소리로 주위를 살벌하게 환기시키며 기어 오고 가는 뱀은, 이 컨테이너 주인이 싫어하는 모양이었다. 아니면 땅속 깊은 곳에 묻혀 있는 것인지도 모른다.

그는 조금씩 밝아 오는 창문 쪽을 바라보며 눈을 깜박거리다가 눈꺼풀의 무게에 의식마저 흐릿하게 풀어지는 것을 느꼈다. 그는 방바닥에 열선이 깔린 따스한 곳을 파고들며 눈을 감았다. 그러자 서서히 꿈속으로 미끄러지듯이 나아갔다. 늘 그럴 때면 세렝게티의 코끼리를 찾아 헤매고 있었다. 몇 십 킬로미터 긴 행렬을 이루는, 맑은 물을 찾아 이동하는 누들과 얼룩말들과 가젤들을 볼 수 있었다. 그들의 이동 경로 길목에서 목숨이라는 분명한 통행세를 받는 사자들도 볼 수 있었다. 머리 주위로 갈기가 길게 늘어뜨려져서 뛸 때마다 거세게 나부끼며 위엄과 권위가 있어 보이는 수사자가 직접 초원을 가로지르고 누비며 전방에서 지휘하는, 그런 날 것의 강렬한 인상을 던지며 먹잇감을 쫓는 모습이 경이롭고 감동적인 것으로 보였던 것이다. 그 사이로 하이에나의 무리들을 볼 수 있었고 치타도 나무 위에서 사냥한 먹이를 맛깔스럽게 뜯어 먹는 것도 볼 수 있었다. 그럼에도 불구하고 물웅덩이에서 목욕을 즐기고 좋아하는 코끼리의 무리들은 볼 수 없었다. 이상한 일이 아닐 수 없었다. 적어도 한 번은 코끼리 무리들을 봐야 하는 그런 상황이었던 것이다. 그러는 사이에, 살덩어리와 뼈보다도 아이보리 상아가 필요한 사람들에 의해 멸종되었는지도 모르는 일이었다.

그러다가 그는 눈을 떴다. 창밖의 새소리들은 제법 소란스러웠다. 따스한 봄날이 계속 이어지는 것을 맑고 정겹게 지저귀는 새소리들에 의해서 미미하게 느낄 수 있었다. 어쩔 수 없이 다가오는 하루가 아닌 새로운 하루를 맞이하는 설렘의 포물선을 그리며 맞이하는, 품위 있는 넉넉한 행실과 쾌활하고 충일한 기쁨과 열정을 고스란히 품고 있는 것 같았다. 끼니에 대한 걱정과 곤궁도 없어 보이고 유유자적한 여유로움으로 다가왔던 것이다. 그는 몸을 일으켜 바람벽에 기대어 밝아 오는 창밖을 올려다보았다. 그 순간 가로등이 고요한 밤의 일정을 마치고 꺼지는 것을 볼 수 있었다. 새벽에 창문을 무심결에 열면 겨울의 끝자락에 맺힌 차가운 공기는 어디론가 소멸하고, 그곳으로 훈훈한 봄기운과 향긋한 꽃향기가 주위를 혼몽하고 아찔하게 에워싸는 곳에 아무런 생각도 없이 무의미하게 평온하고 느긋하게 만족하는 표정으로 숨을 깊이 들이마시곤 했다. 연이어 어스름한 배경과 느슨한 시간의 춤사위를 멀뚱하게 바라보면서 산을 비집고 떠오르는 태양을 보곤 했다. 어느새 동쪽 하늘부터 밝아 오기 시작하고 있었다. 성리 들녘은 겨우내 허기진 배고픔과 허한 갈증을 채우기 위해서 농민들의 손길을 불러들이고 이미 논둑에는 냉이와 쑥이 싱그러운 생기와 활력을 잃지 않고 밤의 찬 기운에 아랑곳없이 꿋꿋한 기상을 잃지 않고 아침을 맞이하고 있으리라. 그렇다. 봄나물은 그런 것이다. 겨울의 온갖 고초를 이겨 낸 투지와 의연함이 풋풋한 잎사귀에 고스란히 남아 있었다. 그것이 향긋한 내음으로 드러나면서 아주머니들이 논둑에 삼삼오오 모여서 봄나물을 캐게 만들 것이리라. 아주머니들은 자신의 처지와 회한의 요소들을 하나둘씩 스스럼없이 끌어내어서 늙음으로 급작스럽게 나아가는 자신의 삶의 방정식을 차분하게 풀며 내일을 기약할 것이리라. 승용차에서 내려서 논둑에 걸터앉는 것이 인생의 긴 행로의 긴요한 쉼터일지도 모른다는 생각이 들기도 했다. 아마도 그 아주머니들은 일상의 번거로움과 부침을 그런 반복적인 사소한 행위를 통해서 옆으로 살며시 밀어 내거나 희석시키는 것이리라. 아주머니들은, 처녀 때 축복받는 행복한 결혼을 하면 내면의 충동적이고 불규칙적인 상념과 번뇌가 일사분란하게 정돈되고 가라앉았을 것이라 생각하고 있었던 것이리라. 아마도 그것은 착각. 제약도 없는 신들린 신혼의 열정과 쾌락의 달달한 시기를 제외하고는 또 다른 상념과 번뇌가 그 자리에 부지불식간에 생장할 것이 자명한 일이었다.

그는 침낭을 밀치고 일어나서 책상 의자에 앉았다. 두 손을 책상 위에 가지런하게 올려놓고 창밖으로 펼쳐진 논두렁을 따라 시선을 옮겨 나갔다. 늘 아침에 일어나면 몸에 익숙한 반복적인 습관이었다. 그렇게 한동안 멍한 상태로 가만히 있다가 일어나서 냉장고 곁에 있는 투명한 전기포트의 전원 버튼을 ON으로 눌렀다. 잠시 후 '취~' 하는 소리와 함께 기포들이 뽀글뽀글 올라가는 소리를 들을 수 있었다. 노란 비닐에 포장된 건조한 국화를 투명한 유리 티 포트에 넣고 물을 천천히 채우자 국화 한 송이가, 바싹 마르고 가벼운, 무의미한 지루함과 무수한 나날들, 그 진공의 아득한 공간 속에서 문드러지고 있던 비참한 속앓이, 번민들, 무미건조하고 우울한 나날들을 쟁여서 만든 을씨년스러운 성채, 소망의 빛과 외출을 망각하며 살아온 그 무수한 나날들, 그 삭막한 곳에서, 꽃잎 사이사이 수분과 온기를 받아들이는가 싶더니 싱그러운 생기를 되찾고 꽃송이가 활짝 피어오르는 것을 볼 수 있었다. 그 꽃송이에서는 꺾어서 말린 흔적은 없고 그 옛날 늦가을 어느 날, 그때의 차분함과 풍성함을 고스란히 간직하고 있었다. 살아있을 때의 고고한 자태와 서릿발 같은 기상은 찾아볼 수 없었지만, 티 포트가 움직일 때마다 자유로이 흐느적거리는 한 송이 국화를 볼 수 있었다. 그 순간의 두려움과 고통을 참아서 얻은 귀한 대가인지도 모른다는 생각이 들었다. 인간의 삶도 그렇지 않은가! 죽음을 초월한 비장한 선택이 영원히 사는 것이 되는 삶이 있지 않은가! 건조한 국화를 만지면 바스라질 것 같았던 그것이 온수에 들어가자 탄력 있는 20대의 젊음을 간직한 육체와 다르지 않은 부드럽고 유연한 것으로 육화되어 있었던 것이다. 그 즈음에 코끼리 무리들이 떠올랐다. 덩치 큰 어미 코끼리를 따라다니는 새끼 코끼리가 떠올랐다. 그러다가, 코끼리를 닮은 금성산이 어쩌면 건조한 국화가 뜨거운 물에 육화되어 다시 새롭게 태어나듯이 금성산이라는 코끼리가 다시 태어나지 않을까 하는 생각에까지 이르게 되었던 것이다. 아직도 두툼한 네 다리가 땅속 깊이 묶인 채 미동도 없이 웅크려 앉아 있는 모습이었던 것이다. 아득한 그 옛날 어떠한 사건으로 코끼리의 시조가 저렇게 사지가 결박된 채 격리되고 고립되어 외로이 거대한 바윗덩어리가 된 것인지도 모른다는 생각이 들었다.

그때 컨테이너 하우스가 움직이고 어딘가에서 괴이한 소리를 지르는 것을 느끼고 들을 수 있었다. 터널 공사 쪽에서 발생한 일이었다. 능선 하나만 넘으면 닿을 수 있는, 터널 공사와의 거리는 직선거리 200미터도 안 되었다. 오늘은 일요일이고 아침부터 구멍을 뚫고 화약을 채워서 암석을 깨뜨리지 않을 것이기에 인위적인 지진은 아니었다. 그렇다면 자연스런 지진인 것이다. 현시점에서 분별력 있는 현명한 판단인 것이다. 그렇지만 지진이라고 결론을 내리기도 섣부른 판단이 될 것 같았다. 내륙 지방인 합천군 대병면 성리라는 곳은 지진이 발생한 적이 별로 없었던 것으로 기억되었다. 지진이 경주에서 일어나고 울산에서 일어나도 여기까지는 미치지 않는 그런 안전한 영역이었다. 그렇다면 그 진동과 괴이한 소리는 어디에서 기인된 것인가. 터널 공사로 코끼리를 닮은 금성산의 고통으로 인한 신음 소리인지도 모른다는 생각이 들었다. 그것이 아니면 전지전능한 신의 오묘한 권능과 섭리로 인하여, 그 결박과 속박이 스스럼없이 풀어진 것인지도 모를 일이었던 것이다. 어떤 우연찮은 일로 인하여, 몇 억 년 동안 갇혀 있던 음습한 감옥에서 자유로운 몸이 된 것인지도. 그것이 터널 공사와 상관관계가 있는 일 같았다. 그래서 자신이 여기 합천이라는 연고도 없고 아는 사람도 없는 이런 촌구석에까지 내려와서 신호수라는 직업으로 터널 입구를 지키는 것인지도 모른다고 생각했다. 그는 늘 일상의 만남과 헤어짐 속에서 우연히 일어나는 하찮은 일조차 없다고 생각하고 있는, 그런 확고한 믿음과 신념으로 살아왔었다. 기약할 수 없는 머나먼 우주에서 유영하여 지구의 대기권에 부딪치며 발광하며 떨어지는 유성도 자신의 삶과 연결되어 있다고 보고 있었다.

그는 신호수라는 직업과 금성산과 코끼리와 상관이 있을 것이라 생각했다. 왜 문득 그런 생각이 들었는지 알 길이 없었지만 그쪽으로 이상하게 마음이 쏠리는 것이었다. 그것이

지나친 몽상가의 변덕인지도. 그는 세상은 그냥 만나고 헤어지는 단순한 생각과 논리로는 해결되지 않는 그 뭔가가 있다고 믿었다. 지금은 서로에게 어색하고 부자연스럽고 무표정한 모습과 기이한 행동으로 애써 가까워지려고 노력도 하지는 않았지만, 어느 시기가 되면 각자의 외면과 무시의 결계가 스스럼없이 풀어져서 서로에게 애정과 결속을 느끼지 않을 수 없을 것이리라. 그는 그렇게 될 것이라고 생각하고는 있었지만, 자신이 의식하지 못한 채 한량없이 무연하게 흘러갈 것이라, 그런 생각도 해 보곤 했다.

그는 책상 의자에서 일어나 아침밥을 했다. 이곳 컨테이너 하우스에 이사 온 지 두 달도 되지 않아 가재도구를 제대로 갖추지는 못했다. 아직 소형 냉장고도 없고 전자레인지도 없어서 불편하기 그지없었다. 출근할 때는 삼시 세끼를 해결할 수 있기 때문에 문제가 되지 않았는데, 일요일이 문제였다. 자전거를 타고 식당에 밥을 먹으러 가면 되겠지만, 번거로웠다. 그래서 간소하게 밥을 지어서 먹었다. 반찬은 참치 캔과 김치와 김만 있으면 만족했다. 아직 4월이라 덥지 않아서 음식이 빨리 상하지는 않았다. 여기서 봄이 지나고 여름을 넘기고 가을을 맞이하는 일상을 누리기 위해서는 냉장고와 에어컨은 구입해야 할 것 같았다. 그는 한곳에 오래 정착하는 것을 도외시하고 살아왔기 때문에 이런 번거로운 전자 제품을 구입해서 설치하는 것을 꺼려해 왔던 것이 사실이었다. 그럼에도 이곳은 더 오래 있을 것 같은 반가운 예감이 들었던 것이다. 그것은 합리적인 사고 체계로는 설명할 수 없는, 무의식의 영역의 음침한 골목길에서 길을 찾아 헤매는 초조한 발걸음에서 어슴푸레하게 엿볼 수 있는, 불가사의한 영역에 존재하는 것이리라. 아마도 꿈속에서 무작정 코끼리 무리들을 찾는 것과 연관이 있을 것 같았다. 코끼리를 닮은 금성산과도 연관이 있을 것 같은 느낌이 드는 것이었다.

그는 아침밥이 익어 가는 냄새를 맡으며 아마오카 소하치가 쓴 대망을 읽었다. 그의 독서량은 평범한 사람들보다 유달리 많지는 않았다. 미화가 많이 되긴 했지만, 이런 종류의 책은 꼭 찾아서 읽는 편이었다. 일본 전국시대의 질곡 속에 놓인 사람들의 삶과 죽음이, 시간 가는 줄 모르고 재미있게 읽을 수 있는, 그 소설 속에 거친 야생의 냄새가 물씬 풍겼고 투쟁하는 인간의 냄새가 물씬 풍겼기 때문에 그럴 것이었다. 생존을 위해서 행해지는 치밀한 계략과 야비한 음모. 기진한 싸움과 반복되는 전쟁. 한 가정의 파괴와 한 영주의 몰락. 그리고 그것을 방지하기 위해서 보내지는 어린 인질. 가혹하고 잔인했지만 내일이라는 생존의 희망을 연장하기 위해서 참고 따라야 했던 가혹한 현실. 그런 무자비한 행위들이 세렝게티에서 벌어지는 동물의 세계와 다르지 않았다. 전국시대는 동물의 세계. 약하면 짓밟히거나 쫓겨나고 할복 아니면 죽임을 당했다. 그것이 반복되었다. 무법천지인 동물 세계의 반복과 다르지 않았다. 오직 힘만이 내일을 기약할 수 있는 그런 세상. 그런 피 냄새를 풍기는 치열한 세상. 반복적인 인질을 주고 인질을 받는 그런 내용으로 된, 20권으로 된 대하소설 속에 빠져들면 잠시나마 현실의 장벽이 허물어지는 것을 느낄 수 있었기 때문이었다. 여기 합천으로 내려와서 구입한 책이었다. 그는 꿈속에서 코끼리 무리들을 찾을 수 없었던 것도, 누군가에 의해서 인질로 끌려간 것이 아닐까 하는 생각이 들었던 것이다. 한국의 동물원으로 납치되어 사람들의 시선에 만족하며 살아가는 아프리카의 코끼리를 인질로 잡고, 그 누군가의 사악한 손길에 의해서 조종되는, 조공을 바치듯이 상아를 하나씩 뽑아서 바치는 것인지도 모른다는 생각이 무심결에 들었던 것이다. 상아가 뽑힌 그 자리에 새로 상아가 자라지 않아서 흉물스럽고 괴기스러운 생명체로 변해 있는, 그럼에도 어린 새끼를 살리기 위한 그런 선택을 했을 것이리라. 어린 새끼에 대한 어미의 숭고한 본능이 그런 고통과 불구가 되는 그런 비참한 모습까지도 감내했을 것이 틀림없을 것이리라. 그는 그런 논리적이지 않는 그런 몽상을 하면서 밥솥에서 스팀이 빠지나가는 격한 소리에 그쪽으로 시선을 돌렸다. 따스하고 고소한 밥의 김 속에서 그는 흐릿하게 사람들에 의해서 코끼리 새끼가 강제로 끌려가는 것 같은 환영이 어렴풋이 보였고 거친 울음소리도 들리는 듯 했던 것이다.

그는 아침밥을 먹고 유튜브의 쇼트 영상을 보는데 공병호 박사의 4·15부정선거에 관한 영상이 나왔다. 현대 수학과 통계학으로는 설명이 되지 않는 숫자와 도표를 나열하고, 설명했다. 그가 얼핏 봐도 이상했다. 사전 선거에만 유독 민주당의 압승이었다. 전라도에만 정상적인 모습으로 나타나 있었다. 그런 증거들이 무진장 있음에도 언론과 정치인들은 외면하고 있었던 것이다. 왜 그럴까? 초등학생도 자세히 설명하면 알 수 있는, 대다수의 국민들은 거의 다 알고 있는 사실을 그들은 왜 깔아뭉개는 것일까? 아마도 그들에게 직접적으로 이익이 되지 않고 손해만 본다고 치밀하게 계산해서 내린 결론일 것이다. 공정한 선거를 바라는 대다수의 국민들은 안중에도 없는 비굴한 처사였다. 그럼에도 진실은 가까운 미래에 드러날 것이 자명한 일이었다. 그것이 두려워 일부 선관위 직원들은 안절부절못하고 있을 것이리라. 20년 장기 집권 한다고 호언장담한 이해찬도, 심지어 문재인도 암묵적 합의가 있어야 가능한 일이었을 것이었지만. 그들은 한패거리였던 것이다. 한 나라를 훔치기 위해서 자행한, 자기들의 당면한 이익을 최대한 끌어낸 치밀한 계산으로 이루어진 이적 행위인 것이다. 민주주의를 제대로 배우지 못한 586세대들이 집단적으로 자행한 일임에 틀림없었다. 과정은 없고 결과만 소중한 그들의 사고방식. 국민과 룰은 없고 그들의 집단적 이익과 룰만 있는 양아치적인 사고방식과 다르지 않았다. 그는 그런 영상을 보다가 이런저런 생각을 했다. 부정선거를 집행한 사악한 집단과 그것을 외면하는 음흉한 집단은 국가와 국민의 흥망성쇠에는 관심이 없고, 오직 자신의 이익과 삶의 질에만 관심이 있다는 것을 말이다. 그 사악하고 불온한 세력들이 덩치 큰 코끼리에게는 관심이 없고 오직 영롱한 상아에만 관심을 가지는 야비한 사냥꾼과 다르지 않다고, 그런 생각마저도 들었던 것이다. 원래부터 살과 뼈와 피로 이루어진 거대한 코끼리에게 애정과 관심은 없었던 것이다. 국가도 필요 없고 국민도 필요 없고 코끼리도 필요 없는 그들의 삶이, 그들의 정의이고 공정이고 가치관일 것이리라.

국가도 국민도 그들에겐 수단이고 이익을 추구하는 도구일 뿐. 야비한 사냥꾼도 코끼리가 수단이고 도구일 뿐이었다. 거짓과 위선이 기본적인 소양이고 선전 선동이라는 좋은 수단으로 국가를 허물고 국민을 속이고 우롱하는 것이었다. 사냥꾼 또한 코끼리를 속이고 덫을 놓고 길목을 지키는 것이었다.

그는 바람벽에 기대어서 범죄 도시를 들여다보았다. 아직도 4월 초입이라 밖은 아침저녁으로 싸늘했다. 합천의 상징과도 같은 벚꽃을 보기에는 안성맞춤이었다. 하지만 일요일에 대한 나른함인지 나태함인지 가늠할 수 없는 눅진한 기운이 배돌다가 육체 안으로 스르르 스며드는 것을 미세하게 느낄 수 있었다. 아마도 그것은 소박한 아침 식사를 하고 난 후 영육의 나른함일 것이다. 월요일에서 토요일 5시까지 정해진 시간에 정해진 곳을 빈틈없이 성실하게 지키는 것이기에 스트레스를 안 받는다고는 할 수는 없었다. 제약받는 공간에서 덤프트럭과 흙먼지를 피해서 싸우고 투쟁해야 하는 것에서 그곳에서 일순간 풀려나자 느낄 수 있는 일종의 해방감인지도 모르는 일이었다. 그는 눈앞에 벚꽃 길을 따라 드라이브하는 낭만적인 모습이 떠올랐으나 이제 눈꺼풀의 무게에 의식이 흐릿해지는 것을 느끼면서 스르르 방바닥의 따스함으로 미끄러져 편안하게 눕지 않을 수 없었다. 이상하게 달콤하고 아늑한 곳으로 이동하는 것을 느끼면서 낮잠의 긴 통로로 옮겨지는 것을 의식하며 눈을 감았다.

그는 꿈속에서 코끼리 황궁으로 입궁하고 있었다. 황궁 입구에는 아이보리 대리석으로 만든 코끼리 형상이 양쪽에서 웅장하고 거대하게 내려다보고 있었다. 해가 뜨는 방향으로 아득하게 먼 지평선을 응시한 채 안정적으로 네 다리로 대지를 밟고 당당하게 서 있었다. 진지한 위엄이 있고 압도적인 휘황찬란함이 있었다. 황궁 입구에는 경비하는 코끼리는 없었으나 아무나 들어갈 수는 없었다. 황궁 안은 크고 작은 코끼리 조각들이 구석구석 공간을 허락하며 빈틈없이 설치되어 있었다. 황궁을 받치는 주랑에도 조각칼로 파내어 황금 코끼리가 입체적으로 생동감 있게 장식되어서, 큼직하고 느릿한 걸음으로 천상으로 올라가는 것 같은 환시가 보일 정도였다. 벽에는 코끼리 형상이 금박으로 찬란하고 아기자기하게 그려져 있고 코끼리 문자인지 알 수 없는, 처음 보는 언어의 체계들이 정연하게 새겨져 있었다. 팔만대장경을 애써 마련한 나무에 새기듯이 이상하리만치 하얀 대리석에 음각으로 때로는 양각으로 빼꼭히 성실하고 섬세하게 새겨져 있었다. 그 해석할 수 없는, 애매하고 모호한 언어의 향연이 높고 넓은 천상으로 이어지는 가교 역할을 할지도 모른다는 생각이 들기도 했다. 괴이한 일이 아닐 수 없었다. 그런 황궁이 스산하고 을씨년스러웠다. 화려하고 아름다운, 풋풋하고 열정적인 꽃들의 향연도 없고 깊은 그늘을 만들어 느긋한 안식을 주는 큼직한 정원수도 없었다. 그래서 그런지 황궁을 가로지르는 아름다운 선율의 음악도 없고 참새도 없고 비둘기도 없고 고양이도 없고 강아지도 없었다. 울긋불긋 비단잉어도 고요한 수면을 날렵하게 유영하는 것도 볼 수 없었다. 더욱이 하루에 몇 번씩 물놀이를 하는 코끼리 무리들도 보이지 않았다. 황궁 어디에서도 생명의 온기는 찾을 수 없었다. 황궁 안의 정원은 온전하지 않은 비정상적인 결핍된 형태로 오롯이 존재하는 공간임에 틀림이 없었다. 결핍보다도 한쪽으로 지나치게 치우쳐 있는, 어딘지 엉성하고 불안하고 불편한, 조화되지 않고 언밸런스하다는 말이 잘 어울리는 표현일 것이다. 586세대들의 이념 과잉처럼 말이다. 정작 자신들이 무엇을 하고 무엇을 추구하는 것인지도 모른 채 말이다. 젊은 날, 혈기 왕성한 그때의 개결한 정신과 용기, 무모함과 무절제는 찾을 길 없고 노회한 늙은이의 욕구와 탐욕의 덩어리만 남아 국가와 국민은 없고 사악한 이념의 덩어리만 남아 있었던 것이다. 마치 암 덩어리처럼. 트라우마로 자아가 자라지 못한 아이처럼 흐르지 못하고 고여 있는, 그때의 그 시절에 고착된 시선에서 벗어나지 못한, 세상을 그리고 자신을 온전하게 들여다보지 못하고 있었던 것과 다르지 않았다. 그래서 국가와 국민은 안중에도 없었다.

그는 황궁 안속 황제가 기거할 만한 곳으로 들어갔다. 그곳에서 사람들의 온기를 느낄 수 있었고 간헐적으로 들리는 격한 사람들의 잡담을 들을 수 있었다. 서울 말씨도 아니고 경상도 말씨도 아니고 전라도 말씨도 아니었다.

범죄 도시의 흑룡강파 두목 장첸이었다. 코끼리를 닮은 권좌에 앉아서 아래로 내려다보며 던지는 말이었다. 상대는 마석도였다. 장첸은 코끼리 황궁을 접수하기 위해서 하얼빈에서 온 것 같았다. 그의 수족들은 없었다. 황궁을 샅샅이 뒤져서 코끼리를 찾는 것인지도 진귀한 보물을 찾는 것인지 모를 일이었다. 장첸은 권좌에 앉아 있다가 등을 느긋하게 기대고 다리를 꼬고 앉으며 담배를 꺼내 물었다. 호주머니에서 라이터를 찾아서 불은 붙이지 않고 한참 동안 날카롭게 쏘아보다가 불을 붙였다. 담배 연기가 곡선을 그리며 지향하는 높은 곳으로 올라갔다. 장첸은 그 가늘게 뻗어 오르는 담배 연기를 올려다보면서 무연하게 말했다. 리쩡꽝의 행동 대장다운 면모가 여실히 드러났다.

"혼자 왔니?"

"그래 싱글이야."

장첸은 절반쯤 피우던 담배를 집어던지면서 권좌에서 일어나는 것과 동시에 훌쩍 뛰어내렸다. 비호 같이 마석도에게 달려들었다. 마석도는 기습을 대비했으나 물러서지 않을 수 없었다. 그러자, 공격을 당한 그 순간부터 우람한 덩치가 더욱 더 부풀어 오르고 있었던 것이다. 그러자 점자 마석도의 모습이 코끼리로 변하고 있었던 것이다. 착시인지 정확히 알 수는 없었다. 그 변화의 시작은 얼굴부터였다. 장첸이 칼로 찌르면 찌를수록 마석도의 얼굴은 더욱 더 빨리 부풀어 오르고 있었다. 얼굴이 농구공만 하자 양 어깨도 그에 비례해서 억세고 단단해지는 것이었다. 그렇게 계속 커지자 장첸은 위협을 느꼈는지 뒷걸음질치지 않을 수밖에 없었다. 그 즈음에는 피부도 단단한 가죽으로 변해서 찌르면 강하게 뒷걸음질 내었다. 점차 황궁 안의 빈 곳을 부풀어 오르는 코끼리의 덩치로 서서히 잠식해 나가고 있었다. 급기야 장첸은 코끼리의 덩치에 밀리고 깔려서 발버둥치고 있었다. 억센 조선족의 욕지거리가 튀어나왔다. 악다구니를 했다. 그것은 지금까지 볼 수 없었던 장첸의 치욕스런 광경이었고 최후의 순간이었다. 황궁 안속에 코끼리는 없었다.

싱글이오

그는 아우디 A4를 타고 하조항길을 출발했다. 2시 언저리
쯤이었다. 그는 합천 쪽으로 방향을 잡고 차창을 열고 한가롭
게 운전했다. 한낮의 훈풍이 4월의 꽃잎에 화사함과 발랄함
을 조심스럽게 불어넣고 있었다. 아직도 밤낮으로 겨울의 이
빨을 숨긴 찬기가 무엄하게 침입하는 것을 알기에 그럴 것이
다. 그럼에도 이미 가까이 다가와 머물러 있는 따스함의 인내
심과 지속성에 언제까지 버틸지는 알 수 없는 일이었다. 그래
서 그런지 길가에 늘어선 벚꽃들도 전성기를 조금 지난 상태
에서 홀로 우울한 홀로 거룩한 모습이 엿보였다. 아름다움은
늘 차오르는 아름다움의 당찬 모습과 식을 줄 모르는 진솔한
열정이 가장 멋지고 화사한, 싱그럽고 화려한 것을 이미 알고
있었다. 4차선 도로를 가득 메운 하얀 꽃잎들 하나하나 어딘
지 생존의 바탕 위에서 낯설어 보이고 초췌해 보였다. 그러다
가 멀리서 우아한 훈풍이 연이어 불어오면 일시적으로 그런
모습은 어디로 간 것인지 찾을 길이 없었다. 굵고 가는 가지
마다 매달려 있는 어여쁜 꽃잎들의 악착같은 생존의 근성으

로 인한 것이지, 그 꽃잎들이 단 몇 초라도 더 눌어붙어서 따스한 햇살을 마음껏 받아들이고 누리고, 세상의 일반적인 온전함과 안식을 받아들이고 느끼고 싶은 것인지, 정확하게 알 수는 없었다. 그런 모습들이 세렝게티의 동물의 세계와 다르지 않은 것 같았다.

그는 늘 혼자 드라이브하는 것을 즐겼다. 아직 조수석에 평생 태우고 다닐 반려자를 만나지는 못했던 것도 하나의 이유일 것이다. 사람들은 이구동성으로 혼기를 놓쳤다고 말을 하고는 있었지만 그는 오히려 호기스럽게 이젠 만나야 될 때가 도래한 것 같다고 말하곤 했다. 그는 자신의 주위에 우연히 다가왔다가 오랫동안 머물 것이라 생각하고 있었다. 그는 그런 문제에 대해서 연연하지 않았다. 언젠가는 자신과 동일한 꿈과 소망을 품고 함께하자는 반려자가 있을 것이라 믿고 있었기 때문이었다. 지나친 낙관론자는 아니었다. 그래서 그런지 지인들이 심각하게 소개해 준다는 그런 말을 들을 때는 단박에 거절하곤 했다. 그는 자신에게 뭔가 믿는 구석이 있었던 것인지도 모른다. 하지만 그 자신이 상세하게 설명할 수 있는 그런 계제의 것이 아니었던 것이다. 의식 너머에 있는 어슴푸레한 무의식의 영역에서 간헐적으로 이루어지고 반복적으로 자행되어 지는 것을 말이다.

그는 용문정으로 들어가서, 그곳 공터에 주차를 했다. 그는 벚꽃나무 아래 그네 의자가 있는 곳으로 갔다. 영화 마담뺑덕에 출연한 배우 정우성이 앉은 그 그네 의자에 그는 앉았다. 영화 속에서 정우성과 이솜이 나란히 앉아 있었던 그 당시의 그 장면이 떠올랐던 것이다. 벚꽃이 바람의 터치에 맥을 추지 못하고 자제력을 잃은 채 알아서 나부끼다가 떨어지는, 소복하게 내리는 함박눈처럼 앞이 보이지 않을 정도였다. 이 시기에 영화 촬영을 한 것이 분명했다. 그는 그네 의자에 앉아서 앞을 응시했다. 지나치다가 한번은 들러서 앉아 보고 싶은 장소였다. 맑고 화창한 이런 좋은 날에 올 줄은 자신도 몰랐던 것이다. 용문교를 지나자 이쪽으로 들어가고 싶은 충동과 끌림이 있었다는 것이 올바른 표현일 것이다. 그는 목적지를 정하지 않고 이렇게 닿아서 만나는 낯선 장소와 인연을 맺는 것을 좋아했다. 그게 일상의 고루함과 무료함을 찢어 버리는 혼자만의 방법이라고 생각하고 있었다.

그는 자동차들이 가쁜 호흡을 내쉬며 도로를 달리고 있는 것을 볼 수 있었다. 소음의 톤은 자동차들마다 달랐다. 잔잔한 대기의 공간을 덜 후비는 승용차는 가볍고 훈훈한 소음을 던지며 사라지고 1톤 포터는 그것보다는 더 묵직했다. 시간을 다투며 내달리는 덤프트럭이 지나 갈 때는 대기를 강하게 밀쳐 내며 짓밟고 물어뜯었기 때문인지 주위가 산만하고 요란해지고, 심지어 땅이 울릴 정도였다.

그는 싱글이었다. 그는 자신과 피를 나눈 사람은 한 명도 없었다. 부모도 없고 형제도 없었다. 초등학교 때 부모는 영원히 자신의 주위에서 오랫동안 머물지 않고 멀리 어디론가 훌쩍 떠나 버렸다. 그때 그는 세상에 홀로 존재하는 것이 이렇게 심심하고 적적하고 외롭다는 것을 뼈저리게 느끼고 서서히 인식하기 시작한 것이었다. 그전까지 가족은 으레 자신의 공간을 지켜 주는 견고한 성체이고 방어망이라고 어렴풋이 생각하며 불안하게 살아온 것을 미세하게나마 느낄 수 있었던 것이다. 하루하루 초조하고 위태로웠다. 그럼에도 생존의 바탕 위에 선 그는 다가오는 일상의 부침과 우격다짐을 외면하지 않고 무의미하게 수동적으로 받아들인 것이다. 부모가 생존했을 때 몇 번 만난 것이 고작인 이모네가 전부였다.

그는 그네 의자에 앉아서 벚꽃이 홑겹씩 나직하게 유영을 하는 것을 한동안 응시하고 있다가 일어났다. 그는 하늘로 두 손을 펼쳐 멀거니 올려다보았다. 잠시 멍때리기를 해 보았다. 정우성이 이런 행동을 하지는 않았지만 그는 한번 해 보고 싶었다. 그러다가 일상의 습관적인 행동으로 시트에 앉아서 시동을 걸었다. 창백하게, 그 하나씩 떨어진 꽃잎들이 두껍고 투명한 유리 위에 소복하게 쌓여 있었다. 그는 와이퍼를 켜자 운전대 너머 떨어진 꽃잎들이 한순간에 어디론가 사라지는 것을 볼 수 있었다. 낙화의 찬란함이 순식간에 쓸려나가 땅바닥에 내팽개쳐지는, 그곳에서 소멸하는 것을 눈으로 확인할 수 있었다.

그는 용문정을 나와 합천댐발전소를 지나자, 곧이어 영화 세트장 앞에 닿을 수 있었다. 대로변에 자동차들이 양쪽으로 일렬로 서 있었다. 사람들이 많이 붐볐고 혼잡스러웠다. 출입문 쪽에는 신호봉을 든 신호수가 들어오고 나가는 자동차들을 원활하게 통제하고 있었다. 그는 자신과 같은 일을 하는 저 낯선 신호수를 자동차를 멈춘 채 차창을 내려서 따스한 시선으로 비스듬히 올려다보았다. 그의 신호봉이 지시하는 대로 그 자리에서 잠시 멈춰 있었다. 그는 자신이 대견하다는 생각이 드는 것이었다. 이상한 일이었지만 자긍심과 책임감마저 드는 것 같았다. 저 낯선 신호수의 신호봉이 끊이지 않는 관람객들의 편리와 질서를 유지하기 위해서 힘쓰는 모습 때문에 그런 감정이 생겨난 것인지도 모르는 것이다. 저 낯선 신호수가 한 개인의 일탈을 용납해 버리면 자동차들이 뒤엉키고 삿대질을 하며 고성이 오갈 것이 자명했다. 그런 어수선한 상황에 처하지 않도록 미연에 방지하는 일을 하는 것이 그 신호수의 임무일 것이다. 쉽지 않은 일이었다. 그는 자신의 일과 차창 밖의 신호수의 일이 크게 차이 나지 않았지만 저 낯선 신호수가 더 노련하고 능수능란하게 자동차들의 왕래를 원활하게 돕는 것처럼 보였다. 자신은 고작 한 달 남짓!

그 신호수가 몇 백 년 그 자리에서 쉼 없이 버티며 휘황한 불빛을 망망대해로 던지는 근엄한 등대의 모습 같았다. 그 등대의 거리에 이르면 파도는 순하게 가라앉아 아래로 숙이며 잔잔한 기질로 변해 가는 것 같은, 괴이한 생각이 들기도 했다.

그는 조정지댐 쪽으로 운전했다. 그곳에서도 수력 발전기가 돌아갔다. 그는 그곳을 지나서 우회전, 마을이 있는 쪽으로 운전을 했다. 가는 도중 운전석 쪽으로 코끼리 표지판이 있었다. 소나무 껍질을 벗기고 니스칠을 한 다소 투박하고 정감이 가는 이정표였다. 그는 그곳에서 한동안 브레이크를 밟고 차창을 내려서 크지 않은 표지판을 올려다봤다. 상아가 햇살을 받고 있었다. 절제된 균형미는 찾을 수 없는, 그 몸통에 코끼리미술관이라는 상호가 검은 글씨로 쓰여 있었다. 그곳에 폭이 좁은 도로를 200미터 정도 올라가자 ㄷ자를 길게 늘어뜨린 모양의 기와집이 있었다. 그 아랫동에도 기와집이 한동 있었다.

ㄷ자 기와집은 가정집이었다. 30평, 그 정도의 사이즈이면 전통 한옥의 의젓한 풍채와 단아한 멋을 꾸밈없이 여실히 드러낼 수 있는, 뽐낼 수 있는 적당한 사이즈였다. 그는 자신이 살던 집의 구조와 거의 비슷한 기와집에 이끌려서 찾아온 것을 인식하고 있었다. 그는 널찍한 아랫동 주차장에 A4를 주차하고, 면이 거친 대리석으로 만든 계단을 밟아서 ㄷ자 기와

집으로 올라왔다. 가까이 와서 보니 이상한 일이 아닐 수 없었다. 줄자로 정확하게 재어 보지는 않았지만 자신이 살았던 집의 구조와 사이즈가 같았다. 그것보다도, 이상하게 뻗어나가 큰 날개를 펼치는 상상력의 본질이 그렇듯이, ㄷ자 기와집이 요즘 꿈에서 자주 어렴풋이 나타나는 아프리카 코끼리의 실루엣과 닮아 있는 것 같았다. 앞다리를 약간 들고 엉거주춤하게 서 있는 모습이 아마 저런 모습일 것이리라. 몬드리안이 코끼리를 그리면 아마도 저런, 필요 없는 것을 하나씩하나씩 걷어내고 단순화 시키면 아마도 저런 간소한 형태의 실루엣을 남길 것 같았다. 기품 있고 위풍당당한 나무를 단순화 시키자 선만 남은 붉은 나무처럼.

아버지는 대목장이었다. 아버지의 아버지도 솜씨가 좋은 대목장이었다. 그 할아버지에게서 물려받은 핏줄의 고유성과 세련미, 균형미와 미적 감각은 어쩔 수 없는 것이었다. 할아버지가 경복궁 복원 사업을 했고 아버지 또한 경복궁 복원 사업에 일할 정도로 빼어난 솜씨와 인품을 인정받고 있었던 것으로 알고 있었다. 큰 사찰 대웅전을 지을 때도, 아버지는 에이스였다. 아버지가 팀을 꾸려서 인부들을 인솔하고 케어했다. 그는 가까이 있는 코끼리를 닮은 기와집도 아버지의 작품이 아닐까하고, 신기하게도 거기에까지 생각이 미쳤던 것이었다. 그는 팔작지붕을 곰곰이 생각하며 올려다보다가, 약간 뒤로 물러서서 길게 안으로 뻗은 안허리 곡선의 노련미와 아름다움을 생각하며 재차 올려다보았다. 그러다가 기와집을 의젓하게 지탱하는 큼직한 기둥 양쪽으로 견고하게 밀착되어 있는 벽선, 그는 그곳으로 가서 기둥을 쓰다듬으면서 벽선도 쓰다듬어 보았다. 어릴 적 아버지가 했던 말이 떠올랐다. 벽선은 기와집에서 기둥이나 대들보처럼 건물의 중추적인 역할과 쓰임새가 아님에도 불구하고 없으면 허전한, 세월의 허망함 속에서 점점 기둥과 벽 사이에 틈이 생겨서 바람의 공간을 용인하게 된다고 말했다. 우리가 살아가는 공동체에서 아무런 영양가도 영향력도 행사하지 못하는 것 같지만 없어서는 안되는, 꾸준하고 성실한 사람과 다르지 않다고 말하곤 했다. 그는 기둥과 벽선의 견고함과 꼼꼼함을 보고 아버지의 섬세한 터치와 흔적을 쉽지 않게 찾을 수 있었고 자신에게 유산으로 남기고 간 기와집의 치수와 곡선이 한 치의 차이도 없는 것을 알 수 있었다. 기와집의 적당한 사이즈 30평. 그러는 순간 그는 어릴 적 부모의 아련한 추억이 켜켜이 쌓인, 자신의 기와집 누마루와 같은 누마루 쪽으로 조심스럽게 걸어갔다. 아마도 코끼리가 아닐까하는 착각 때문일 것이다. 어릴 적 누마루에서 쾌활하고 즐겁게 뛰어놀다가 아늑하고 포근한 낮잠을 자고 일어나면, 꿈속에서 상아에 매달려서 재미있게 놀았던 생각이 흐릿하게 떠오르기도 했다.

한여름 밤에는, 모기장을 치고 모로 누워서 한낮에는 볼 수 없었던 무수한 별들의 영롱한 미소와 자태, 그것으로 빚어지는 몽환적인 우아함의 극치를 스스럼없이 올려다보기도 했던 곳이었다. 가족끼리 모여 앉아 수박을 썰어서 다가올 내일에 대한 소망과 자잘한 기쁨을 향유하고 기다리며 풍성한 담소를 나누며 행복하고 여유롭게 먹으며 시간을 보내던 기억도 새록새록 생생하게 떠올랐다. 때때로 못 하나 박지 않고 서로 포용하는 관용과 진지한 의리로 어우러지고 끼워지고 알맞게 맞춘 우물마루에서 혼자 천장을 올려다보고 누워서 의식하지 않은 채 손바닥으로 반질거리는 마루를 쓰다듬을 때 이상하리만치 은근한 친근감과 진지한 신뢰감이 갔고, 대패질을 꼼꼼하고 성실하게 해서 그런지 미끈하고 견고하고 단단했다. 치기어린 장난으로 그 자리에서 높이 뛰어올라 떨어져도 우물마루가 꺼지지 않고 심지어 아름드리 대들보에 매달려서 턱걸이를 몇 개 해도 부서지지도 무너지지도 않았다. 그때 꿈속에서 매달려서 놀던 코끼리의 상아가 떠올랐었다. 대들보만한 상아가 말이다.

그는 이 기와집을 지은 사람이 아버지라고 믿었다. 반질거리는 누마루의 기둥을 쓰다듬으며 그런 확신은 더욱더 확고해졌다. 그는 생전의 아버지가 목수 일이 없을 때 가끔 아버지와 누마루에 편안하게 나란히 누워서 그런 말을 했었던 기억이 흐릿하게 났다. 아버지는 누마루 천장을 올려다보면서 혼잣말처럼 말했다. 기와집에 사인을 하지 않아도 내가 지은 집은 멀리서 봐도 쉽게 알아볼 수 있다고 말했다. 기와집 구석구석 자신의 땀과 손때가 묻어 있어 가능한 일이라고 말했다. 서까래나 대들보 가장자리에 자기만 알아볼 수 있는 독특한 형태의 글씨를 쓰거나 새긴다고 말했다. 주인의 시선에 머물지 않는 곳에 은밀하게 숨겨 놓은 듯이 말이다. 보물찾기를 하듯 한번 찾아보라고 말하기도 했다.

그런 생각에 심취해 있을 때 아랫동 주차장 쪽에서 사람의 인기척이 났다. 그는 그곳으로 시선을 돌리고 그쪽으로 조심스럽게 걸어서 내려갔다.

아랫동에서 불쑥 나온 화가는 긴 머리칼을 어깨에 닿을락 말락, 걸을 때마다 머릿결이 찰랑거리며 기울어 가는 그윽한 봄의 햇살을 온전히 받아들이고 있는 듯했다. 주기적으로 염색을 하지 않아서 그런지 흰 머리칼이 움직일 때마다 수사자의 갈기처럼 위엄이 있고 권위가 있어 보이기도 했다. 화가는 60은 훌쩍 뛰어넘어 보였지만 50후반이었고 세상살이에 찌들어 본래의 나이보다 10살은 더 들어 보였다. 눈언저리에 해바라기처럼 시든 노란 꽃잎이 선명하게 선을 긋고 있었고, 그 흔적은 노화로 가로지르는 애처로움인지 서글픔인지 명확하게 알 수는 없는 것이었다. 거기에 160언저리쯤 되어 보이는 작은 키와 조붓한 어깨, 가늘고 짧은 넓적다리의 초라함, 굵고 유난히 길어 보이는 손가락 마디, 혈관이 유독 불규칙적으로 선명한 손등, 거친 손바닥 가는 손목, 외부적인 요인인지 그 나이에 어울리지 않게 사람에 대한 지나친 존중과 지나친 경계심이 의식 속에 혼재되어 있는, 내면의 촘촘한 필터로 온전히 걸러지지 않는 애매한 표정으로 자신을 맞이하고 있었던 것이다. 아직도 자신의 결핍된 육체와 현실에 대한 격한 분노와 증오를 부드럽게 녹이지 못하고 거칠게 토해 내고 있었던 것이 분명해 보였다.

그 화가는 경계심을 풀고 웃으며 맞이했다. 일반적으로 사회성은 없어 보였지만 생존에 필요한 최소한의 예의와 친절은 있어 초면인 사람들을 부담스러울 정도로 일시적이고 돌발적인 당돌한 행동으로 당황스럽게 만들지는 않을 것 같았다. 그럼에도 그는 그 화가에게서 정상적인 사람들에게서 느낄 수 없는 통제되지 않는 폭력성과 광기를 엿볼 수 있었던 것이다. 그 폭력성과 광기는 초면인 자신이 직접 볼 수 없었을 것 같았고 가까이에서 오랜 시간을 함께 나눈 가족에게 나타나는 자연스럽지만 이율배반적인 현상인 것 같았다. 어쩌면 그곳에서 본성에 가까운 동물적인 폭력성을 적나라하게 드러내며 뒤틀린 자아에 먹이를 죽지 않을 정도로 주면서 성취와 위안을 찾는 것인지도 모른다. 삶의 이익은, 아무래도 초면인 자신에게 그림을 팔아야 하는 현실적인 비루함과 낭패감에 부딪쳤을 것이 분명했다. 그것이 공손하고 자상한 양심과 막연한 기대감의 상충된 만남으로 서로의 올바른 선을 행위로 드러내기 위해서 애쓰는 모습이 그런 이중적이고 복합적인 표정으로 모호하게 드러났던 것이리라. 그것이 생존이 필요한 저마다의 이익을 보존하기 위해서 치열하게 투쟁하고 치열하게 싸우는 사람들의 일반적인 모습과 별반 다르지 않는다는, 그런 생각마저 들었다.

"기와집이 콘크리트 집보다 운치가 있고 세련되고 아름답지요. 저게 30년 가까이 된 것입니다. 제가 군대를 갔다 오자 아버지가 평소 사이좋게 지내던 대목장과 함께 지었지요. 제가 알기로는 한국에서도 굴지하는 대목장이었다고 들었습니다. 실력도 훌륭하고 인품도 온유하고 반듯하고 너그러운지, 이상하게도 저 기와집이 대목장의 인품을 닮아 가더라고요. 아마도 그 온화한 분이 이 기와집을 마지막으로 짓고 저쪽 세상으로 훌쩍 떠난 것으로 압니다만. 마지막 작품으로 말이지요."

"세월의 더께가 곱게 묻어 있는 기와집이라 그런지 예스럽게 보이네요. 숨길 수 없는, 한국적인 아름다움과 멋스러움, 의젓한 자태!"

그는 이 기와집을 지은 대목장이 아버지라는 것을 확신할 수 있었다. 화가의 말 속에 돌아가신 아버지의 젊었을 때의 리얼하고 건강한 모습이, 서까래에 오르락내리락 하면서 이마에 굵은 땀방울을 훔치며 서까래 본래의 자리를 찾아 주는 분주한 모습이, 어제에 일어난 일처럼 생생하고 분명하게 떠올랐던 것이다. 그런 생생한 모습들이 찰리 채플린의 사일런트필름처럼 촌스럽지만 어딘지 세련되어 보이는 어수선하지만 어딘지 정연해 보이는, 그래서 영원히 변하지 않을 것 같았다.

아까와 달리 화가는 경계하는 모습을 찾을 수가 없었다. 그를 자신의 사적인 공간인 코끼리미술관으로 인도했다.

코끼리미술관 안은 텅 비어 있었다. 창문도 없고 그림도 없었다. 바람벽 쪽으로 생뚱맞게 설치된, 전시한 그림을 선명하고 도드라지게 드러낼 수 있게, 충만한 온기와 에너지를 불어넣을 수 있는 조명들뿐이었다. 전원은 OFF상태였다. 그는 빛의 강한 입자들이 침입하지 못하는 공간을 익숙한 걸음걸이로 나아갔다. 작업실 문이 반쯤 열려 있어 그쪽으로 향하면 되었다. 그는 화가를 따라서 미술관을 가로질러 작업실로 들어갔다. 그곳에는 완성된 큼직한 그림이 걸려 있고 바닥에는 접을 수 있는 탁자와 그리고 있는 완성되지 않은 어설픈 크고 작은 그림들이 이젤 위에 비스듬히 눕혀져 있었다. 깨끗하게 빤 붓들도 가지런하게 놓여 있었다. 양쪽으로 창문은 열려 있었지만 물감에서 풍기는 냄새는 어쩔 수 없이 미세하게 코끝을 자극하고 있었다. 작업실 안속은 그렇게 춥지는 않았지만 서늘한 기운이 감돌고 있었다.

　화가는 전기 포트에 전원을 켜고 철제 의자에 앉으라고 손짓했다. 그는 공손하게 화가의 말을 들었다. 그는 철제 탁자 위에 두 손을 나란히 올려놓고 친근감 있는 표정을 드러내며 화가의 통상적인 행동을 관찰하듯이 바라볼 뿐이었다. 화가는 종이컵에 믹스커피를 붓고 연이어 끓는 물을 부었다. 믹스와 부딪치며 안으로 깊숙이 스며드는 온수의 갑작스런 출현으로, 바싹 건조한 믹스의 현실이 당혹스럽게 형태가 녹아내려 액체가 되어, 새로운 현실을 직면하게 되었다. 사바나의 건조하던 세렝게티 대기의 황량함 속에서 예측할 수 없는 상황에 너무나도 맑고 푸른, 구름 한 점 없는 하늘에서 굵은 빗방울이 쏟아지는 것과 다르지 않았다. 건조한 대지 바로 밑 그 숨 막히고 답답한 그곳에서, 오랫동안 때를 기다리던 씨앗이 새싹으로 파랗게 돋아날 것이란 오랜 소망 섞인 기다림. 그 풋풋한 새싹의 온기와 향이 커피의 온기와 향과 다르지 않았다. 칠흑 같은 막연한 기다림.

　우선 향긋한 커피 향은 고정되어 있는 철제 탁자 주위를 조심스럽게 어슬렁거리며 서서히 현혹시키고, 낯선 사람들이 친근하고 여유로운 미소를 짓거나 입맛을 다시며 스스럼없이 오른손이 종이컵으로 다가가지 않을 때, 커피의 본성을 간직한 달콤한 향은 안절부절못한 채 허무하고 헛헛한 감정을 강압적으로 억누르며 비정상적인 행위를 정상적인 것으로 착각하고 있을 것이리라. 그럼에도 입술을 가져가서 커피와의 첫 대면으로 간절하게 반응하지 않으면 몹시 언짢은 표정으로 한참을 작업실 천장 가장자리에서 쏘아보다가 열린 창문을 향하여 내달릴 것이리라. 그렇다 커피의 달콤한 향기는 그런 모습으로 대기 속에서 미세하게 확산하여 흔적도 없이 사라졌다가 그 언젠가 다시 정체를 감춘 채 다른 모습으로 나타나는, 아마도 촉촉한 봄비로 내릴 것이 자명한 일이었다. 그 속에 그윽하고 달콤한 커피 향을 안으로 은밀하게 숨긴 채 말이다.

그는 종이컵에 입술을 가져가서 한 모금 마시며 화가에게 아까부터 하고 싶었던 얘기를 꺼내 놓았다.

"왜 코끼리미술관이라는 상호를 지었는지요?"

"세렝게티에서 절대적인 힘의 지배력으로 군림하는 최고의 권력자, 그 덩치 큰 코끼리가 태어날 때부터 상아가 없거나 생기다가 머문 모습을 볼 때 참으로 인간이라는 존재적인 탐욕을 경멸했었지요. 그래서 코끼리의 생존에 대한, 유전적인 애처로운 선택에 대한 한 인간으로서 미안하고 죄스러워 이렇게 코끼리미술관이라는 상호부터 지었지요. 지금까지 탐욕과 이기심으로 죽은 코끼리들의 넋을 기리기 위해서 지었다고 보는 것이 옳은 표현이지요."

"그런데 미술관에 코끼리 그림은 왜 찾아볼 수가 없지요?"

"진심으로 그리고 또 그리고 있을 뿐입니다. 영원히 못 그릴지도 모릅니다. 어떤 삶의 특별한 계기를 기다리고 있습니다. 반가운 손님을 기다리는 공손하고 기쁜 마음으로 자중자애하면서 코끼리를 기다리고 있지요. 그 반가운 손님이 영원히 오지 않을지도 모르죠."

"기다린다고 그 코끼리가 올까요. 이미 인간의 탐욕과 이기심 밖으로 멀리 도망가지 않았을까요."

"그럴지도 모릅니다."

"인간은 보이는 진귀한 보석과 돈에 모든 것을 집중하니까요. 그 밖의 것은 겉으로 드러나도 보려고도 하지 않으니까요. 외면하거나 거들떠보지도 않아요. 끼니거리와 생존을 위해서라도 지나치다는 것이죠. 그것이 인류의 문명을 만들고 역사를 만든 것은 간과할 수 없는 분명한 사실입니다. 그것보다도, 어쩌면 진귀한 보석과 돈의 가장자리에서 서식하는, 비근한 예로 마당귀에 있는 맷돌과 분홍빛이 도는 화사한 배롱나무 꽃이 더 귀하고 아름답고 곱고 우아하게 보이잖아요."

"그렇습니다. 인간은 소중한 것을 잃으면서 살아요. 신이 인류에게 선물한 고귀한 지구도, 하나밖에 없는 고귀한 지구도 당연한 것으로 생각하고 있습니다. 세상에 당연한 것은 없습니다. 자유민주주의와 시장 경제를 무시하고 반하는 행동을 하는 586정치인들의 무모함과 무지, 졸렬하고 지저분하고 과하고 어벙한 행동. 더욱이 그들과 한패인 헌법의 숭고한 가치를 무시하고 자의적으로 해석하는 대법관들의 부당한 판결. 해방 이후 당연하게 내려오던 국가 기관의 역할과 사회의 룰을 서서히 허물어 버리려 국민들 꽁무니에서 몰래 점진적으로 공산화 작업을 천천히 그리고 점진적으로 끊임없이 행하는 것을, 그런 일련의 사실을 당연한 것으로 받아들이게 만드는, 억지 논리로 국민들을 선전 선동 하는 586정치인들의 이율배반적인 헛바닥을 보면 알 수 있듯이. 그런 일부의 국민들은 지금까지 일궈 온 값진 자유와 돈을 자신도 모르게 갈취당하고 광신도처럼 숭배만 하고 있는 것을, 그것을 당연한 것으로 받아들이게 만드는 것입니다. 지금까지 국가와 사회가 당연하게 흘러가고 있다고 믿고 살아온 일부의 국민들은 그들의 집단적 행동과 억지 논리에 당황스러워 강하게 저항하며 나아가지 않으면 안되는 현실에 봉착해 버린 것이지요. 그렇게 강하게 저항하지 않으면 올바른 선거도 없고 올바른 사회도 없는, 이념 과잉에 매몰된 주사파들이나 모사꾼들이나 정상배들이 판치는 세상으로 전락하게 될 것이기 때문입니다. 그 사악한 무리들이 바라고 꿈꾸는 세상은 그들의 집단들만 잘사는 그런 세상을 만드는 것이, 그들의 소망이고 꿈입니다. 세상에 공짜로 던져 주는 것은 아무것도 없습니다. 부모의 사랑처럼 그런 당연한 것은 없으니까요."

"세상에 공짜가 없는 것과 마찬가지로 세상에 당연한 것도 없습니다. 그 누군가의 투쟁과 인고의 산물인 것입니다."

그때 미술관 입구 쪽에서 1톤 포터 공회전 소리가 아련하게 열린 창문을 통해서 들려왔다. 택배 차량 같았다. 택배 차량이 아니면 이런 외진 곳까지 들어오지 않을 것이라 생각했기 때문이었다. 그의 예상은 빗나가고 말았다.

"오 나의 공주님이 오시는군요. 태몽이 귀여운 아기 코끼리였습니다. 신기하지요. 세상은 우연히 일어나는 것은 없는 것 같아요."

화가는 일어나서 공회전 소리가 들리는 쪽으로 갔다. 그도 뒤따랐다. 노란색 태권도 차량이었다. 태권도 차량을 몰고 온 사범은 차창을 내려서, 화가에게 공손하고 반갑게 인사를 했다. 그때까지 조수석에 타고 있었던 화가의 딸이 사범에게 인사를 하지 않고 내리고 있었다. 그의 눈에는 그렇게 보였다. 그러자 태권도 차량은 후진을 해서 왔던 길로 유유히 사라지고 있었다. 그때 그는 화가의 딸을 처음 만났다는 생각이 들지 않았다. 합천읍 어디에선가 본 듯한 생각이 들었다. 여학생답게 구김이 없고 신선하고 귀여운 인상이었다. 어떤 면에서는 다소 어둡고 무겁고 시크한 표정도 엿볼 수 있었다. 단정하게 교복을 입고 있는 그녀는 이목구비가 뚜렷하고 날씬한 편이었고 목덜미는 하얗고 길고 가늘었다. 아빠를 닮지 않아서 그런지 보통 여자의 키를 넘어서는 맵시가 나는 후리후리하고 안정적인 키였다. 다소 마른 편이었다. 반면에 차창 안에서 운전하는 사범의 얼굴은 오동통한 편이었다. 그는 왜 정중하게 인사하는 사범의 얼굴 속에서 뭔가 숨기는 은밀한 그림자가 기웃거리고 있는 것 같은 생각이 스쳐 지나가는 것인지, 확실하게 말을 할 수는 없었다. 하지만 사범과 화가의 딸 사이에는, 그들만의 비밀, 화가에게 숨기는 그들만이 간직하고 키워온 은밀한 시간과 추억이 진행되고 있을 것이라는 어렴풋한 예감이 들었던 것이다.

그녀의 이름은 아리였다. 달항아리처럼 아름답고 귀한 대접을 받기를 바라는 부모의 마음. 그녀는 회색 셔츠와 네이비 치마에 하얀 나이키 운동화를 신고 있었다. 교복이 잘 어울리는 나이였다. 청순한 예쁨과 성장시키는 젊음을 발산하는 데는 이런 심플한 교복 차림도 나쁘지 않은 선택이었다. 그녀는 중학생 때의 성장 속도와 더 빠른 속도로 성장하는 것을 자신보다도 주위 사람들이 더욱 절실하게 받아들이고 있었던 것이다. 그녀는 고3이었다. 도저한 인생을 깊이 고찰할 시기도 아니었고 아슬아슬한 질풍노도의 시기도 이미 지난 후였다. 아직도 무르고 불완전한 마디를 형성하고는 있었지만 가늘고 여린 가지들을 무한한 허공 속으로 뻗을 준비는 되어 있는, 조심성이 있고 호기심이 강한 그런 불완전하고 불투명하고 불안한 시기이기도 했다. 수시로 차오르는 성욕을 가느다란 손가락 끝의 섬세한 터치에 의존하고 있었던 것을 주위의 도구를 의존할 수도 있는, 아직 자위 기구를 직접 구매할 수 있는 그런 대담성과 용기는 없는, 느슨하고 지루한 시기이기도 했다. 어른들이 봤을 때 불필요하고 사소한 것에 격한 감정을 집중했다가 이내 풀어지는, 아직도 올곧은 가치관과 세계관이 제대로 확립됐다고 생각되지는 않을 것이다.

그래서 그런지 아리의 얼굴이 차오르는 달로 보였던 것이다. 그 주위로 달무리가 곱고 순수하고 은은하게 번지고 있었던 것이다. 둥근 달이 되기 전에 오묘한 빛이 암흑의 비어 있는 곳으로 야단스럽지 않고 그윽하게 스며들고 있었던 것이다. 그 반쯤 차오른 달 언저리에 숨어서 토끼 두 마리가 떡방아를 찧을지도 모른다는 생각이 문득 들기도 했다. 그런 전설이 뇌리에 착상되자, 그는 희미하게 미소를 지었다.

아리는 인사를 하고 곧장 계단을 올라갔다. 그녀는 이어폰을 끼고 BTS의 다이나마이트를 듣고 있는 듯했다. 그녀 혼자 흥얼거리는 가사가 귀에 익었던 것이다. 그는 그녀가 지나간 자리에서 예전에 만났다가 헤어진 여자 친구에게 선물한 샤넬 향수의 샹스 오 땅드르 향기를 미세하게 맡을 수 있었다. 그녀 몸피에서 왜 그렇게 싸지 않은, 세련된 향기가 머물러 있었는지 정확하게 알 수는 없었던 것이다. 여고생이 샤넬 향수를 반복적으로 구매할 수 있을 정도로 가격이 녹록하지 않을 것이기 때문이었다. 그런 생각에 잠시 머물러 있을 즈음에, 아까 그 사범이 불현듯이 떠올랐다. 그 오동통한 얼굴을 한 그 태권도 사범이 말이다. 그는 사건의 전개가 그 사범과 함께 그렇게 자연스레 흘러가는 것 같아서 씁쓸한 미소를 지을 뿐이었다. 어쩌면 그도 건강한 사범처럼 아리가 원하는 뭔가를 반복적으로 사 줘야 할 것 같은 이상한 느낌이 들어서 그런 것인지도 모를 일이었다. 그러면 그녀가 사범에게 성실하게 봉사하는 그 엇비슷한 봉사를 받을 지도 모르는 것이리라.

그는 아리가 한 계단씩 올라간 기와집 쪽에서 시선을 거두지 않았다. 그녀도 계단을 올라갈 때 자신을 의식하는 것을 미세하게 느낄 수 있었던 것이다. 어쩌면 아리라는 여고생이 벌써 자신을 스캔을 해서 기억의 용지에 인쇄를 해 둔 것인지도 모른다는 생각마저도 들었다. 그는 살아오면서 무수한 여자들을 만나고 헤어지면서 그들의 생리를 파악하는데 누구보다도 노련하다고 생각하고 있었던 것이다. 여자들은 사내에게 관심이 없으면 의미 있는 미소를 던지지도 않는다는 사실을 말이다. 그녀는 초면인 자신에게 무언가 원하는 것이 있었던 것이 자명해 보였다.

"아리가, 아까 그 태권도 사범하고 가깝게 지낸 것이 몇 달이 지난 것 같소. 아리의 어미가 아리를 버리고 도망가고 나서 심리적으로 많이 불안한지, 외로운지. 아빠로서 그 깊은 곳까지는 케어해 줄 수 없기 때문에, 그냥 모른 척 지켜보고 있을 뿐이오. 그 태권도 사범의 인품도 익히 알고 있어서 아리의 인생에 적극적으로 개입하지는 않고 있는 것이오. 도망간 엄마를 찾아서 가출할까 걱정이 되어서요."

그는 의외의 말을 들었다. 그가 초면인 화가에게 안정감과 확고한 믿음을 주고 있었던 것이다. 그에게 이런 일들은 살아오면서 비일비재했기 때문에 특별한 일도 아니었다. 낯선 사람들이 자신들의 삶의 고충과 자식의 성취와 소망을 스스럼없이 털어놓게 하는 특별한 능력이 있었던 것이다. 그 자신도 그것에 대하여 자세하게 설명할 수는 없고 잘 파악하지는 못했지만 너울가지와 공감 능력이 보통 사람들보다 뛰어났던 것이다. 낯선 사람들에게 그렇게 보이고 느껴지는 것을 본인도 어렴풋이 알고 있었던 것이다. 그래서 제 3자가 거리를 두고 멀찌감치 지켜보면 오래 알고 지낸 막역하고 절친한 사이라고 착각할 정도였던 것이다. 그는 화가의 말 속에서 화가 자신과 아리를 버리고 간 비정한 여자에 대한 분노와 증오, 한탄과 비애를 간신히 억누르고 있었던 것을 미약하게나마 느낄 수 있었던 것이다. 누구에게도 꺼내어 놓은 적이 없는 은밀하고 아픈 사생활을 자신에게 스스럼없이 꺼내어 놓고 위안을 받고 싶었던 것이 분명해 보였다.

그는 화가가 작업실에 들어가자는 말에 거절했다. 그는 조만간에 오기로 약속하고 A4에 올라서 출발했다. 코끼리미술관의 표지판을 지나자 해는 많이 기울어져 있었다. 그는 지나는 길에 조정지댐휴게소에 들러야겠다고 생각했다. 아직도 장사를 하고 있었다. 그는 합천읍을 왔다 갔다 하면서 한 번은 들르고 싶었던 곳이었다. 할머니가 혼자서 직접 숙성한 밀가루 반죽을 펴서 만드는 칼국수가 쫄깃하고 국물 맛이 깊고 칼칼하다고 주위 사람들에게서 들었던 것이다. 가격도 적절하다고 말했다.

할머니는 구불구불하고 흰 머리칼에 우묵우묵한 피부를 소유하고 있었다. 얼굴에서 젊음의 생기와 열정을 찾을 수 없고 육체는 젊음의 촉촉함과 탄력성을 잃은 지 오래되었다. 농부가 떠난 빈집에 녹슬어 부식되어 가는 괭이처럼 무려한 고독으로 간신히 바람벽에 기대어 버티고 있는 듯, 쪼그라들고 있었다. 꽉 짜인 일상의 역동성과 반복성은 없고 손님이 오면 오는 대로 가면 가는 대로 큰 의미를 두지 않고 하루를 근근이 채워 나가는 듯했다. 할머니는 삶의 뒤안길에서 조심스럽고 위태롭게 걷고 있었지만 발을 헛디뎌 낭떠러지에 굴러 떨어지지 않는, 그런 지혜로운 행위와 연륜은 있어 보였다. 그런 할머니가 변화를 두려워하는 것 같았다. 오늘과 같은 내일이 이어지기를 바라는 것을 물어보지 않아도 알 것 같았다. 그래서 숙성된 밀가루 반죽을 얇고 평평하게 펴고 펴서 칼국수를 만드는 것인지도 모른다. 동일한 맛과 쫄깃함을 유지하고 생활의 안정을 유지하는 것도 변화에 대한 두려움으로 새로운 맛을 찾지 못해서 그럴 것 같았다. 하지만 그것만 있는 것은 아닌 것 같았다. 저 세상에서 영면하고 있는 할아버지에 대한 그리움과 사랑을, 생전에 함께 즐겨 먹었던 칼국수에 대한 훈훈한 기쁨과 따스한 칭찬을 오래 유지하기 위해서 그런 맛을 유지하고 있었던 것 같았다. 아무려면 어떻겠는가. 손님들이 와서 6000원이라는 돈을 지불하고, 그 따스한 맛에 감동을 하는 그런 모습들이 즐거웠던 것이다. 아마도 비지땀을 흘리며 말없이 반복적으로 젓가락질을 하면서 후루룩 먹는 얼굴들 속에서 젊었을 때 할아버지의 음영을 발견하는 것인지도 모른다. 그것을 손님들에게서 확인하기 위해서 늙은 몸을 이끌고 식당 문을 여는 것 같았다.

그는 도롯가의 입간판을 보고 할머니에게 궁금한 것이 있어 물었다. 조정지댐휴게소 입간판 가장자리에 단계식당이라는 상호가 조그맣게 쓰여 있었다.

"그걸 어떻게 봤소. 꼼꼼하기도 해라. 벌써 60년이 넘었지요. 예전에 합천댐이 들어서기 전에 대병면 5일장이 열리던 곳에서 단계식당이라는 상호로 할아버지와 식당을 난생처음 시작했소. 그 상호를 기리고 그 상호의 명맥을 이어나가기 위해서 써 놓았던 것이오. 그때 갓 시집을 온지라, 젊었고, 풋풋했고, 사랑스러웠지. 시장 사람들이 예쁘다며 미스코리아 나가도 될 것 같다고 말하기도 했었으니까."

그는 할머니의 어눌한 언어와 얽은 표정 속에서, 영면한 할아버지의 늠름한 모습이 떠올랐다. 일면식도 없는 할아버지의 이미지가 만들어지고 있었던 것이다. 키는 크지 않았고 어깨는 두툼하고 넓었다. 손목은 굵어 단단했고 발목은 잘록하고 가는 편이었다. 머리숱은 올라가서 M자형으로 변했고 배는 제법 볼록해서 티셔츠를 앞으로 밀어내고 있었다. 목둘레는 키에 비해서 굵고 짧았고 허리둘레도 곡선의 라인을 보장하지는 않았다. 이상하게 눈썹이 가늘고 성기어 제대로 안착해서 뻗어 나간다고 볼 수도 없었다. 하루에 한 번씩 면도하는 번거로움은 없을 정도로 인중과 턱 언저리가 말끔하고 정갈해 보였다. 반바지를 입을 때 자연스레 보이는 정강이에는 가늘고 긴 털이 없고 솜털처럼 가는 털만이 피부의 공간을 한가롭게 생육하고 있을 정도였다.

그리고 그는 할머니의 눈빛 속에서 가늘게 일렁거리는 마지막 불꽃을, 그 가늘게 일렁거리는 마지막 불꽃이 꺼질 듯 일어나는 찬란한 영롱함을 본 것이었다. 하얀 잿더미 속에 깊숙이 숨어 있는 빨갛게 명멸하는 작은 불꽃을. 그가 헛것을 보았거나 착시인지도 모른다. 하지만 분명한 것은 할머니가 그를 보고 윤기를 잃어 흙빛인 쪼그라들어 가는 피부에서 온기가 돌았고, 얼굴에는 새로운 광휘가, 이상형인 사내를 만나서 할아버지보다 더 억세게 안아 보고 위로를 받고 싶은, 그런 격한 마음의 너울이 멀리서 다가와 머물러 정박하고 있었던 것을 볼 수 있었던 것이다. 할머니는 할아버지에게 느끼지 못한 어떤 감정의 오묘한 색깔을 그에게서 느낀 것인지도 모른다. 붉은색에서 치열한 열정과 욕망을 누그러뜨리고 자제하면 얻을 수 있는 분홍색인지 정확하게 알 수는 없었지만, 할머니의 눈동자 속 가장자리에 낮게 움츠려 있는 우울한 음영의 움직임과 내용을 대충 알 것도 같았다. 그것은 그 당시에 자신의 감정과 욕구를 제대로 표현하지 못했던 욕구불만의 초라한 음영이었고 늙어 가는 육체의 결핍이었고 할아버지가 저세상으로 훌쩍 떠나고 자식들이 분가한 어정쩡하게 머물러 서서히 짓누르며 괴롭히고 갈구는 공허감이었고 주위에 인연을 맺고 있는 살아 있는 생명체와의 부조화 속에서 소멸하는 상실감이었다.

김이 모락모락 올라오는 쫄깃한 칼국수를, 그 맛의 근원을 명확하게 단정 지을 수는 없었다. 하지만 그 칼국수는 할머니와 생사고락을 함께한 파트너이자 분신임에 틀림없었다. 합천댐 수몰지에서 단계식당을 경영 하면서 자리를 잡을 즈음에, 생각보다 장사가 잘되자 충실하고 성실하던 할아버지는 바람이 났다. 시장 골목 입구에 있는 '봉자'라는 술집 아가씨와 눈이 맞고 배꼽이 맞았다고, 시장의 장사치들 입에 이미 오르내리고 있었다. 이미 눈이 뒤집히고 돌아간 할아버지는 할머니를 쳐다보지 않고 외면하면서 아침부터 장사를 해서 번 돈을 몰래 훔쳐가곤 했다. 심지어 외박할 때도 있었다. 그때 저녁 손님이 떠난 홀에서 팔다 남은 식은 칼국수는 할머니와 함께했다. 식은 칼국수를 먹으며 할아버지에 대한 치밀어 오르는 격한 분노와 증오를, 배신감과 서운함을 식히며 어렵사리 버티었다. 또 고등학교를 잘 다니던 큰 아들이 불량한 친구들과 어울리는가 싶더니 담배를 피우고 술을 마시며 패싸움에 연루되어 합천경찰서를 갔다가 왔을 때, 그때도 칼국수는 함께했다. 하루 장사를 접고 해거름에 돌아와 단계식당에서 혼자 외로이 먹던 칼국수, 아침저녁으로 서늘한 날씨 탓에 하얀 김이 더욱더 홀 안을 날카롭게 후비고 새기며 올라갔다. 하늘거리는 김의 자연스럽고 유연한 모습을 올려다보며 부러웠고, 외로웠다. 그 당시 할아버지는 화투에 미쳐 있었다. 사랑스러운 자식들도 눈에 들어오지 않았다. 혓바늘이 생겨서 밥알을 입속에서 잘게 씹어 섞는 데 고통이 뒤따랐지만 면으로 된 식은 칼국수는 그럭저럭 먹을 수 있었다. 자식의 앞날에 대한, 그 불안하고 위태로운 시기에도 할아버지는 곁에서 굳센 버팀목과 따스한 위로가 되어 주지 못했다. 그러는 순간에도 칼국수는 곁에 함께했다. 모락모락 피어오르는 김이 할머니의 주위에 맴돌면서 할머니를 비호하는 것인지도 모를 일이었다.

삶의 뒤안길에 서서히 버티며 뚜벅뚜벅 나아가던 골목골목마다 칼국수는 충직한 하인처럼 우직하게 곁을 지키고 있었다. 할머니는 의연중에 그 칼국수를 의지하고 있었던 것인지도 모를 일이었다. 할아버지는 모멸감과 수치심을 자극해서 괴롭히고 초라하고 외롭게 만들었지만 김이 모락모락 피어오르는 칼국수는 그렇지 않았다. 식으면 식은 대로 따스하면 따스한 대로 위를 충만하게 채웠고 심신을 안정시켰던 것이었다. 칼국수는 온몸을 던져서 하루하루 할머니에게 자양분을 채워 주는 것이었다. 그것이 칼국수라는 메뉴를 버리지 못하고 아직도 손님들의 허기진 육체를 채우고 있었던 것이리라.

할아버지가 젊었을 때 할머니를 고생을 시켰지만 할머니는 그런 할아버지가 그리웠던 것이다. 할아버지를 통해서 두 아들을 낳고 충만한 기쁨을 얻었기에 그랬을 것이다. 한편으로 무척이나 할아버지를 증오하고 싫어하기도 했던 것이다. 무엇보다도 할머니가 할아버지를 좋아하던 부분은 남자구실을 능숙하게 잘했기에 그랬을 것이다. 섹스라는 도구는 할머니를 나약하게 만든 것인지도 모른다. 봉자라는 아가씨를 만나고 와서도 그랬고 밤새 화투를 치고 새벽에 들어와서도 할머니를 격하게 안고 깊숙이 애무를 했던 것을 잊지 못하는 것이었다. 할아버지의 역할은 그것 하나만으로 족했던 것 같았다. 할머니는 더 이상 할아버지에게서 바라지도 원하지도 않았던 것이리라. 그 할아버지의 연장선에서 칼국수를 맛있게 먹는 그를, 보고 있었던 것이다. 할아버지보다 키도 크고 덩치도 큰 그를 보면서 할아버지와 격렬하고 짜릿한 사랑을 나눈 기억들이 오롯이 되살아난 것인지도 모를, 흐뭇한 미소를 지으며 그를 바라보고 있었던 것이리라.

할머니의 영고성쇠는 얇은 피부 속 깊숙이 새겨져 있었다. 이마의 주름이 숙성된 반죽을 펴고 밀고 자른 면발처럼 풋풋한 모습에서 끓는 물에 들어가자 은근히 익어 탱글탱글한 면발로 변하는 모습이, 지금 할머니의 이마 주름에 선명하게 새겨졌고, 선명하게 드러나는 것 같았다. 그럼에도 할머니는 괘념하지 않았다. 원 없이 살았다고 떳떳하게 살았다고 누구에게도 큰 소리로 말할 수 있었던 것이다. 아마도 할머니는 오늘 처음 본 그에게 따스한 위안의 손길을 받고 싶었던 것이

분명해 보였다. 그래서 칼국수의 양을 곱빼기로 끓여서 정성
들여 그를 응대하는 것인지도 모를 일이었다.

　할머니는 그가 칼국수의 국물까지 먹고 바닥을 보이자, 그
의 탁자 위에 먹음직한 쑥떡을 올려놓았다. 접시의 굽이 안정
적으로 있는 접시 위에 노란 콩고물을 덮어쓴 쑥떡이 2개 있
었다. 한입에 들어갈 적당한 사이즈가 아니었다. 먹을 것이
없던 시기의 옛날 방식대로 할머니가 들에 나가 직접 쑥을 뜯
어 만든 떡이라고 할머니는 말했다. 할아버지가 잘 먹던 것이
라고 말하기도 했다. 할머니는 아직도 할아버지를, 사고뭉치
였던 할아버지를 사랑하고 그리워하고 있었던 것이다.

　"손님 혼자 사시오?"

　쑥떡을 탁자에 올려놓고 퉁명스럽게 던진 말이었다. 어눌
한 말투였지만 정감이 갔고, 훅 들어오는 은근한 말투였다.
그는 할머니의 눈빛 속에서 반짝거리는 뭔가를 볼 수 있었던
것이다. 싱그러운 보디를 소유하고 있는 그를 보고.

　"싱글이오."

Wind Of Change

새벽부터 대기가 불안했다. 그런 무겁고 불안한 대기가 싫지는 않았다. 오늘은 대지를 충분히 적셔 줄 빗줄기가 요란하게 내려 줬으면 좋겠다고 생각하고 있었다. 작년 가을부터 가는 빗줄기조차도 내리지 않았고 겨우내 진눈개비조차도 내리지 않았다. 가끔씩 지나가는 빗줄기가 간헐적으로 가볍게 내리는 것이 고작이었다. 해맑은 5월이 접어들어도 메마른 대지의 갈증을 온전히 해갈시켜 주지는 못했던 것이다. 그 5월의 한낮은 짜증날 정도로 높고 푸르고 메말랐다. 사이사이, 순연한 구름만 한가로이 떠다닐 뿐 무겁게 아래로 짓누르는 먹장구름은 형성될 기미도 보이지 않았다. 그러던 5월이, 어린이날이 되자 새벽부터 수분을 흠뻑 머금은 구름이 위태롭게 움직이고 있었다.

그는 터널 입구에서 조회를 마치고 포장되지 않은 흙길을 내려왔다. 조회했던 직원들은 저마다의 자동차를 타고 하루 일과를 시작할 장소로 부산스레 움직이고 있었다. 그는 비탈길을 터벅터벅 내려오다가 자동차들이 내려오면 비탈길 가장

자리에 비켜 주면서 흙먼지를 피하며 조심스레 내려왔다. 그는 파라솔을 세웠고 그 파라솔 아래 의자를 놓고 빗자루를 들고 세륜기 위쪽 콘크리트와 흙길 경계부터 비질을 했다. 거기서부터 비질을 해서 대로변까지 쓸어 내려갔다. 원래 그것은 신호수의 일과는 아니었지만 그는 어수선하고 지저분한 것을 태생적으로 싫어했고, 그런 상태로 오래도록 방치하는 것을 싫어했다.

그는 며칠 전부터 세륜기 주위에 배수로를 파서 터널 입구부터 내려오는 물줄기를 돌려놓을 필요를 느끼고 있었다. 폭이 좁은 긴 배수로가 없어 비가 오면 입자가 굵은 모래가 떠내려와서 세륜기 쪽으로 쌓였다. 그러면 굴삭기가 동원되어 1시간 이상 파내 마대에 담아야만 했다. 장마가 시작되면 그런 번거로운 일을 반복해야만 했기 때문에, 그 근원부터 해결해야만 했다. 이런 번거로운 일은 늘 작업장을 돌아다니는 작업 반장에게 부탁하면 될 것이었지만 그 정도의 일은 자신이 할 수 있었다. 자동차들이 오고가는 것을 체크하는 것이 신호수의 유일한 책무이었지만, 사람들이 시켜서 하는 일보다 척척 알아서 하는 것도 나쁘지 않을 것이라고 생각했기 때문이었다. 그리고 오늘은 덤프트럭이 부순 모래를 싣고 들어오지 않는다고 말했기 때문에 예정에도 없던 일을 하게 되었다.

그는 예정에도 없는, 계획되지 않은 하루하루를 선호하고 좋아했다. 40언저리까지 그는 그렇게 살았다고 자부하고 있었다. 그렇다고 일상을 무분별하고 무절제하게 방치하거나 방만하게 받아들이지 않았고, 그렇다고 짜임새 있고 알차게 경영하지도 않았다. 꼭 해야 할 것 같은 일을 했었다. 그 일이 공동체에 필요한 일이거나 유익을 주는 일이라면 귀찮고 짜증나는 일이 있더라도 시간을 할애해서 삽질을 했었다. 오늘도 그런 맥락에서 일을 즐겁고 유쾌하고 창의적으로 시작하게 되었다. 그 일을 함으로써 현장 소장에게 칭찬을 받기 위해서 하는 것은 절대로 아니었다. 뭘 바라고 하는 그런 약고 가벼운 행동이 아니라 스스럼없이 행하는 성실한 행위의 일부라고 치부하는 것이 나을 것 같았다.

그는 세륜기 주위를 돌아가면서 삽질을 해서 흙을 쌓았다. 조금씩 형태가 만들어지는, 쌓은 흙을 밟고 삽질을 하면서 쌓고 밟으며 나아갔다. 생각보다 삽질이 어려웠다. 한동안 삽질을 하자 허리도 아프고 손바닥도 욱신거렸다. 그래서 그는 허리를 펴고 쉬다 또다시 파기를 반복했다. 처음에 쉬엄쉬엄하기로 마음먹고 있었다. 막상 일을 시작하면 앞만 보고 달리는 저돌적이고 열정적인 습성이 온몸에 타투처럼 새겨져 있었다. 그게 그를 육체적으로 힘들고 고달프게 만들었지만 정신적으로는 한량없이 편안하고 아늑하게 만들었던 것이다. 다소 힘든 일을 하는 도중에는 아무런 번뇌도 잡념도 얼씬거리지 않았기 때문이었다. 반복적으로 흙을 파고 쌓으며 땀을 흘리는 자기 자신의 육체를 내려다볼 때, 그래도 사회의 일원으로서 누군가에 기생하는 기생충의 삶은 살지 않아도 된다는 자긍심과 긍지가 있었다.

그는 기생충처럼 살기 싫었다. 그가 관산동에 있는 부모가 애써 물려준, 고풍스럽고 단아하고 맵시가 남다른 기와집에서 나와 이렇게 널널하게 살아가는 것도 이모 가족이라는 기생충을 피해서였다. 그들은 집요하게 파고들었고 부모가 애써 쌓은 재산을 야금야금 잠식하고 있었다. 그는 아버지가 외롭게 독자로 자라서 할아버지에게서 물려받은 재산도 많이 있었다는 것을 대략적으로 알고 있었다. 할아버지와 어릴 적에 같이 살았던 온화한 기억도 새록새록 되살아났다. 간혹 할아버지가 금덩어리를 보여 주던 기억이 희미했지만 분명하고 명확하게 남아 있었다. 할아버지의 취미이고 즐거움 중에 하나가 금덩어리를 모으는 것이었고, 그 모아 둔 금덩어리들을 세상을 다 가진 충만한 눈동자로 오랫동안 들여다보는 것 또한 소박한 취미이고 즐거움이었다. 할아버지는 한 곳에 공사가 끝나거나 연말이 되면 으레 묵직한 금덩어리를 사서 어린 손자에게 보여 주면서 친절하고 공손하게 얘기하곤 했었다.

'앞으로는 금덩어리가 인류의 보편적인 통화가 될 거야. 나의 귀여운 손주, 너를 위해서 이렇게 모으는 거야.' 그런 애기를 하며 안아 주고 물고 빨던 기억이 뇌리에 어렴풋이 머물러 있었다. 그 할아버지의 금덩어리들이 어떻게 되었고, 어디에 숨겨 놓았는지 행적을 정확하게 알지 못했다. 야비하고 치밀한 이모도, 아직 그 금덩어리를 찾지 못했다. 그래서 어릴 적부터 야비한 음모와 함의를 숨기고 친절하고 따스하게 접근했는지도 모른다. 아마도 어머니에게 할아버지의 금덩어리 대한 얘기를 들었던 것 같았다.

2시간 정도 삽질을 하자 배수로의 형태가 드러났다. 그 사이 현장 소장과 한국도로공사 직원들이 터널 입구로 올라갔다가 내려갔다. 그들은 배수로 공사를 하는 그를 힐끗 쳐다보고 올라갈 뿐 창문을 내리지는 않았다. 그 소장은 쏘렌토를 타고 오전에 한 번 오후에 한 번씩 현장을 둘러보았다. 소장은 얼굴이 구릿빛이었고 까만 눈동자에 짙은 눈썹을 하고 있었다. 콧볼은 없고 콧대는 높았다. 안전모를 쓰지 않은 소장은 본적이 없어서 대머리인지 가발인지 명확하게 구분할 수는 없었다. 소장은 50중반을 넘어 정년이 얼마 남지 않은 나이였고, 아직도 굵은 주름살이 없는 핸섬한 사나이였다.

그는 오늘 여기까지만 삽질하기로 마음먹었다. 대략적으로 1시간에 30미리 정도의 폭우가 내려도 충분히 감당할 수 있을 것 같았다. 봉긋하고 조그마한 둑이 된 배수로를 두 발로 밟고 삽으로 때려서 다지는 것으로 마무리했다. 내일 할 일은 그 둑이 무너지지 않도록 부직포를 덮어 핀으로 고정시키면 터널 공사가 끝날 때까지 견딜 수 있을 것이리라. 그는 자신이 밥값을 했다고 자부했다. 기생충으로 살아오지도 살아가지도 않을 것이라 증명한 것 같아 흐뭇하기도 했다. 기생충으로 살아온 이모 부부를 보면서 그렇게 살아가서는 안 된다고 다짐하고 다짐하며 살아온 것을 생각하며 느끼는 감회였다.

그는 파라솔 아래 의자에 앉아 냉동 창고에서 꺼낸 캔커피를 한 모금 마셨다. 굵은 땀방울을 흘린 뒤에 마시는 것이라 그윽한 향기가 달았다. 그는 체질적으로 커피를 좋아하지는 않았다. 의사가 피하라는 음식 중에 하나였다. 민감성 장염이 있어 한동안 약을 먹기도 했었다. 그럼에도 불구하고 이런 날씨에는 커피가 잘 어울렸다. 장은 민감하게 반응해서 설사를 할 수도 있었다. 그런 돌발적인 상황이 전개되더라도 오늘은 마셔야겠다고 마음먹었다.

묵직한 바람이 파라솔을 가볍게 건드렸다. 그래서 그는 본능적으로 맞은편 하늘을 비스듬히 올려다보았다. 새벽부터 무겁고 불안하게 움직이고 있었던 구름들이 더욱더 빠르고 억세게 걸음마를 재촉하고 있었다. 알렉산더 대왕이 100만 대군을 지휘하는 것 같았다. 적정을 살핀 뒤 병사들을 적재적소에 배치하는 일사불란한 행동 같기도 했다. 실수를 은밀하게 침투시켜서 적의 우두머리부터 제거하기 위한 허장성세인지도 모르는 것이리라. 무수한 적을 속이는 것이 가장 훌륭한 병법이라는 것을 알기에 그럴 것이다.

짓누르는 공기의 피막에 미세한 균열이 일어났다. 그 틈으로 연한 바람이 파고들었다. 연이어 사납고 격한 바람이 거세게 침투하고 있었다. 바람이 합천댐 쪽에서 불어왔다. 황계폭포 쪽에서도 불어왔고 장단 쪽에서도 불어왔다. 땅바닥에 가볍고, 낮게 가라앉아 있었던 흙먼지의 어깨를 가차 없이 흔들어 깨웠다. 서둘러 흙먼지는 사나운 바람 위에 올라타고 있었다. 두서없이 터널 입구 콘크리트 바닥에서 비탈길 쪽으로 거침없이 올라갔다. 낮게 지표를 깨끗하고 세밀하게 핥고 지나가는가 싶더니 허공으로 뛰어올라 저마다의 대오를 그리고 있었다. 흙먼지를 일으키며 끊임없이 이동하는 세렝게티의 누 떼 같았다. 그런 불안한 상황에, 그는 의자에 앉은 채 파라솔을 꼭 잡고 있었다. 두 손으로, 간신히 낑낑거렸다. 바람의 기세는 치열하고 격하고 위풍당당하였다. 파라솔을 공중 부양을 시켰고, 반복적이었다. 그럼에도 그는 안간힘을 다해 붙잡고 있었다. 바람이 더 거칠게 몰아붙이는가 싶더니 심대한 타격을 가했다. 그때서야 그는 자신이 무모했다는 생각이 들었다. 온힘을 다해 잡고 있었던 두 손을 놓지 않을 수 없었다. 자연의 힘을 감당할 수 없는, 통제할 수 없는 큰 타격이었다. 음험하고 기괴한 음향 효과와 더불어 평정심을 잃은 거친 파도에 의해 좌표를 잃고 지향점을 잃은 원양 어선의 위험천만하고 위태로운 모습, 그것이었다. 그 매서운 바람은 우악스럽게 파라솔을 허공으로 들어올렸다. 연이어 길 한가운데로 날려 보내 구석진 벽에 강하게 내동댕이쳤다. 그는 본능적으로 일어나 뛰어가 파라솔을 간신히 잡아서 간신히 접을 수 있었다. 바람은 음산하고 거칠고 가혹하게 몰아붙였다.

쉽게 종식되지 않았다. 그는 처음 겪는 비상 상황이라 다소 당황스러웠으나 두렵지는 않았다. 원양 어선에 승선한 애송이 선원처럼 공포에 내몰려 오줌을 지리는 그런 위험천만한 상황은 전개되지 않았다. 한편으로 스릴이 넘치고 재미있었다. 이상한 열기가 피부에 깃들었고, 의기양양하고 투지에 넘치는 자신을 인식하고 있었다. 40언저리까지 살면서 이런 돌변하는 자연 현상은 직접 겪어 본 적도 없었다.

메케하고 음험한 흙먼지의 무리들이 한 덩어리가 되지 않고 각자 일정한 거리를 두고 떨어져서 치열하게 싸우고 있었던 것 같았다.

세렝게티의 치열한 상황과 별반 다르지 않은 것 같았다. 일인자의 자리를 차지하기 위해서 호시탐탐 노리는 무리들이, 그래서 코끼리의 경건한 영혼이 깃든, 코끼리를 닮아 영험하고 기괴한 금성산을 에워싸는 것 같았다.

예측 불허 하마의 무리들이 비탈길을 따라 올라갔다. 그들의 무리들은 통제가 되지 않는 것이 전략 전술인 양 좌충우돌 광인처럼 날뛰었다. 오와 열을 맞추어 전투력을 향상시키는 정예병이 아니라 개성이 남다른 독특하고 강한 용병 같았다. 저마다의 성격의 과도한 돌출에 따라 마구잡이식 싸움으로 전개되고 있었다. 전체를 통제하는 우두머리도 없고 누군가가 앞질러 두각을 나타내면 이쪽으로 달려가고 저쪽으로 달려가는 오합지졸이라고 말할 수 있었다. 무리 속에서 우두머리인지 알 수 없는 누군가가, 간격을 두고 가끔씩 큰 입을 벌려서 울부짖으면 뒤따라 무리들은, 아무런 저항 없이 집단적으로 울부짖었다. 세렝게티 2인자의 울부짖음이었다. 하마가 세렝게티의 열기를 식히기 위해서 물웅덩이에 들어가서 시원하게 목욕을 할 때 어디선가 여유롭고 느긋하게 다가오는 1인자, 그 1인자의 눈치를 보며 가장자리로 뒷걸음질 치며 애써 비켜 줘야 하는 비애와 서러움, 그 가슴 깊숙이 응어리진 설움에 대한 울부짖음이었다. 세렝게티에서 영원히 1인자가 될 수 없는, 부단히 노력을 하고 치열하게 부딪치고 싸워도 이길 수 없는, 태생적으로 코끼리 덩치보다 왜소한 존재로서의 결핍된 울부짖음이 아마도 저런 괴이한 울음소리일 것이다. 입이 큰 하마가 그렇게 1인자의 눈치를 살피며 살아왔음에도 치욕스럽게 무릎을 꿇지 않고 기회만을 노리고 살아온 것에 대한, 그런 초라함으로 비루함으로 살아온 것에 대한, 자기 부정에 대한 울부짖음이기도 했던 것이다.

그 뒤를 분노 장애가 있는 코뿔소가 좌충우돌 치고받으며 거침없이 올라갔다. 자기의 고유한 영역에 관한 것이라면 물불을 가리지 않고 민감하게 반응하는 코뿔소들이 돌진하고 있었다. 금성산 언저리가 자기의 영역인 듯이 단결하여 에워싸고 있었다. 코뿔소의 세계에서는 흔하지 않은 기이한 현상이었지만, 코끼리가 사사건건 부딪치고 자신의 정통성이고 자존감이기도 한 자신의 영역을 개의치 않고 침범하는 것이었다. 자신의 고유한 영역에 들어온 다소 불량기가 있는 코끼리와 2개의 길고 짧은 뿔을 무기로 목숨을 걸고 자웅을 겨루어 봤지만, 육중한 덩치와 우람한 긴 코의 현란함에 밀리고 밀리는 것은 어쩔 수 없는 현실적 낭패였다. 그럴 때는, 우선 도망가는 것이 최우선이었다. 코뿔소는 무게 중심이 낮게 잘 배치되어서 잘 넘어지지 않았다. 하지만 코끼리의 육중한 덩치와 강력한 힘으로 밀어붙이면, 그런 불꽃 튀는 싸움에서 긴 코와 긴 뿔이 힘과 힘이 부딪치고 억세게 버티기로, 그런 억지스런 대결에서 발을 헛디디기라도 하면 그때는 헤아릴 수 없이 깊은 낭떠러지로, 볼 장 다 보는, 생과 사에서 사로 치닫는 것이었다. 더욱 치욕스럽고 불행한 일은, 그러다가 배가 하늘을 보고 넘어지기라도 하면 생사의 길목에서 비참한 최후를 맞이해야 하는, 잔인한 고통과 번민으로 괴로워해야 할 것이었다. 자신의 무게보다 2배나 되는 가혹한 무게로 짓누르고 밟으면 장기를 감싸는 굵고 단단한 뼈마저도 송두리째 부러뜨려 버릴 것이었다. 그때 힘들여 지켜 온 그래서 만족하고 있는 자신의 고유한 영역도 아무런 소용이 없어지는 것이었다. 그래서 싸우다가도 틈을 봐서 자존심을 구기며 눈치를 보며 도망갔었다.

코뿔소는 코끼리로부터 그러한 수모와 치욕을 당하고 있었다. 지금까지 참고 인내하며 내일의 복수를 다짐하며 마음을 다스리고 있었다. 분노 장애가 있는 자신에게는 있을 수 없는 일이기도 했다. 그것에 대한 누적된 수모와 치욕이 고착되기 전에, 잔인하게 응징하기 위해서 흙먼지를 일으키며 돌진하고 있었던 것이다. 코뿔소의 뿔이 앞으로 길게 뻗어 있는 것은, 오로지 직진만 있고 좌우는 신경을 쓰지 않는, 본성에 기인한 것처럼 말이다. 그런 본성에 기인한 성격도 코끼리에 의해서 무참히 짓밟히고 있었던 것이었다.

이젠 얼룩말의 무리가 축사가 있는 쪽에서 몰려들어 합천댐 쪽으로 우회하며 에워싸고 있었다. 그 뒤를 기린이 뒤따랐다. 기린은 대개 단독 생활을 했지만 코끼리의 코와 긴 목으로 힘을 겨루다가 목이 부러지는 일에, 기린은 무리들 중에 평생 장애를 가지고 살아가야 하는 업보에 대한 복수심으로, 의기투합하여 얼룩말의 뒤를 따르고 있었던 것이었다. 얼룩말은 늙은 수컷 우두머리가 선두에 서서 방향타를 잡고 위태롭게 항해하면서 달려가는 것이었다. 기린도 뒤질세라 달려갔다. 얼룩말은 세렝게티에서 살아가는 어떠한 경쟁자들보다도 길들이기 어려운 동물이라 사자들도 마음 내키는 대로 마구 달려들었다가는 뒷발에 채여 견고한 턱이 박살나고 이빨이 깨지는 것이 비일비재한 일. 그럼에도 불구하고 초원을 한없이 달려도 될 것 같은 내구성과 강인함을 엿볼 수 있었지만 실은 몽골의 말보다 견고한 내구성은 떨어지고 장거리를 달리면 쉽게 지치는, 폐활량과 스태미나가 부족했던 것이었다. 그럼에도 코끼리에게 당한 수모와 굴욕을, 트라우마로 떨쳐버리지 못하고 괴로워하고 있었던 것이다. 5미터가 되는 기린도 심저에 그런 억눌린 감정의 격한 분화가 도사리고 있었던 것이었다.

코끼리를 닮은 금성산을 하마와 코뿔소, 얼룩말과 기린이 에워쌌다. 땅과 하늘을 가득 메운 그물망을 치듯이 촘촘하게 에워쌌다. 터널 입구는 하마, 장단 쪽은 코뿔소가 합천댐이 내려다보이는 쪽은 얼룩말과 기린이 방어막을 구축하고 총공격을 기다리고 있었다. 아직 전기가 무르익지 않은 것 같았다.

금성산을 에워싼 어처구니없는 광경이 보스니아 내전이 연상되었다. 1425일 동안 봉쇄된 사라예보와 다르지 않은 것 같았다. 다른 것은 지형의 차이 밖에 없었던 것이다. 포위된 그들은 선량한 코끼리 무리였던 것이다.

보스니아 내전은 오랜 민족적 종교적 분쟁의 결과물이었다. 신유고연방군의 지원을 받는 세르비아계는 개전 초기부터 압도적인 공격으로 물밀 듯이 밀고 들어갔다. 급기야 세르비아계는 보스니아의 수도 사라예보를 봉쇄했다. 세계사에 중요한 사건인 제1차세계대전의 도화선이 된 그 사라예보였다. 1914년 오스트리아 황태자 부부가 세르비아계 청년에게 암살된 사건. 그 암살한 청년도 세르비아계였다. 암살에 참가한 청년은 보스니아를 독립하여 세르비아계를 중심으로 국가를 재건하고 싶었던 엄청난 목적을 가지고 있었다. 그 사라예보가 세르비아계에 의해서 봉쇄되었다.

세르비아계는 지형적으로 우수한 위치를 선점하고 있었다. 세르비아계는 선량한, 무장하지 않은 저항할 수 없는 사라예보 사람들을 무차별적으로 사살했다. 노인들도 사살했고 아줌마들도 사살했고 아이들도 사살했다. 여자들을 강간하고 사살했고 사내들은 거친 군홧발로 짓밟고 걷어찼고, 심심해서 사살했다. 가혹하고 잔인한 사살의 연속이었다. 저격수의 망원렌즈에 들어오면, 즉 스나이프 거리에 들어오면 걸어가도 사살했고 뛰어가도 사살했다. 그런 상황에서도 소극적인 UN군은 소극적인 태도와 안이한 행동으로 적군을 소극적으로 경계할 뿐이었다. 그러는 사이, 어리거나 늙거나 저격수의 총에 여지없이 사살되었다. 출근하는 사람들도 도망쳐 뛰어가다 사살되었고 병원에 가는 어린이들도 엄마와 함께 사살되었다. 심지어 평화 시위를 하는 무수한 사람들이 길거리에서 죽어 나갔다. 그들은 비무장인 평범한 일반 사람임에도 스나이퍼의 총알을 벗어나지 못했다. 세르비아계는 마르칼레시장까지 사정거리 안에 넣었다. 노련한 포수들이 포탄을 집중해서 날렸다. 처참하고 무자비했다. 시장에서 필요한 생필품을 사고 먹을 것을 사는 사라예보 사람들의 절망적인 고통과 아픔에는 관심이 없었고, 오직 전쟁 비용을 아끼는 것에만 골몰하고 있었다. 그들의 이익은 평범한 사람들의 일상의 소소한 재미와 여유를 짓밟아 버리는 것이기도 했다. 연이어 세르비아계는 스레브레니차 지역을 봉쇄하고 침착하고 성실하게 학살을 자행했다. 뒤에서도 쏘고 앞에서도 쐈다. 총을 들 수 있는 잠재적 적군인 어린이마저도 웃으면서 살벌하고 과감하게 사살했다. 사람들은 마루타였고 50명이 들어가는 좁은 곳에 장작을 쌓듯이 안에서부터 가지런하게 정돈해 쟁여서 출입구를 막아 버리기도 했다. 그들은 타들어 가는 갈증에 죽었다. 엇비슷한 시기에 르완다의 대학살도 만만치 않았다. 후투족과 투치족 간의 싸움. 후투족 출신 대통령이 피격되자, 후투족 강경파들의 선전 선동에 어제까지의 선생님이 학생들을 쳐 죽이고 어제까지의 목사가 신도를 쳐 죽이는, 어제까지의 남편이 아내를 쳐 죽이는 광기의 도가니였다. 제노사이드.

그때 대기의 카오스 속에서, 멀리서 날아온 빗방울이 땅바닥에 박혔다. 한 방울씩 날카롭게 비수처럼 떨어지더니 우두둑 깨어지듯이 쏟아졌다. 으스스한 먹장구름 속에서 굵은 빗방울들이 사정없이 내리꽂혔다. 걷잡을 수 없는 포악한 바람과 쏟아지는 빗방울의 세력화는 짙은 흙먼지를 천천히 흡수하고 있었다. 카오스의 대기가 온통 짙은 흙먼지의 손아귀에서 못 벗어나는가 싶더니, 광기어린 비바람에 의해 속절없이 허물어졌다. 회오리치며 허공을 가로지르며 우격다짐을 하고 편 가르고 싸우는 흙먼지의 괴이한 모습들, 이어서 세렝게티의 코끼리와 2인자들의 전쟁, 심지어 세르비아계가 사라예보를 봉쇄하고 자행한 잔혹함과 무자비함이 무의미한 것을 좇아 벌어진, 민족적이고 종교적인 것이 타자화를 만들고 비인격화를 형성해서 일정한 거리를 두고 멸시하고 강제하는 그런 것, 그것이 민족성을 부추기고 종교적 교리를 일깨워 폭력성을 조장하고 정당화하는, 그런 그릇된 행위가 무의미한 것.

짙은 흙먼지가 빗줄기에 씻겨 내려 흙탕물이 되어 비탈길의 가장자리를 따라 만든 배수로를 따라 콸콸 소리를 내지르며 급하게 흘러내리고 있었다. 그는 일회용 우의를 입고 세륜기 주위로 조심스럽게 걸음을 옮겼다. 광폭한 비바람은 여전히 잔혹하게 그를 에워쌌다. 똑바로 걷는 것을 강하게 밀쳐 내었고, 가로막았다. 예정된 곳으로 걸어가면 오른쪽으로 비스듬하게 걸어가는 자신을 발견할 수 있었다. 사람들의 삶 또한 그러하리. 온전한 방향으로 걸어가면, 가까이에 있는 그 누군가가 교묘한 친절로 가장한 채 접근해서 그들의 이익을 위해서 거친 태클을 깊숙이 걸고 넘어뜨리기 위해서 혈안이 되어 있었다. 세렝게티의 코끼리와 2인자들의 전쟁도 그들의 이익을 위해서 그렇고 세르비아계가 사라예보를 봉쇄한 것도 전쟁 비용을 덜 지출하기 위해서, 즉 그들의 이익을 극대화하기 위해서 그렇게 했었다. 그는 배수로 위에서 흘러내려 오고 무섭고 우렁차게 흘러내려 가는 진흙탕물의 정제되지 않은 위용을 보고, 삶의 허물, 즉 헛것들의 사체들이 아닐까 하는 생각마저 들었다. 그렇다. 헛것들의 사체일 것이다. 망집과 탐욕이 마음속을 빼꼭히 점거하고 있으면, 높은 도덕성도 양심의 가책도 공공의 가치도 애써 도외시하고 내팽개치고 멀찌감치 관망하는 자세를 취하는 것이었다. 그것이 갑작스럽게 닥친 외부의 강력한 압력과 침입으로 산산이 부서지고 희석되는 것이리라. 진정으로 그들이 추구하고 갈망하고 원하던 그것이, 그들이 광적으로 집착하던 그것이 예상하지 못한 미세한 변화와 긴급한 상황에 직면하게 되면 아무것도 아닌 것으로, 스스로 인식하고 깨닫는 것이다. 때늦은 후회가 될 때도 있었던 것이다. 그럼에도 그들은 겉으로 드러내지 않았고 옛날부터 해 왔던 그대로 유지하며 밀고 나가는 것이었다. 관성. 마찰력과 외력이 있어도 역사와 종교의 불합리한 내적 합목적성으로 인하여 변화하지 않는 것이다. 그때 그는 Scorpions의 Wind Of Change의 애잔한 노래 가사를 떠올리며 자기도 의식하지 못한 채 흥얼거렸다. 언제 변화의 바람이 불어오는 것인가.

7월

오전 내내 비는 그치지 않았다. 광기에 내몰려 있던 비바람은 언제 그랬냐는 듯이 온순한 양으로 변하고 있었다. 이슬비가 내리는가 싶더니 이내 맑게 개었다. 산뜻하게 정돈된, 정갈한 파란 하늘을 드러내었고 투명하고 고운 햇살도 드리우고 있었다. 그는 의자에 앉아 컨테이너 하우스 창문 밖으로 시선을 옮겼다. 그때 고양이가 경계심을 잃은 채 여유롭게 마당을 가로질러 가고 있었다. 몇 번 본 기억이 있었다. 그래서 그런지, 그는 새끼 고양이를 키우고 싶다는 생각을 예전부터 했었다. 이미 이름도 지어 놓았다. 하루. 아침 저녁 끼니에서 끼니 사이의 느슨하고 권태로운 시간을 잘 버티며 생존하라고 그렇게 지어 놓고 있었다. 그는 고양이가 홀연히 사라지는 것을 지켜보고 책상 위로 시선을 옮겨 놓았다. 책갈피로 표시해 둔 대망을 펼쳐 보았다. 반듯하고 정교한 활자가 눈에 들어오지 않았다. 우선 아침 일찍부터 삽질을 해서 노곤했고 아랫배에 음식이 충만해서 그런지 갑자기 졸음이 몰려왔다. 그래서 샤워를 하고 달콤한 낮잠을 자고 코끼리미술관에 가 봐야겠다고 생각하고 있었다.

그는 샤워를 했다. 비에 젖어 다소 차가워지고 경직된 보디가 데워진 물을 온몸으로 받아들이자, 서서히 녹아내리는 것을 느낄 수 있었다. 그때 오전에 삽질을 하다가 물집이 잡혀 터진 손바닥에 물이 들어가자 잠잠하던 고통이 서서히 일어서는 것을 느낄 수 있었다. 비누질을 할 때는 잔인하게 각성을 시켰다. 심하게 아리고 욱신거렸다. 샴푸를 하고 온몸을 구석구석 씻은 후 데운 맑은 물로 씻어 내자 다소 멀어져 가 싱그러운 아리의 이미지가 서서히 그리고 점차적으로 다가와 자신 앞에 아리따운 모습으로 당당하게 머물러 있었던 것이다. 며칠 전에, 거창 전통 시장에 갔었다. 그는 시간이 허락하면 전국 어디를 가든지 주변에 5일마다 섰다가 사라지는 전통 시장을 하염없이 돌아다니며 물건을 사고파는 정겨운 모습을 지켜보는 것이 취미였다. 전통 시장은 스마트한 대형 마트에서 찾아 볼 수 없는, 늘씬한 모델의 곱고 화사한 미소로 포장되지 않은 인간에 대한 생생한 날것의, 생생하고 비릿한 행위와 냄새를 자아내고 맡을 수 있는, 그런 곳이었다. 원시 시대부터 있어 왔었던 인간의 원초적인 모습인 흥정과 거래. 그래서 거창 5일장을 일부러 둘러보았다. 그는 반찬 가게를 들러서 볶음 멸치와 가죽 튀김을 사고 총각김치와 백김치도 샀다. 묵직한 그것을 오른손에 들고 북2문 쪽으로 나왔다. 전통 시장 안으로 들어오지 못한, 선택받지 못한 난전의 할머니들이 일렬로 늘어서 저마다 키운 채소들을 촌스럽게 펴놓고 있었다. 차가운 보도블록에 앉아서, 시선의 주체가 남다른 저마다의 시선에 무덤덤한 표정으로 어떤 할머니는, 빛바래 찢어진 파라솔 아래에서, 자신의 밭에서 베어 와서 아침부터 고구마 줄기를 벗기며 잠시 멈췄다가 올려다보는 측은한 눈빛, 그윽하고 가물가물한, 그런 눈빛을 볼 수 있었다. 가파른 주름과 처진 피부, 수척한 어깨와 꺾인 허리로 변하고 퇴행되어 자신을 돌볼 수 없을 정도로 분주한 나날을 보내었던 삶의 연속들, 그런 것을 새삼스럽게 반추하는 애잔한 눈빛이기도 했다. 그 곁에 주운 듯한, 딸기를 담아 파는 플라스틱 용기에 노각과 싱싱한 오이를 담아 파는, 손수 냇가에서 잡은 다슬기 한 움큼을 파는 아줌마가 실없이 말하고 실없이 행동하고 있었다. 한 여자의 밑천이 차가운 바닥까지 주저앉은 한편으로 더 추락할 곳이 없어, 차라리 당당한 모습이기도 해 보이는 아줌마는 지나가다 멈춘 그를 보고 스스럼없이 흥정을 하고 있었다. 그는 한동안 서서 그녀의 보잘것없는 물건들을 한없이 내려다보며, '저 아줌마도 아슬아슬한 생존의 벼랑 끝에서 애써 의연한 척 발버둥치고 있구나!' 어쩌면 저것이 세렝게티의 얼룩말 사냥을 하다가 뒷발에 턱을 걷어차여 이빨이 깨진 늙은 암사자의 모습 같았다. 세렝게티에서 직면해야 할 실존의 거친 일상의 한 부분처럼 느껴진 것 같았다. 어디에선가 다가와 가까이 머물러 있는 죽음을 직면하고 죽음을 대하는 모습이 애처롭기도 하고 의연해 보이기도 하고 비장해 보이기도 했던 것이다. 그때 롯데시네마 쪽에서 아리를 볼 수 있었다. 가까운 거리, 혼자였다. 누군가를 기다리는 것 같았다. 아마도 태권도 사범이 아닐까하는 생각이 들었다. 순진한 생각이었다. 건장한 사내가 아리 곁으로 다가가고 있었다. 그들은 수줍은 표정으로 서로를 주시하는 아리아리한 눈빛이 아니고, 자연스레 손을 잡고 스스럼없이 허리를 끌어안아도 되는 두터운 신뢰가 쌓인 그런 느슨하고 돈독한 사이였다. 그들끼리 평온하고 아늑하고 자유로운 휴일을 느긋하고 낭만적으로 보내는 것을 알 수 있었던 것이다. 아마도 그들은, 이미 벌써 그들은 서로가 원하고 갈망하는 육체적인 교접이 있었던 것이 분명해 보였다. 왜냐하면 그 건장한 사내가 잘록한 아리의 허리를 끌어당겨 가볍게 입맞춤하고 목덜미 쪽으로 입술을 가져가 체취를 부드럽게 맡아도 밀쳐 내거나 강한 거부 반응은 없었기 때문이다. 육체가 이미 서로를 인정하고 받아들이는 단계까지 이르렀다는 확실한 증거인 것이다.

아리는 디젤 청바지 조그진을 입고 있었다. 허리에 끈이 있어 단단히 묶는 것으로 착용감이 편안한 청바지였다. 디젤 청바지는 학생의 용돈으로 손쉽게 구입하기에는 고가에 속하는 명품이었다. 예전에 영화배우 이병헌이 애용하는 청바지였던 것이다. 그러고 보니 아리 맞은편에서 듬직하게 서 있는 건장한 사내도 조그진을 입고 있었다. 커플룩인 것 같았다. 그는 그들의 표정과 행동거지를 꼼꼼히 지켜보고 이상하고 비정상적인 생각의 입자들이 갑자기 뇌리를 스쳐지나가는 것을 인식할 수 있었다. 태권도 사범에게서 샤넬 향수 샹스 오 땅드르. 건장한 사내에게서 디젤 청바지 조그진.

그는 그녀를 스치듯이 지켜보고 지나가자 아리도 그를 스치듯이 쳐다보고 있었다. 그녀는 말갛게 미소를 지을 뿐 아는 척을 하지 않았고 자신의 모습을 애써 숨기려고도 하지 않았다. 그런 애매한 지점에서 아리는 자신의 위치 선정을 하고 있었다. 아리송한 아리의 표정과 행동으로 미루어 보아 자신보다 나이가 많은 아저씨에 대한 강한 거부감과 저항은 없어 보이고, 향긋함을 발산하면서 코끼리미술관에서 몇 번 지나치면서 만난 것도 대수롭지 않게 생각하고 있었던 것 같았다. 그냥 이웃집에 사는 인심 좋고 후덕한 아저씨라고 생각하고 있었던 것인지도 모를 일이었다. 그것도 아니면 아리의 입장에선 페니스의 굴신을 믿는 사내로서 진지하게 쳐다보는 것인지도 모른다. 그는 그런 이상한 상황들이 자주 있었다. 그가 관산동에 살 때 편의점에 자주 오는 귀엽고 예쁜 초등학교 6학년 여학생에게 귀엽다고 초콜릿을 사 주곤 했었다. 그러자 몇 주 지나지 않아서 지은이라는 그 초등학생이 자신을 간절히 원하고 있었다는 사실을, 예전과 다른 그녀의 표정과 행동과 태도로 손쉽게 느낄 수 있었던 것 같았다. 심지어 그 지은이 어머니가 일부러 편의점까지 찾아와서 점주를 만났다는 것도 뒤늦게 알 수 있었다. 그 지은이의 사랑이, 순진무구하고 풋풋한 사랑의 불씨가 도저히 예측할 수 없는 곳에서 불시에 찾아와서 머물렀던 것이었다. 보통 사람들이 말하는 사랑이라고 명명하기에 조금 어설프고 설익은, 그러나 그녀로선 부풀어 오르는 감정에 정직한 것이리라. 그 후 얼마 지나지 않아 지은이 어머니는 집을 팔고 다른 곳으로 이사를 가는 것으로 일단락되었다. 지은이, 아련하게 점멸하는 사랑의 불씨를 가슴의 아궁이에 조심스럽게 묻고 어디론가 전학을 가서, 그 낯선 곳에서도 완전히 소멸되지 않고 가냘프게 빛을 발산하는, 그래서 더 아리아리한 사랑의 불씨를 가슴 깊숙이 숨긴 채 겉으로 태연자약하게 살아가고 있는 것인지도.

그는 샤워를 하고 머리칼을 말리고 컨테이너 하우스에 누웠다. 그러자 페니스가 각성을 시작했다. 아리의 뚜렷한 이미지와 지은이의 어렴풋한 이미지가 연이어 떠올라 자신의 품으로 파고들었다. 그녀들은 그의 팔베개에 가지런하게 누워 예쁘고 다정스러운 표정으로 맑게 웃고 있었다. 그녀들은 한 어머니가 낳아 자란 자매처럼 살갑게 서로를 받아들이고 이해하고 배려하는 것 같았다. 그는 절대적인 권력과 권위가 있는 왕이라도 된 듯 위엄 있는 표정으로 그녀들을 가볍고 부드럽게 어루만지며 안았다. 아리는 그의 오른쪽 겨드랑이에 모로 누워 페니스를 오른손으로 어루만지며 미소를 잃지 않았다. 지은이도 왼쪽 겨드랑이에 모로 누워 젖꼭지를 손톱으로 동그라미를 그리며 장난스럽게 꼬집으며 자극을 했다. 부드럽고 긴 머리칼에서는 그윽한 향기를 풍기고 있었다. 아리는 큼직한 장미꽃이 화려하고 고급스러운 실크 나이트가운을 입고 있었다. 초등학생인 지은이는 그 나이에 어울리지 않을 정도로 성숙했다. 적당한 키에 적당한 유방을 탄력적으로 감싸는 보라색 브라와 촉촉한 아기집을 감싸는 보라색 팬티를 입고 있었다. 그녀들이 움직일 때마다 유방의 탄력적인 부드러운 촉감이 온몸을 자극하고 있었다. 그는 팔베개를 풀고 스스럼없이 지은이의 팬티 속으로 투박한 손을 미끄러지듯이 밀어 넣었다. 손가락에 걸리는 것이 아무것도 없었다. 장애물 없이 줄곧 나아갔다. 까칠한 것이 없고 매끄러운 피부의 일부처럼 목적지까지 나아갔다. 내비게이션의 친절한 아가씨의 목소리를 따라가듯이 지은이의 교태 섞인 코맹맹이 소리를 따라갔다. 그는 내비게이션의 목적지 언저리에서 맴돌 뿐, 골목 안쪽 깊숙이 돌담이 양쪽으로 균형을 맞춰 일정한 높이로 늘어서서 위태롭고 아슬아슬한 그런 곳으로, 사랑스러운 연인이 어깨에 손을 얹고 나란히 걸을 수도 없는 협소한 그런 길로 안내할 수 없다는 것을 이제야 비로소 깨달은 것이었다. 거기서부터는 자신이 직접 개척해야 한다는 것도. 수풀도 없는 건조한 길을 걷다가 물기를 머금은 축축한 길을 걸어야 하는 것을.

지은이의 교성 소리에 맞은편에 누워 있는 아리가 몹시 자극이 되는 모양이었다. 아리가 허물없이 헐렁한 나이트가운을 벗었다. 아직도 풍성하게 제대로 생성되지 않은 생된 유방을 보드랍고 하얗게 드러내었다. 그럼에도 젖무덤이 생기고 옷의 맵시가 날 정도로 볼륨은 있었다. 잘록한 허리를 받치는 엉덩이도 탐스럽게 영글었다. 그런 아리는, 몸을 꼬며 그의 어깨에 밀착하여 젖꼭지를 혓바닥으로 굴렸다가 입술로 물었다가 결국에는 치아로 거침없이 깨물었다. 그는 짧은 신음 소리를 내었다. 그는 피학성애를 통해서 쾌감을 느끼는 그런 부류였다. M이었다. 노련한 아리는 그 중요한 지점을 알고 있었다. 서로의 육체를 충분히 알고 있어야 가능한 일이었다. 아리는 그것을 놓치지 않고 자극하고 있었다. 그는 섹스를 하는 동안 빨고 핥고 불고 누르고 당겨도, 그런 알싸하게 전해지는 고통이 동반되지 않으면 섹스가 밑간이 안 된 미역국처럼 맹숭맹숭하다는 것을 온몸으로 느끼고 있었던 것이다. 그래서 아리도 자극적인 그런 행위들을 좋아했던 것이다.

그는 지은이를 집중 공략 했다. 키는 엇비슷했지만 아리와 달리 브라의 껍질 안에 든 알맹이가 옹골차고 충실했다. 그는 아리의 공략은 아리의 영역으로 내버려 두고 지은이의 유방에 집중했다. 그는 지은이의 유방이 적당하고 푹신한 것이 마음에 들었다. 너무 커서 우둔해 보이지도 않고 아리처럼 바람이 다소 빠진 풍선처럼 처진 것과는 달리했다. 그의 손가락이 유방의 정수리에 오롯이 도드라진 유두가 단단해진 것을 예민하게 느끼고, 부드럽게 혓바닥으로 빨고 핥았다. 말끔하게 뿌리째 뽑힌, 축축하게 젖었을 그곳을 생각하지 않을 수 없었다. 그는 지은이의 아기집 속으로 자신의 전부를 삽입해야 할 것 같은 느낌이 들었다. 그런 다음에 아리를 천천히 공략하는 것도 나쁘지 않았다. 여자 2명을 상대하는 것도 한편으로는 축제이지만 한편으로는 지대한 관심과 지구력이 요구되는 일이기도 했다. 지은이가 알아서 아리를 성적으로 만족시키지 않는 이상은 말이다.

그는 사정을 했다. 지은이의 아기집 속으로 열정과 땀과 노력을 다섯 손가락을 이용해서 구석구석 휘젓고 쑤시며 혓바닥으로 녹여서 간신히 밀어 넣었다. 그러자 노동의 피로와 사정의 노곤함으로 졸음이 몰려오고 눈꺼풀이 무거워지는 것을 느낄 수 있었다. 낮잠에서 깨어나면 코끼리미술관에 가서 아리의 요염한 모습을 보고 싶었다. 아리가 무엇을 원하고 아리에게 무엇을 사 줘서 흥정을 해야 할지 한편으로 궁금하기도 했다. 그는 태권도 사범과 연이어 디젤 청바지를 입은 건장한 사내를 생각하며 쓴웃음을 짓지 않을 수 없었다. 그는 경직된 사지가 사르르 풀어져서 무겁게 가라앉는 것을 느끼며 맞은 편 천장이 희미해지고 멀어지는 것을 느끼며 눈을 감았다.

2시쯤, 아리는 아빠와 작업실에 있었다. 작업실 안은 적당한 온도와 습도를 유지하며 쾌적하고 평온하고 아늑했다. 창문은 열려 있었고, 그곳으로 보조댐 상류에서 불어오는 신선한 공기가 유유하고 한가롭게 들어올 수 있었다. 이런 이상적인 5월 날씨에도 작업실에 아빠와 담소를 나누며 머물러 있었던 것은, 아마도 그녀는 새벽부터 대기가 불안했고 오전에 비가 떠나갈 정도로 무섭게 내려 오늘 스케줄을 잡지 않은 모양이었다. 겉으로 그렇게 보였다. 그럼에도 자식이 부모에게 효도를 하는 일반적인 형태가 아닌 것 같았다. 그가 작업실로 들어섰을 때 수긋하던 아리가 문 여는 소리에 시선이 마주칠 때 스치는, 그녀의 교활한 눈빛의 불안하고 미세한 움직임으로 어렵지 않게 알아차릴 수 있었던 것이다. 겉으로는 단란하고 사랑스러운 부녀간의 단란한 대화로 오후의 느긋한 시간을 보내는 것으로 비춰졌지만 생각과 가치관이 다른 세대 간의 간격과 주체의 시선이 제각각 추구하고 지향하는 것이 상이했던 것이 분명해 보였다. 아빠의 입장에서는 딸의 진로와 고민을 듣고 충고와 조언을 하고 딸의 말을 충분히 들어주고 싶었지만 정작 고리타분하고 난해한, 아빠 자신과 자신의 삶을 대변하고 변호하는 말만 늘어놓고 있었던 것 같았다. 그런 와중에도 그녀는 가끔씩 따분한 표정으로 다리를 꼬았다가 풀었다가 편안한 의자에 기대었다가 당겼다가를 반복하며 가까스로 순간순간을 견디어 내는 것이 역력해 보였다. 안절부절못하고 있었던 것이다. 잠시 스마트폰과 이별한 것으로 생기는 금단현상이 일어난 것인지도 모른다는 생각. 이상하게도 그녀의 주위에 스마트폰이 가까이에 없었다. 그 당시에는 그 이유를 정확하게 알지 못했다. 나중에 화가의 입을 통해서 정중하게 들을 수 있었다.

부녀간의 대화 속에서 그가 들이닥치자 아리가 마치 안개가 짙게 깔린 장마철 숲속에서 간신히 출구를 찾은 것처럼 반가워하는 모습이 역력했다. 아리의 눈빛에서 아버지의 고루하고 지겨운 일방적인 대화를 멈추게 할 수 있는 유일한 방법이라는 것을 알고 있었기 때문이었다. 아리에겐 그가 구세주였던 것이다.

그런 아리가 편안한 의자에서 일어나려고 할 때, 작업실에 있는 유선 전화기에서 벨소리가 우렁차게 울렸다. 사람들의 시선이 그쪽으로 쏠렸다. 정적이 감돌았다. 요즘 세상에는 다소 이질적인 오래된 전화벨 소리였다. 그녀가 뒷문 가까이 탁자 위에서 요란하게 울리는 수화기를 요념하게 들었다. 그녀는 한참 동안 듣고 있더니 수화기를 내려놓았다. 수화기 저편에서 상대방이 알아서 일방적으로 얘기를 하고 끊는 것 같았다. 아마도 아빠 연령대보다 위인 것 같았다. 나이가 들면 먼저 시력이 가고 청력이 가는 그런 연령대인 것이다. 그래서 그녀의 말은 듣지 않고, 더 진솔하고 애처롭게 말하면 그녀의 말을 듣지 못하는, 상대방 쪽에서만 열정적으로 토해 내는 말만 듣고 통화를 끊는 일방적인 의사소통 진행 방향이었던 것 것이다. 그녀는 그런 통화를 적지 않게 받아 본 능숙한 솜씨였고 당황하거나 내색하지 않았고, 아빠에게 메시지만 전달하고 있었다.

"아빠, 가호리에서 명석 아재 호출."

"명석이가."

화가는 더 이상 묻지 않아도 그 이유를 아는 것 같았다. 화가는 목을 끄덕거리고 알겠다는 표정을 지으며 아리에게 말했다.

"아리, 잠깐 볼일 좀 보고 올 테니까, 아저씨에게 최근에 그린 그림들을 좀 소개해 드려라. 내가 너에게 장황하게 설명했지만, 꼭 필요한 부분만 상세하고 정확하고 분명하게 설명하면 되니까. 지금 생각해 보니까, 그렇게 상세하게 설명하지 않아도 될 것 같아. 그림이라는 것은 사람들 각자의 지식에 바탕을 둔 주관성에 투영된 시선도 무시할 수 없으니까, 구체적으로 특정 짓는 것보다 활짝 열어 두는 것도 나쁘지 않을 것 같고, 그것이 난생처음 접하는 생소한 작품을 다각도로 이해하는 데 도움이 될 것도 같네."

화가는 그런 말을 남기고 작업실을 나갔다. 그제야 그는 작업실 바람벽에 작품들이 걸려 있는 것을 볼 수 있었다. 아직 다소 미흡한 작품인 것 같았다. 그래서 화가가 미술관에 전시하지 않는 것 같았다.

"단출한, 행복한 가족이네요."

"피상적인 연출."

아리의 말은 간결하고 차가웠다. 이 집도 자신이 모르는, 서로 부딪치며 깨진 아픔의 흔적들이 깊은 상처가 되고 뼛속 깊은 곳에서 치밀어 오르는 음험한 고통의 그림자가 되어 아리를 위축시키며 괴롭히는 것 같았다. 그는 아리의 몸이 움츠려드는 것을 볼 수 있었다. 아리 아빠와 엄마 사이에 불합리한 형태로 지속적으로 진행된 그 뭔가가 있었던 것이 분명해 보였다. 그것을 아리는 극구 외면하고 싶은 것인지도 모른다. 하지만 아리 자신도 모르는 사이에, 그 명확한 형태가 없고 실체를 잘 드러내지 않는 내면의 깊고 음침한 곳에서 기생하고 성장하는 불순한 감정의 알갱이들이 형식을 만들고 내용을 만들어 갑자기 일어났다가 사라지는 것을 그녀의 얼굴에 일시적으로 드러났다가 사라졌던 것이다.

"잠시만 기다려 주세요. 스마트폰 좀 가져올게요."

아리는 뒷문을 열고 기와집으로 올라갔다. 그녀의 계단 오르는 소리가 열린 창문을 통해서 나지막하게 들려왔다. 그러자 그는 바람벽 한쪽 면에 거리를 두고 걸어 놓은 작지 않은 그림들에 시선을 던지고, 집중해서 들여다봤다. 사이즈는 각기 달랐고 주제도 각기 달랐다. 작은 것, 중간 것, 큰 것이 있었다. 작은 것은 꽃바구니인 것 같았고 중간 것은 숲속이고 큰 것은 알 수 없는, 작가의 자세한 설명을 듣지 않으면 알 수 없는 그런 기괴하고 애매모호한 것이었다. 확실한 건 수분을 듬뿍 머금은, 선명하고 뚜렷한 잎사귀들이 정적인 움직임으로 나풀거리는 나무의 종류 같았다. 그냥 아마추어가 습작으로 아무렇게나 붓을 터치한 그런 조잡한 그림이 아닌 것을 그도 알 것 같았다. 화가의 척박한 삶, 기진한 노력과 치열한 투쟁, 그런 치열한 삶이 고스란히 쌓이고 쌓여 그림 속에 두껍게 덧칠되어 있는, 소중한 그 무엇이 도사리고 있었던 것이 분명해 보였다. 구체적으로 무엇을 그렸는지 작가의 설명을 들어 봐야 할 것 같았다. 화가의 말처럼 구체적인 설명을 피하는 게 좋을 것 같았지만. 때마침 그녀가 다소곳하고 조심성 있게 가까이에 다가와 있다는 것을 인식할 수 있었다. 샤넬의 향수 샹스 오 땅드르의 향기가 코를 자극했기 때문이었다. 그녀의 출연에 놀라지 않았다. 그녀의 바지가 추리닝에서 청바지로 바뀌어 있었다. 디젤 청바지 조그진. 다소 불량기가 있어 보이는 젊고 건장한 사내와 커플 룩으로 입었던 그 옷이었다. 그는 그녀가 자신을 부자연스럽게 강하게 의식하는 것을 깨달았다. 그녀는 지금 이성에게 잘 보이고 싶은, 아니면 좌표를 설정해서 정확하게 타격해야 하는, 꼬드겨야 하는 명확한 이유가 있었던 것이다.

"아직 제목은 붙이지 않았지만, 이건 5월이고 저건 6월이고 제일 큰 저것은 7월입니다."

"처음에는 쉽게 그림이 다가오지 않았지만 작가가 말하고자 하는 의미는 대충 알 것도 같습니다. 표현주의의 거장 에드바르 뭉크의 그림에서 흔히 볼 수 있는 잔인한 고통과 불안의 싸늘한 분위기와 여성의 가늘고 긴 머리카락 같은 끊어지지 않는 선은 볼 순 없군요. 더욱이 늘 암울하고 음산한 죽음을 직면하며 불행하게 혼자 살아왔고 살아갔던 화가의 치열한 삶은 찾아볼 수 없네요. 그에 반해 7월은, 공기의 입자들이 기포를 발생하듯이 기운생동하고 형식에 얽매이지 않고 경직되거나 머뭇거리지도 않고 한쪽으로 치우치거나 머물러 고착되지도 않는, 스스럼없는 자율적인 율동과 리듬이 살아 숨 쉬는 격정적이지만 명랑하고 역동적이지만 진지한 터치를 볼 수 있군요. 왜 새로운 그림을 직면하고 에드바르 뭉크의 마돈나가 떠오르는지, 어둡고 칙칙하고 소모적이고 비생산적인 삼각 관계의 구도에서 에드바르 뭉크를 버리고 떠난 마돈나가 떠오르는지."

그의 말을 듣고 아리는 그림을 뚫어지게 들여다보았다. 에드바르 뭉크의 절규를 곰곰이 생각하는 것 같았다.

"저 그림은 아빠 자신이 처한 삶의 수렁에서 손쉽게 빠져나갈 수 없는, 자신이 원하지 않는 질서대로 억지스럽고 불측하고 무의미하게 움직이는, 어정쩡하고 불합리한 삶의 연속에 대한 아빠의 절규인 것 같아요."

"화가의 심연을, 흰 거품을 거꾸로 이고 정점까지 치밀어 올라 가파르게 떨어지는 파도의 울부짖음처럼, 거친 터치와 유려한 선으로 대범하게 표현한 것 같군요. 화가의 선이 에드바르 뭉크의 선처럼 불행하거나 고독하거나 외로워 보이지는 않아요."

아리는 그의 말을 정중하고 조신하게 듣고 있다가 무의식에서 떠오른 뭔가에 쫓긴 것인지 다소 냉소적인 표정을 지으며 피식 웃으며 말했다.

"아빠는 의심이 참 많아요. 늘 사람들에게 이용을 당하고 착취를 당해 다가오는 사람들의 친절과 배려에 대하여 믿지를 않고 지나치게 경계를 해요. 그래서 비밀스런 카메라를 집안 구석구석 숨겨 놓았죠. 이 작업실에도 카메라가 있습니다.

아빠가 아저씨를 저에게 맡겨 놓고 외출한 것은 아저씨를 신뢰하고 믿어서가 아니고, 카메라를 신뢰하고 믿어서 그럴 겁니다. 아마도 이 작업실에서 일어나는 상황을 스마트폰으로 들여다보고 있을 것이 자명합니다. 아빠는 아저씨를 믿지 않아요."

아리는 더 이상 말을 하지 않았고 6월과 7월을 번갈아 보다가, 7월을 앞에 한동안 서 있었다. 그녀는 피핑 톰처럼 바람의 숨결에 너풀거리는 잎사귀들 사이사이를 뚫어지게 들여다보았다. 귀 언저리가 다소 상기된 채, 깊고 고요한 상념 속으로 무겁게 가라앉고 있는 것 같았다. 그는 그녀의 옆모습 속에서 혼란스러운 충일한 열정을 미세하게 느낄 수 있었고, 혼미한 불안과 뼈저린 수치심이 스쳐 지나가는 것도 느낄 수 있었다. 뭔가 있다! 그는 자기가 모르는 부녀 사이에 있었던 그 무엇이, 그녀는 저 7월을 통해서 뭔가를 느끼고 있었던 것 같았다. 그는 부녀 사이에 말 할 수 없지만 미세하게 느낄 수 있는 은밀한 비밀이 존재하고 있는 것을 미세하게 직감할 수 있었던 것이다.

"아저씨, 딸딸이 쳐요. 아저씨 딸딸이 치는 모습이 보고 싶네요. 은근히 섹시할 것 같아요. 아버지가 침대에서 딸딸이 치는 것을 봤거든요."

"피핑 톰처럼."

묵직한 직구였다. 아리는 벽에 걸린 7월에 시선을 고정시켜 놓고 차분하고 또박또박하게 얘기했다. 예측하지 못한 의외의 지점으로 비수가 날아와 급소를 찔렀다. 그는 그녀의 입술을, 반질거리는 촉촉한 핑크색 입술을 멀뚱거리며 쳐다볼 뿐이었다. 이상한, 혼란한 정열이 욕구의 심지를 붙이는 것을 느낄 수 있었다. 그녀의 담담한 언어의 안속에 비현실적인, 불편하고 어둡고 칙칙한 사실이 내재되어 있다는 것을, 그리고 그것이 자신을 일깨우는 것을 어렵지 않게 알 수 있었다.

"아리는?"

아리는 고른 하얀 치아를 드러내며 소리 없이 웃을 뿐이었다. 그때 그는 그녀에게 자연스럽게 말을 놓은 것을 뒤늦게 알아차릴 수 있었다. 그 이유를 설명할 수는 없었다. 그 자신과 아리 사이에 있는 보이지 않는 견고한 벽이 갑작스럽게 허물어지는 것 같았다. 편견의 벽이나 세대 간의 벽이나 남녀 사이의 벽.

"제가 먼저 물었잖아요."

7월을 응시하던 아리가 곁에 나란히 서 있던 그를 비스듬히 올려다보았다. 그때 그는 그녀의 목 언저리를 응시하고 있었다. 그녀의 목은 세렝게티에서 높은 곳에 서식하는 잎사귀들을 편안하고 여유롭게 뜯어 먹는 기린의 목처럼 길었다. 그녀가 초롱초롱한 눈망울을 한 새끼 기린을 닮아 있었다. 아직

야생에서 위험이 사방에 도사리고 있어 불안한, 포근하고 가뿐하고 아늑하게 생활하지 못하는, 은인자중한 어미의 보살핌이 없이는 맹렬한 기세로 달려드는 사자에게나 나일악어에게나 하이에나에게 사냥감이 될 수밖에 없는 나약한 존재! 아차! 그것도 잠시 뿐이었다. 그는 그녀가 그 나약함을 미끼로 자신을 낚으려는 것을 자신을 사냥하려는 것을 붉게 타오르지 않는 그녀의 목 언저리를 지켜보고 느낄 수 있었다. 그녀는, 당당한 그녀는 수시로 치밀어 오르는 자신의 감정의 낱알들을 완전히 통제할 수 있는 침착하고 냉정한 승부사라는 것을 느낀 것이다. 사냥의 확률이 높은 암사자의 위엄을 가까이서 지켜보는 것 같았다. 이게 뭘까. 이미 그는 아리의 가두리에 갇힌 것 같다는 이상하고 기묘한 생각이 들었던 것이다.

"아까도……."

"이건 흔히 볼 수 있는 행운목이지만, 지난 겨울 작업실에서 키우던 행운목이 갑작스런 추위로 얼어 죽을 뻔했어요. 아빠가 난로를 피우고 담요를 덮어 주며 따뜻하게 품어서 간신히 살린 특별한 행운목입니다. 아빠는 그 행운목이 자신의 삶의 일부인 양 동일시하는 데까지 이르렀습니다. 행운목을 한 생명이라고 생각하고 사선을 오가는 죽음의 길목에서도 쉽게 손을 놓지 않았어요. 한 발자국도 뒤로 물러설 수 없는, 그 자리에서 물러서면 모든 것을 잃는다는 각오와 다짐으로, 진지하고 치열한 사랑과 순수하고 지극한 정성으로 행운목을 요양했고, 행운목에 대한 그런 일념으로 7월을 통해서, 즉 세렝게티를 그린 것일 겁니다. 세렝게티의 훈훈한 바람도 그리고 세렝게티 너머에 혼잡한 도시도 그리고 사람들도 그렸습니다. 아빠는 저와 대화를 나눌 때에 언제나 세렝게티에 대하여 말하곤 했지요. 조금 전에도 세렝게티에서 절대적인 힘과 권위를 누리며, 매일 충분한 물을 섭취해야 하는 거대한 코끼리에 대하여 말했고, 그 물웅덩이에는 여지없이 새끼 코끼리를 노리는 나일악어의 음흉하고 사악한 눈빛이 도사리고 있고, 그 눈빛을 피하기 위해서 늘 경계를 늦추지 않는다고 말했습니다. 그것이 죽음에 직면하고 있는 행운목과, 치악력이 남다른 나일악어에 직면하고 있는 새끼 코끼리와 다르지 않다고 말하기도 했습니다."

　아리는 한동안 말이 없었다. 그도 그녀를 따라 무거운 침묵 속으로 가라앉는 것을 느낄 수 있었다. 그는 그녀에게 연락처를 주고 그녀와 헤어져 컨테이너 하우스로 올 수 있었다. 오는 도중에 오른쪽 편에 있는 용문정 쪽으로 시선을 던지며 흐뭇한 미소를 던졌다. 차창이 열린 용문정 쪽에서 솔향기에 깃든 정우성과 이솜의 사랑도, 흐드러지게 떨어지는 벚꽃의 춤사위와 어우러진 그들의 사랑도 오랫동안 머무는 것 같았다.

그는 콧노래를 부르며 자위하는 그녀의 애틋하고 사랑스러운 모습을 그려 보았다.

메멘토 모리

그는 40을 갓 넘었다. 앞자리가 바뀌자, 20에서 30으로 넘어서는 물불을 가리지 않는, 무모한 정열과 어설픈 투지에 찬 충동적인 생경함은 찾아볼 수 없었다. 40은, 그런 다소 우유부단한 듯 멍한 상태에서 수시로 멈출 수도 있고, 과도한 행위와 들뜬 마음을 가지런하게 통제할 수도 있는 안정적이고 느긋하게 세상을 관조할 수 있는 지점이었다. 50에 한 계단 아래 있고 나이의 무게에서 짓눌리지 않아도 되는, 설익지 않은 식견과 농익은 지혜의 발걸음으로 낭떠러지에 헛디디지 않아도 되는 그런 절묘한 위치에 있었다. 그것은 노화의 추이에서 봐도 50에 약간 벗어나 있고, 치열하게 와 닿은 현실에서 예외로 인정할 수 있는 낯선 미지의 공간인 것이다. 인생의 갈림길에 우두커니 서서 지나간 삶을 되돌아보고 지나온 삶에 대한 기대와 확신으로 파수꾼 같은 참신한 역할을 할 수 있는 경계이기도 했다. 40은 앞날에 대한 위안과 지나간 세월에 대한 선생으로서 존재적인 위치와 가르침, 그것만으로 책임과 의무를 다하는, 충분한 조건을 두루 갖추고 있었던 것이다. 그는 연륜에서 오는, 경계에서 오는 막연한 두려움과 불안에서 벗어날 수 없다는 것을 30에서 40으로 앞자리가 바뀌자 삶의 무게와 위치의 무게에서 오는 솔직함과 진지함을 놓지 않으려고, 그렇게 열심히 살아야겠다고 단호하게 각성하고 절실하게 받아들이고 곱씹으며 점차 내면적으로 공간을 확장하는 작업을 하고 있었던 것이다.

그래서 그는 요즘 가까이에 있는, 컨테이너 하우스를 개조해서 만든 소박한 절을 찾아갔다. 무엇을 얻기 위해서라기보다도 그에게 집중된 현실의 무게를 조금씩 덜어내기 위해서 그렇게 했다. 이젠 그는 자제할 수 없는 탐욕으로 그 뭔가를 조금 더 채우고 싶어, 그 뭔가를 조금 더 얻고 지키고 싶어 친밀한 이웃 사람들과 유기적으로 움직이는 세상의 시스템과 아웅다웅 싸우고 싶지 않았다. 그런 견고하게 얽힌 사슬을 끊어내기 위해서, 시간이 허락하면 신호수의 일을 하다가도 점심 식사를 하고 시간을 내어서 한번씩 가곤했다. 성리 들녘 한가운데를 뚫고 가다가 가장자리로 난 거의 일직선 도로로 자전거를 타고 가면 멀지 않은 곳에서 닿을 수 있는 거리에 있었다.

스님은 60중반이었다. 스님은 땅딸막한 키에 어깨가 제법 다부진 몸피로 젊었을 때 힘깨나 쓰며 세상의 부조리와 불의와 타협하지 않고 격하게 저항하며 살았을 것 같았다. 속세에 있을 때 어릴 적부터 적당한 운동으로 빌드업 된 육체임에 틀림없었다. 땅딸막한 신장에 비해서 어깨는 두툼하고 팔은 짧고 억세고 팔목은 두꺼웠다. 힘줄이 팔꿈치를 우회적으로 돌아 손바닥으로 향하는 사이에 굵고 불규칙적인 파장을 긋고 어디론가 지향하고 있었다. 무거운 머리를 받치는 굵은 목둘레도 유연성을 잃지 않고 편안하게 좌우 아래위를 자유자재로 움직일 수 있는 것 같았다. 스님 머리 위에 햇살이 곱게 내려앉으면 머리칼이 없는 머리는 유난히 반질거렸다. 날이 갈수록 하얀 머리칼에 대한, 머리칼이 빠지는 걱정과 불안에 대한, 그런 번거로운 생각이 드는 것을 미연에 방지할 수 있는 것이 스님이라는 구도자의 직업적 유익한 점인 것 같았다.

우연히 그는 스님을 만났었다. 볼 때마다 늘 스님은 호미를 잡고 풀을 뽑고 있었다. 오래 검증된 스님의 안목으로 부동산의 향후 가치를 보고 그곳에 자리를 잡은 것 같지는 않았다. 호주머니 속에 고이 간직한, 아껴둔 돈으로 살 수 있는 최대치인 것 같았다. 태양의 은총은 앞산이 가로막아 하루의 일조량을 충분히 채우지 못하는, 음지에 많이 노출되어서 농사에서 그렇게 큰 수확으로 연결될 것 같지도 않아서, 성실한 농부가 자기 이익을 위해서 행한 일탈적 행위 중에 하나인 것 같았다. 그곳에서 스님은 부처님의 자비와 은혜로움을 널리 퍼뜨리기 위해서 노력했지만, 지나가는 사람들을 찾을 수가 없는, 외진 절을 찾아서 방문하는 사람들도 거의 없는 음습한 그런 곳에 컨테이너를 개조하여 저렴하게 절을 창건한 것이었다.

그가 자전거를 타고 지나갈 때마다 스님은 컨테이너 하우스 절 앞에 앉아서 머리를 숙여 근면하게 풀을 뽑고 있었다. 대체로 날씨가 서늘하여 많은 땀을 흘리는 것 같지 않았다. 한낮의 더위를 빼고는, 데워지는 열기로 사람들을 스트레스 받게 하거나 한 없이 축 늘어진 초점 잃은 무기력한 나날을 보내게 하지 않았다. 그런 와중에, 아침저녁으로 차가울 정도로 서늘해서 농부들의 주름을 더욱 깊게 만들었다. 아카시나무의 화사한 꽃이 제대로 개화하지 못해 꿀 채취에 영향을 줄 것 같았다.

여전히 스님은 풀을 뽑고 있었다. 스님은 창이 넓은 밀짚모자를 깊이 쓰고 사폭 바지에 하얀 티셔츠를 입고, 절의 오른편 넓은 공터에서 호미질을 했다. 절 입구 쪽은 거의 다 뽑고 말끔했다. 스님은 그가 자전거를 세워 인기척을 할 때까지 풀을 뽑느라 여념이 없었다. 그는 스님이 풀을 뽑는 모습을 한참 지켜보았다. 그는 예전부터 사람들이 열심히 이어가는 일상의 리듬을 깨뜨리지 않는 습관이 있었다. 그런 과정에 그 사람들의 진면목을 어렴풋이 깨달을 수 있었던 것이다. 그 당사자가 알면 쏘아보는 시선을 의식하고 부자연스러운 행위를 드러낼지도 모르는, 몸이 하는 자연스런 행동이 아니라 의식이나 정신이 지나치게 개입하는, 가끔씩 오래된 심적 타격으로 점철된 트라우마의 편린들이 갑자기 대오를 만들고 발톱을 세워서 기습적으로 들이닥치는 일도 있었지만, 보통 천편일률적으로 시선 안에서 평소에도 머물러 있는 고정 관념의 울타리에서 가늘게 호흡하고 있었던 정직하고 올바르고 성실하고 근면한, 잘 보이기 위한 예정되어 있는 행동을 하는 것이었다.

"스님, 스님."

한동안 지켜보다가 그는, 스님을 나지막이 불렀다. 스님은 자신의 일에 집중하느라 인기척이 들리는, 가까이서 나지막이 부르는 공손한 목소리도 들리지 않은 모양이었다. 그는 자전거의 핸들을 잡고 부지런히 앞만 보고 잡풀을 뿌리째 뽑고 있는 스님에 대하여 깊은 관심과 친밀한 애정을 가지고 내려다보았다. 스님 자신의 마음의 밭에 무성하게 자라고 있었던 번뇌와 망집의 잡풀들을 뽑고 있었던 것 같았다. 바람의 손아귀에서 아무렇게나 내던져진 풀씨들이 스님의 절에 우후죽순 자라고 있었다. 예전부터 땅심이 좋은 논이었고, 태생적으로 음지에 더 노출되는 수확량에 마이너스가 되었지만, 그런 열악한 지형일지라도 그 옛날 끊임없이 일군 농부의 노력으로, 그러한 비옥한 상태를 오랫동안 유지할 수 있었던 것 같았다.

그곳에, 어디에 착지해야 할지 예측할 수 없는, 천부적으로 선택권이 없는, 어미의 자궁에서 반강제적으로 끄집어낸 사생아의 가혹한 현실처럼, 비정한 바람의 손길에 의해 풀씨들이 생존을 위해 멀리서 때로는 가까이서 날아와 착지를 하고 있었다. 그런 일련의 번거로운 일들이 스님을 심하게 괴롭혔지만 스님은 어떤 깨달음을 갈구하고 추구하는 자, 깨달은 자 부처로 향하는 녹록하지 않고 위태위태한 길 위에 중요한 역할을 하는데 크나큰 도움이 될 것 같았다. 아무렇게나 날아온 풀씨들의 집중적인 발아가 수행자의 수행에 도움을 주는 것 같았다. 그것을 뽑는 과정에 무성하게 아무렇게나 무분별하게 자라 이미 뿌리가 깊숙이 박힌 마음의 밭에, 억세게 자란 잡풀들을 뽑는 것과 다르지 않은 것 같았다.

"스님, 스님."

"예, 처사님."

그제야 스님은 이마에 땀을 닦으며 시선을 살며시 들었다. 달콤한 노동에서 의식을 되찾은 듯이 땅에 이마를 박고 잡풀을 뽑고 있었던 행동을 잠시 멈추고 일어서서 두리번거리더니 길 위에 있는 그를 올려다보았다.

"처사님 내려오세요. 차 한 잔하고 가세요."

스님의 은근한 말투였다. 투박한 경상도 사투리는 아니었다. 지근거리에 있는 대구에서 어릴 적부터 성장했다고 말했다. 그래서 투박한 경상도 말투보다는 부드럽고 나긋나긋한 제법 사회성이 안으로 녹아 있는 도회지 말씨였다. 직접 만나 한동안 얘기해 보면 그렇게 사회성이 있는지가 의심스러울 정도였다. 자신이 알고 있는 지식이나 경험에 경도되어 융통성이 없어 보이긴 해도 겉으로 티는 나지 않았다. 겸양과 인내 사이에 고립되어 고요한 상념과 혼란스러운 열정 사이에서 매몰되어도, 밑바닥을 딛고 일어서서 도약하는, 기진하게 물고 늘어지는 근성이 내포되어 있는, 고군분투하는 일반적인 수행자의 덕목을 두루 갖춘 사람보다는 한수 위인 것 같았다. 보통 이런 부류의 사람들은 기회주의자와는 거리가 있었다. 그래서 그런지 그 나이에 알맞은 조계종에서의 지위가 없었다. 그곳에도 그들의 확고한 세력이 있어야 가능한 일일 것이다. 그곳에도 출세의 라인이 있고 다소 고지식한 스님은 그런 것이 없고 그런 것에 연연하지 않는 것 같기도 했다. 아마도 그런 바탕이 없어서 연연하지 않는 것인지도 모른다. 일반적인 사람들은 그것에 취해서 누려보지도 않고서 그것을 지레 짐작하는 수가 많고 달콤한 그것을 먹어 보지도 않고서 그것을 쉽게 평가 절하 하는 것이었다.

스님은 보이차 두 잔을 가져와 나란히 의자에 앉아서 따스한 보이차를 마셨다. 시간이 있으면 그들은 그렇게 하루가 저물어 가는, 이미 그늘이 드리워진 절 앞 널찍한 공간에서 한

가로이 보이차를 마셨다.

"처사님, 문재인 정부가 안보와 외교의 근간인 기무사와 국정원을 와해시키기 위해서, 세렝게티의 하이에나들을 풀은 거 같습니다. 아무래도 위쪽에서 지엄한 지령을 내려서, 그 불온한 세력들에게 충성을 맹세하고 행하는 거침없이 무례한 행동 같습니다. 왜 문재인을 생각하면 남로당 박헌영이 생각나는 걸까요. 결국에 김일성에게 숙청당한 박헌영."

"문재인 정부 그들의 행위가 역사의 거대한 스케일로 봤을 때는 미꾸라지 한 마리 같은 보잘것없는 존재일 뿐이죠. 아무리 지랄발광을 해도 자유민주주의 이념과 가치를 훼손시키거나 깨뜨릴 수 없는 것입니다."

"늘 경계를 늦추지 말아야 해요."

"그들은 고약한 본색을 잘 드러내지 않고, 음흉한 속내를 숨기고 국민들을 서서히 전이시키고 오염시킵니다. 거짓과 위선, 선전선동과 프레임, 조작과 발뺌. 발견했을 때는 이미 손을 쓸 수 없는 췌장암 말기에 이르러 있기 때문이죠. 그들 대부분 정상적인 직업을 가지고 국가에 세금을 제대로 낸 적이 별로 없는 자들입니다. 민주화 운동이 밑천인 그들, 그것이 훈장이라고 생각하는 그들. 공짜 술이 있으면 얻어 마시러 다니던 놈팡이로 살다가 어쩌다가 국회의원이 되어 권력의 중심이 된 자들."

"그래도 처사님 같은, 나라를 깊이 염려하고 민초들을 걱정하는 분이 있어 대한민국은 안녕하고 자유민주주의를 유지하는지도 모릅니다. 언제나 그랬잖아요. 나라가 위태로우면 민초들이 일어나서 바꾸지 않았습니까."

"그러게요."

스님은 한동안 말이 없이, 따스한 보이차를 음미하고 있었다. 폐부 밑바닥에서 뭉쳐 있는 덩어리를 녹이고 어둡고 침침하고 서늘한 기운을 서서히 데우는 듯했다. 아집과 망상의 사슬을 풀어 느슨하게 만드는 것 같기도 했다. 그 연배들이 그렇듯이 국가관과 역사관이 투철한 사람임에 틀림없었다. 나라를 걱정하고 민초들을 걱정하는 마음이 한결같아 보였다.

"이념 과잉의 시대!"

"위정자들이 그런 페이스로 끌고 가지요. 그 틈바구니에서 그들은 그들의 이익을 최대한 이끌어내지요. 늘 국민을 위하지만 늘 국민을 이용했고 국민을 자신의 성공에 필요한 도구로만 생각하는 자들입니다. 언제나 자기 정치의 존속과 영속을 위해서 말이죠. 자기 이익의 극대화! 국가를 위한 헌신과 사랑은 없고 오직 자신의 이익을 위해서 치밀하고 생생하게 설계하고 오버해서 거창하게 움직이는 것이죠."

아까부터 절 앞 못자리에서 개구리가 떼를 지어 와글거렸고, 요란스러웠다. 아직은 물꼬를 통해서 큼직하게 넓은 논을 한가득 채우는 농수와, 그것을 충분히 빨아들이고 내뱉어 이삭을 품고 영글게 하는 충실한 벼의 외연성과 확장력은 볼 수 없고 텅 비어 있었지만, 그 사이 잡풀들이 비어 있는 공간을 용납하지 않은 절박한 심정으로 여기저기 곳곳에 뿌리를 박고 있었다. 본능에 가까운 치열한 생존으로 서리를 맞아 말라버린 논바닥 같은 흉물스러운 모습은 찾아 볼 수가 없었다. 잡풀들은 짙은 녹색을 돌돌 말아 안으로 낮게 가라앉혀서 되새김질을 하며 스스로 확장하고 있었던 것이다. 그때 폭이 좁고 굽은 농로를 따라 경운기가 경악하며 내달리고 있었다. 앞 동네에 살고 있는, 스님과는 친밀한 관계를 오래 전부터 유지하고 있었던 노부부임에 틀림없어 보였다. 그 노부부는 거친 엔진 소리를 우렁차게 토해내며 바쁘게 농로를 내달렸다. 그 노부부는 스님 쪽으로 손을 흔들며 큰 소리로 불렀다. 그러자 스님도 찻잔을 왼손에 쥐고 일어서서 손을 흔들어 주었다. 스님은 근심 걱정 없는 흐뭇한 표정으로 그들을 받아들이고 있었던 것 같았다.

"생존에 대한 자연스런 손짓."

스님은 혼잣말처럼, 허공에 던졌다. 그에게 넌지시 건네는 말이기도 했다. 묵언 수행을 마치고 처음 내뱉는 스스럼없는 말 같기도 했다. 바람이 불자 쑥부쟁이들이 자연스레 눕는 것처럼 사심이 없고 생존에 대한 필연성처럼 아무런 거리낌이 없는 말이었다. 자신을 변호하는 말도 아니었고 타인에게 상처를 주는 말도 아니었고 충동질하는 야비하고 간사한 말도 아니었다. 60년 이상 살아온, 그 치열하고 때로는 느슨한 삶을 통해서 얻은 깊은 성찰의 말 같기도 했다. 어떤 신비스러운 깨달음의 경지에까지 닿아서 안식을 취해 본 구도자가 던지는 탈속세적인 담담한 말인 것 같았다.

"아직 살아 있다고 신호를 보내는 것 같습니다. 마치 신호수가 신호봉과 호각으로 지시하는 것처럼."

그때 절 어디에선가 새끼 고양이가 다가와서 스님 곁에서 재롱을 피웠다. 스님은 새끼 고양이를 반갑게 맞이하여 쓰다듬어 주지도 안아 주지도 않았다. 무뚝뚝하고 냉정했다. 새끼 고양이는 배가 고픈지 간절하게 연이어 울었다. 야옹 야옹 야옹. 그래서 그는 새끼 고양이를 자세히 내려다보았다. 뼈만 앙상하게 드러나 보였다. 살아 있다는 것이 이상하게 보일 정도였다. 그가 허리를 숙여 안아 올리려고 하자 오른쪽 눈동자가 이미 괴사가 진행되고 있었다. 애꾸눈이었다. 밤낮을 가리지 않고 다가오는 잔인한 고통과 아픔 속에서 거칠게 울부짖으며, 겨우 연명해서 스님 앞에 내던져진 것 같았다. 그럼에도 스님은 동물병원에 데리고 가지 않았던 것 같았다. 처절한 고통과 아픔을 개인적인 몫으로만 전가되고 방치되어 가고 있었던 것 같았다. 그런 처절한 삶의 과정을 이겨 내고 있다는 것이 대견하다는 생각이 들었다. 그에게는 아직 어미의 사랑에 기대고 싶고 어리광을 부리고 싶은 그런 천진하고 친밀한 모습만 보였던 것이다. 그런 와중에도 새끼 고양이가 스님을 보호자로 착각하고 있었던 것 같았다. 그런 스님은 새끼 고양이를 의식적으로 피하며 본체만체하고 있었다.

"인연이란 관계의 구도는 처음이 중요합니다. 사람도 그렇고 동물도 그렇습니다. 그래서 그 처음이 끝인 양 냉정하게 걷어 내고 있습니다. 관계를 형성해 연인의 고리에 얽히기 전에 피하는 것이 상책이라고 생각합니다. 인연을 맺으면 가혹한 책임이 따르고 진지한 의무가 따르기 때문입니다. 저 새끼 고양이를 건너편 동네에 내려놓고 와도 어떻게 찾아왔는지, 그 다음날 절에 찾아와서 간절하게 울면서 연인을 맺으려합니다."

"측은지심."

"그렇죠. 그렇게 생각하면 그렇죠. 세렝게티 같은 야생에서 어미의 안식처가 없으니 의지할 곳을 찾는 것이죠. 새끼 고양이에게 대타가 필요한 것이죠. 안전하고 믿을 만한 가피가 필요한 것이죠."

"처참한 몰골을 한 새끼 고양이를 들여다보니 렘브란트 반 레인의 '도살된 소'가 연상되네요. 잔인하고 보기 흉해서 아무도 입찰을 받지 않아 루브르 박물관에서 입찰을 받은, 아마

조만간에 저 새끼 고양이도 '도살된 소'처럼 처참하게 변할 것 같습니다. 울지도 않고 도롯가에 사람들의 시선과 관심에도 멀어질 것입니다. 인생의 무상함과 덧없음"

"메멘토 모리!"

그는 보이차를 마시고 일어났다. 그는 새끼 고양이를 검은 비닐봉지에 넣어서 데리고 가기로 했다. 스님은 그런 그의 행동이 반가운지 밝고 흐뭇한 미소를 연신 띠며 일어났던 것이었다. 그는 자전거를 타고 검은 비닐봉지에 넣은 새끼 고양이가 두려워서 반항하며 울지 않는 것이 이상하고 신기할 따름이었다. 그는 곧바로 컨테이너 하우스로 가지 않고 평소에 자전거를 타던 코스를 따라 근력을 단련시킨 후에 가기로 했다. 돼지 축사가 나왔고 한적한 동네가 나왔다. 평평하게 아래로 낮게 진동하는, 비위에 거슬리는 역한 냄새가 났다. 고리고리 했다. 그는 페달을 굴리며 조심스럽게 나아갔고, 내리막길이었다. 그는 브레이크를 잡으며 새끼 고양이가 지금까지 살아왔을 것 같은 삶의 오르막길과 내리막길을 무연히 생각해 보았다. 메멘토 모리. 그렇다. 느슨하게 때때로 액티브하게 하루를 살아가야만 하는 사람들은 예기치 않은 그 언젠가는 생명의 불꽃이 아스라이 점멸하며 꺼지기 마련인 것이다. 렘브란트도 그래서 선명한 피와 임파스토 기법으로 입체감을 준 근육을 실감나고 도드라지게 그린 것인지도 모른다. 잔인한 공허와 깊숙한 허무. 검은 비닐봉지에 들어 있는 옴짝달싹도 안 하는 새끼 고양이는 바니타스를 알고 있을까. 아니면 신선한 공기의 원활한 흐름도 용납하지 않는 캄캄한 칠흑 속에서 공포와 두려움에 사로잡혀 있는 것인지도 모른다. 외로움과 배고픔에 모든 것이 무의미한 것으로 뒷전에 미뤄져서 고양이의 천성과도 같은 조심성과 공격성을 잃은 것인지도 모른다. 잔인하고 둔중한 공허, 묵직한 공포와 두려움이 배고픔의 큼직한 아가리 속으로 회오리를 치며 빨려 들어가는 것인지도 모른다.

새끼 고양이는 이미 깨달음을 얻은 것인지도 모른다. 스님이 평생 수행을 하면서도 성취하지 못한 숭고하고 깊고 아득한 단계까지 닿은 것인지도 모른다. 피골이 상접한 몰골과 고름을 짜낸 괴사된 눈동자, 탈출구 없는, 쉼 없는 처절한 고통의 연속과 아득한 세상의 끝에 내팽개쳐진 고립감, 그런 나날을 이겨낸 고난의 연속 속에서 자기도 모르게 숭고하고 알차고 고귀한 깨달음을 얻었는지도.

그는 스님이 왜 새끼 고양이를 절의 뜰 안에서 밀쳐 낸 것을 알 것도 같고 모를 것도 같았다. 그의 짧은 소견인지도 모를 일이지만, 인연을 만들고 안 만들고 그런 차원이 아닌 것 같았다. 스님은 자신의 일상에 들어오는 새끼 고양이가 싫고 귀찮았던 것이다. 그것을 인정하면, 자신의 삶의 구성과 요소들 속으로 새끼 고양이가 다가와서 보이차를 마시며 만끽할 수 있는 일상의 흐름을 깨뜨리기 때문이었다. 스님은 아사 직전의 측은한 새끼 고양이에 대해서 관심과 흥미를 잃었던 것이다. 자신에게 일방적으로 손해 보는 관계 구도라고 생각해서 그럴 것이다. 이치에 맞지 않았던 것이다. 그러면, 그는 스님에게 이치에 맞는 알맞은 관계인지 궁금하기도 했다. 요즘 들어 스님은 부쩍 절에 수입이 없고, 매달 지출하는 공과금 얘기를 했다. 찻값은 받지 않았지만 그 받지 않는 찻값을 한 꺼번에 청구할지도 모른다는 생각이 보이차를 마실 때 문득문득 들었던 것이었다. 스님은 그를 자신의 일상의 공간 속으로 허락한 것이 지금의 일상을 누릴 수 있는 수단으로 생각한 것 같았다. 그렇다. 스님에게 그는 삶의 수단이었던 것이다. 그래서 공짜로 보이차를 끓여 준 것이리라. 절로 다가오는, 마음의 결계를 풀고 은근한 미소를 띠우며 다가오는 마음이 허한 사람을 마음먹고 공략하기란 참으로 쉬운 일인 것이다. 그는 스님에게 결점이 잡힌 참으로 쉬운 사람이 되어 있었던 것이다.

　그는 어느 순간에 스님이 청구서를 던질 것인지 궁금하기도 했다. 그런 순간이 다가오면 참으로 당황스럽고 지금까지 보이차를 마시며 쌓아온 스님에 대한 두터운 신뢰가 순식간에 실망의 설빙으로 변해 버릴 것 같았다. 두 번 다시 스님을 찾아오지 않을 것 같은 불안한 예감도 들었던 것이다. 사람의 관계라는 것은, 학연 지연으로 견고하게 얽히고설킨 상태가 아닌 이상에는, 만나지 않으면 그것으로 영원히 잊힌 존재로 늙어 가고 죽어 가는 것을 그는 깨닫고 있었던 것이다.

그는 이런저런 생각을 하다가 오른쪽 핸들에 걸린 검은 비닐봉지에 들어 있는 새끼 고양이를 내려다보았다. 도롯가에 뒹구는 검은 비닐봉지 신세에 지나지 않았다. 검은 비닐봉지에 생명을 불어넣을 수 있는 것이 상냥한 바람인데, 그 상냥한 바람도 쉽게 다가와 줄 것 같지 않았다. 어쩌면 버림받은 새끼 고양이에게 그 상냥한 바람은 자비이고 사랑일 것이다. 아랫배에 닿을 만큼 처지고 헐벗은 어깨와 짓누르는 불안한 마음. 그곳에 다가가 상냥하고 친절한 말투와 말씨로 앞발을 잡아 주고 어깨를 쓰다듬어 주며 들어올려 주는 것이 진지한 관심이고, 온화한 자비이고 너그러운 사랑일 것이다. 스님은 외면했다.

새끼 고양이는 숨죽인 채 조용했다. 순간순간 다가오는 궁핍함과 배고픔을 간신히 이겨내고 있었던 것이 분명해 보였다. 깨달음은 멈춰 있는 것이 아니라 극심한 고통을 수반한 채 극기를 요구하는 잔잔하고 미약한 움직임. 새끼 고양이는 외부의 거친 도전과 큰 타격에도 굴하지 않고 내면의 깊이 속으로 점진적으로 나아가 새로움과 안식처를 발견하고 있었던 것이다. 사후에 펼쳐지는 거룩하고 성스러운, 찬란하고 은혜로운 세상을 준비하고 있었던 것인지도. '도축된 소'를 그린 렘브란트처럼.

메멘토 모리.

베텔게우스

"아저씨, 빨리 와 주세요. 급해요."

금요일 저녁 식사 후, 아리의 카톡이었다. 그는 씻고 A4를 몰고 조정지댐으로 향했다. 빈틈없이 노면을 타고 흐르는 다소 거친 드라이빙이었다. 그는 목 언저리에 열꽃이 빨갛게 피어오르는 것을 느낄 수 있었다. 마치 꽃뱀의 목 언저리를 타고 오르는 것처럼. 단전 아래쪽 아득하게 깊고 낮은 곳에서 발원하여 치솟아 오르는 미세한 불꽃. 식어 가는 헛헛한 갈증이 아니라 에너지를 공급 받는, 치밀어 오르는 응축된 갈증이었다. 그는 강렬한 그 뭔가를, 그 뭔가를 곰곰이 생각해 보았다. 이런 비정상적인 몸의 반응과 엇비슷한 현상을 살아오면서 겪었다는 것을 온몸으로 미세하게 느낄 수 있었던 것 같았다. 흐릿한 기억 너머에서 곰지락거리는 잔영의 손짓에서 오는 느리고 우회적이고 달달하고 흐느적거리는 것이었다. 그런 생각을 하고 있을 즈음에, 심중에서 분격하게 치솟아 오르는 얼굴이 떠올랐다. 그녀는 매춘을 직업으로 하는 여성은 아니었다. 그녀는 돈을 벌기 위해서 여러 남자들을 만나고 섹스를 하는, 단순한 직업적인 값싼 여자가 아니었다. 영어와 일본어는 완벽했고 중국어는 서툴지 않게 구사할 수 있을 정도로 영리하고 총명한 여자였다. 대학도 이대를 나왔고 집안도 비교적 괜찮은 중산층에 편성된 여자였다. 직업은 스튜어디스였다.

그녀의 닉네임이 스튜였다. 그 스튜는 귀염성이 있는 해맑은 얼굴이었다. 그녀는 30에 거의 닿아 있었다. 앞이 바뀔 위태로운 상황 속에서 거침없이 하늘과 땅 사이 사내들의 배꼽 위에서 짜릿하고 풍성한 과육을 취하며 즐겁고 유쾌하게 살아가는 자유분방한 여자였다. 그녀는 몸매도 날씬하고 아름다웠다. 아리와 엇비슷한 신장에 가슴 사이즈와 엉덩이 사이즈, 근원적인 아늑한 공간인 치골의 깊이만 다를 뿐 몸피는 엇비슷했다. 눈빛과 시선도 선한 정신을 정갈하게 담고 있는 그릇처럼 투명하고 맑았다. 콧대도 인위적인 위엄이 없는 형태적인 아름다움을 잃지 않는 선에서 안정적으로 자리를 잡고 호흡을 하고 있었다. 인중 아래 입술도 달콤한 것만 탐하는 부드러운 혀를 담아 두기에 충분한 사이즈였고 치아도 부엌의 하얀 타일처럼 정돈되어 있었다. 한번씩 마른 입술 위에 긴 혀를 펴고 말아서 충분히 입술을 적실 때 이상하게 소극적인 섹시함을 일시적으로 드러낼 때도 있었다.

그 스튜는 보도방을 하는 친구의 일을 잠깐 돕다가 알게

된 편안한 사이였다. 고향 친구인 그는 전직 조폭이었다. 아직도 그 외곽에서 미약한 힘이나마 돕는다는 것을 대략적으로 알고 있었다. 그 친구가 6개월만 해 달라는 간절한 부탁으로 거절하다가 어쩔 수 없이 그렇게 한 것이었다. 그가 카니발로 아가씨를 태우고 내려 주며 만난 여러 아가씨와는 달리, 스튜의 첫인상은 맑고 명랑하고 반듯하게 보였다. 구김이 없는 성격과 밝은 인상으로 주위 사람들의 기분을 상쾌하게 하고 들뜨게 하는 이상한 매력이 있었던 아가씨였다. 그는 스튜를 볼 때마다 왜 이런 일을 하는지 궁금했지만 세세하게 묻지 않았다. 그녀도 그런 속사정을 안고 살아갈 것이라 생각하고 있었다. 그녀는 비행기 스케줄이 비면 일하러 나왔다. 결근도 없이 성실하게 자기 스케줄을 소화하는 것이 대견하기도 했다. 그녀는 낯을 가리지 않는 성격으로 자신이 주도적으로 얘기를 하는 아가씨였다. 다른 아가씨는 두꺼운 화장 속에 숨긴 내숭에서 그런지, 이런 일을 하는 것에 대한 수치와 불경함 때문에 그런 것인지, 물어도 방어적이고 수동적인 자세와 태도로 말을 섞고 싶은 생각이 없었던 것인지, 그녀들은 차가운 표정으로 스마트폰을 보면서 시간을 보내는 것이 다였다. 그러다가도 한동안 침묵할 때가 있었다. 그럴 때면 얼마나 차 실내가 조용한 것인지 그때서야 깨달을 수가 있었던 것이다. 초여름에 스튜가 손님과 모텔에서 섹스를 할 때 열린 창문 사이로 그녀의 신음 소리와 고함 소리를 들을 수 있었다. 여과되지 않은 거친 숨소리까지 들리곤 했다. 그는 그 소리에 이상하게 자신의 페니스가 각성되고 흥분되는 것을 느끼며 열린 차창 사이로 스튜가 투숙한 303호실을 올려다보곤 했다. 한참 후 그녀는 차에 타며 투덜거렸다.

"오빠, 남자들은 자기들 꺼만 빨아 달라고 해. 욕심쟁이야."

스튜는 일과를 마치고 제일 마지막에 내리면서, 혼잣말처럼 조수석에 앉아서 구시렁거렸다. 그녀가 만취하면 그는 혼자 사는 그녀의 오피스텔까지 업고 올라가서 침대에 눕혀주곤 했다. 그러다가 그녀가 와락 덮치는 바람에 그녀의 보드라운 살결에 파묻힌 적이 있었다. 그녀는 자신의 섹스에 대한 욕구를 가감 없이 드러내었다. 물고 빨고 벗기고 벗는, 찌르고 당기고 흔들고 넣는, 고정된 표적을 향해 날아가는 총알처럼 빠르고 군더더기가 없었다. 그는 그녀의 성적 욕구의 재물이 되어 서서히 침몰당하는 그래서 사지가 결박당하는 그런 상황에서도 그녀를 벗어나고 싶지 않았다. 그녀의 행위는 '폭풍 속으로'의 영화에서처럼 집채만 한 압도적인 파도로 다가왔던 것이다. 그는 이런 거대한 파도를 본적이 없었다.

스튜는 달았고 진심으로 섹스를 즐겼다. 그것이 본능에 충실한 것인지도 모른다. 섹스 토이로 혼자 소박하게 즐기는 것보다 대범하게 섹스를 구하러 나온 것이리라. 그래서 그녀는 비행을 마치고 비번일 때 나와서 온몸이 타들어 갈 정도로 열렬히 섹스를 했었다. 그녀는 한번씩 섹스가 세상에서 제일 좋다고 말했다. 사내들이 다가오는 수동적인 섹스는 싫고 자기가 직접 다가가는 적극적인 섹스를 선호한다고 말했다. 이놈 저놈 많이 하고 싶다고도 했다. 쓰리섬도하고 싶고 동성하고 섹스를 하는 것도 하고 싶다고 말했다. 그런 의외의 섹스, 변칙적인 섹스, 난잡한 섹스를 하고 싶어서 나온다고 말했다. 그녀는 애널 섹스도 가끔씩 하고 싶다고 말했다. 그는 아리를 만나러 가는 도중에 슈튜의 생각이 치밀어 오르고 있었던 것이 의아했지만 싫지는 않았다. 그녀의 따스한 혓바닥 놀림이 페니스를 부드럽게 감싸고 자극하는 것을 운전 중에도, 그녀의 노련한 솜씨와 성실함을 간접적으로 느낄 수 있었다.

조정지댐을 건너자 아리가 천천히 걸어오고 있었다. 태양은 이미 산 너머에 가라앉아 있었고 합천영상테마파크 쪽에서 저녁노을이 보드랍고 은은한 빛을 이타적이고 소극적이며 무심하게 던지고 있었다. 조정지댐에 갇힌 암갈색 물빛도 강렬한 햇살을 던지는 한낮과는 사뭇 다른 침착하고 요염한 자태를 어엿하게 드러내며 은근하게 머물러 있었다. 시간이 지나자 암갈색 수면은 저녁노을이 떨어질 때보다 더욱더 진지한 모습으로 고요한 밤의 좌표를 찾아내기 위해서 여념이 없는 것 같았다. 어둠살이 투명한 허공 속으로 시나브로 침투하여 곱상하게 물을 들이자, 고요한 밤의 권리가 지향하는 곳으로 채비를 서두르는 것 같았다. 몹시 지친 새들의 마지막 울음소리. 옹이 없이 매끈하고 정적인 바람의 숨결. 수면 위 시시각각으로 매혹적이고 현란하게 변하는 빛의 소극적인 움직임. 그때 매듭이 필요 없는 무정형의 거친 바람이 일시적으로 물살을 일으켰다. 그럼에도 그녀는 겁을 먹거나 한눈팔지 않았고 꼿꼿하게 걸었다. 그녀는 화이트 스판 데님 치마바지를 입고 아이보리 후드를 입고 있었다. 거기에 네이비 크로스백을 걸친 것이 다였다. 어수선하게 헝클어졌던 긴 머리칼은 간신히 제자리를 잡았고, 윤기를 머금은 채 걸을 때마다 차분하게 탄력적으로 찰랑거리고 있었다. 그녀는 외출하기 전 샴푸를 한 것이 분명했다. 여자의 일반적인 외출에서 볼 수 있는 정성스러운 애씀과 진지한 성의의 산물보다 조금 더 신경을 쓴 흔적이 도드라지게 드러났다. 그녀의 얼굴에 화사한 화장과 분홍빛 립글로스를 보면 알 수 있었다. 그녀는 참하고 싱그러운 예쁨을 애써 드러내고 싶었던 것이 분명했다.

그는 아리가 조심스럽게 사뿐사뿐 다가오는 모습을 지켜보고 있었다. 누군가를 의식한 듯 예의를 갖춘 다정한 걸음걸이였다. 그녀는 태양이 아침을 향해 긴 혓바닥을 드러낼 때 밤새 내린 이슬이 칡꽃에 맺힌 아리따운 모습, 참신하고 싱그럽고 찬란했다.

그는 아리가 다가올 때까지 기다렸다. 그 다가오는 시간 동안 문득 스튜가 천진난만하게 웃는 애교 섞인 목소리가 짧게 뇌리를 스쳐 지나갔다. 졸음이 몰려오는 목소리로 그녀는, 그의 유두를 꼬집고 간지럽히며 혼잣말처럼 말했었다. '오빠, 정말 좋았어. 이런 기분 처음이야.'

그는 가끔 스튜의 말을 떠올리며 의미 없이 웃으며 걸을 때도 있었다. 그녀가 정말 좋았을까, 이런 기분 처음이었을까! 그녀는 기내 승객들에게 친절과 예절이 몸에 익어 자신에게도 스스럼없이 던지는 립서비스가 아닐까 하고 생각하곤 했었다. 아마 그럴 지도 모른다. 그녀의 말의 실체를 알 수는 없었던 것이었다.

아리는 조수석에 탔다. 순간 차 안에 단순하지 않은 향기가 갑자기 다가와서 머물렀다. 야생에서 간신히 핀 칡꽃에서 여과기에 걸러지지 않고 발산하는 깊이를 가늠할 수 없고 제대로 정제되지 않은 개성이 강한 향기였다. 일관성이 있는 샤넬의 향수보다 더 진하고 그윽하고 생생하고 두드러졌다. 거칠고 사나운 야생의 정체성을 담고 있는 그런 향기였다. 그녀는 그 칡꽃의 향기와 잘 어울렸고 많이 닮아 있었다. 많은 사람들에게 고정된 시선을 제대로 받지 못하는 외진 곳에서 살면서 그녀 나름의 고혹적인 향기를 발산하며 벌들을 멀리서 불러들이고 있었던 것이다.

아리는 이미 아가씨가 되어 있었다. 그의 옆자리에 앉아 있는 그녀는 미성년이라고 하기에는, 요 며칠 사이에 성숙한 아가씨가 되어서 자신 곁에 다소곳하게 앉아 요염함을 드러내고 있었다. 그녀는 한 여자로서 한 사내를 불러 자신의 성숙하고 아리따운 모습을 보여 주고 싶은 것이리라. 그래서 그런지 여성의 상징적 모습인 가슴이 더 봉긋해지고 더 풍성해진 것 같았다. 목덜미에서 타고 내려가는 그래서 닿을 수 있는 가슴골의 아늑한 골짜기, 그 우아한 선도 더 확실하고 더 선명하고 더 분명하게 그어져 있는 것 같았다.

이미 어둠살이 암갈색 수면 위를 뒤덮어 구별할 수 없을 정도였다. 어둠과 수면이 혼연일체가 된 것 같았다. 낮에는 서로에게 생뚱맞고 이질적인 모습으로 서로 다른 삶의 영역에서 각각의 찬란하고 엄숙한, 다채로운 색깔과 형태로 존재하다가, 더욱이 서로에 대하여 가지고 있었던 강한 적대감과 편견과 질시를 조금도 희석시키거나 내려놓지 않고 존재하다가, 각자 서로를 자극하며 창의적인 우아한 모습으로 변해서 서로를 욕하고 험담하면서 한쪽으로 밀어붙여 때리고 짓밟으며 해거름을 맞이하는 것인지도 모른다. 어둠살이 짙어지면서 밤의 초입에 들어서면 서로를 위로하고 부드럽게 애무하는 것 같기도 했다. 고요한 밤의 엄숙함과 침착함은 아마도 이런 것인지도 모른다. 서로 이질적인 물질이 교차되어 까칠하게 만나는, 그래서 하나의 온전한 물질로 이름을 얻을 수 있고 당당하게 설 수 있는, 그렇게 변한 물질을 기꺼이 용인하고 받아들이고 기다려 주는 미덕인 것 같았다. 서로 다른 주체가 오랫동안 살아와 익숙한 가치관과 환경에서 벗어나지 못하고 예전의 습관과 버릇을 고수하자 격하게 싸우고 부딪치는, 그럼에도 자정 능력이 있는 지혜로운 부부와 다르지 않은 것 같았다.

A4는 출발했다. 그는 운전석 차창을 열고 천천히 운전했다. 목적지가 명확하지 않아서 그런 것도 있었지만 시선을 한 곳에 둘 곳이 없어서 그러는 것도 있었다. 그것보다도 차 안에 머물러 있는 고혹적인 향기였다. 칡꽃의 향기를 가득 담고 있는 아리의 향기였다. 정형화되지 않은 날것이었다. 처음에는 거칠고 무디게 다가왔으나 점점 날을 섬세하게 세우는 것을 느낄 수 있었던 것이다. 그녀는 고3이 아니라 성숙한 한 여인으로 다가와서 머물러 있었다. 그녀는 그것을 원하고 있었던 것 같았다. 나이 어리다고 한 등급 아래로 하찮게 대접하는 편견과 무시, 그런 오판은 저지르지 말라는 경고의 메시지를 고고한 표정으로 엄숙하고 점잖게 드러내는 것 같았다.

"아저씨, 용문정으로 가 줄래요."

아리의 간명한 말에 어수선하던 시선과 마음이 목적지를

정할 수 있었다. 그제야 그는 그녀를 제대로 쳐다볼 수 있었다.

"지금까지 용문정을 한 번도 가 보지 못했어요. 아버지는 낮부터 가호리 주민들과 어울려 해거름까지 술을 마시고 세상모르게 자고 있어요. 그래서 그런지 마음이 산란하고 부자연스러웠고 집에 머물러 있는 것이 답답해서, 그래서 드라이브를 하고 싶었어요."

"우리 은하에 홀로 고립된 아이. 외로움을 타는 구나!"

"사람은 틈틈이 외로운 게 아닐까요."

"아직 넌 학생이잖아."

"외로움은 그런 것이죠. 나이와 계층을 가리지 않고 아무에게나 다가와서 머물러 전 존재를 지배하는 것이죠. 그 외로움은 담배를 찾고 술을 찾고 약물을 찾는 것이죠. 허한 마음을 공략해서 지형적인 이점을 공고히 하고, 한 사람을 병든 사람처럼 초라하게 하는 것이죠."

"아리가 성숙하구나! 어린애답지 않은 깊은 사유의 스펙트럼을 소유하고 있어. 의외의 성과인 것 같아. 아리라는 아이가 더 궁금증을 자극하는 것 같아."

"아이라고 하지 마세요."

아리는 완강했다. 산전수전 다 겪은 완강함이었다. 차갑고 두꺼운 바위를 맞이하는 것 같은 거대한 무게감이었다. 더 이상 아이라고 부르면 거칠게 저항을 하거나 큰 소리를 지를 것 같기도 했다.

"아이 아니면 뭐라고 할까?"

"그냥 이름을 부르세요. 그 이름에 대한 거부감은 없어요."

그는 운전을 하다가 아리를 지그시 들여다보았다. 비바람이 거세게 불어 아늑한 둥지에서 떨어진 어린 새끼의 모습은 아니었다. 그녀는 비참하고 불안하게 떨고 있지도 않았다. 기품 있는 단아한 깃털도 나고 허공을 마음껏 날아오를 수도 있을 만큼 충분하게 성장해 보였기 때문이었다. 당당했다. 그녀는 더운지 아이보리 후드를 벗어 무릎 위에 개어서 조신하게 올려놓자, 조붓한 어깨 한가운데서 아래로 지향하다가 머문 브라의 어깨끈도 또렷하고 선명하게 유방을 포근하게 안고 있었다. 부드럽고 우아하게. 아리는 해맑은 시선을 비스듬히 응시하다가 무슨 생각이 떠올랐는지 키득거리며 웃었다.

"아리 왜 웃지?"

"사내들은 다 같은 것 같아요."

"뭐가 같을까?"

"응, 먼저 예쁜 여자를 보는 시선과 눈빛. 씨앗을 퍼뜨리기 위한 구애의 은근한 시선과 눈빛. 욕구의 해갈을 간절히 원하는 시선과 눈빛."

그는 곧바로 대답하지 않았다. 아리의 말이 정확하게 맞아 떨어지는 것 같기도 했다. 그는 자신도 그랬다는 것을 인식할 수 있었다. 예전에 관산동에 살 때 이모 딸이 이모 부부가 외출했을 때 낮잠을 곤하게 자고 있는 그의 침대에 몰래 숨어들어서 자신을 조심스럽게 안고 키스하고 페니스를 누르고 당긴 것을 알았을 때는 이미 그녀가 혼자서 흥분한 상태를 지속하고 있었던 것이다. 그때 그녀는 4살이 위였고, 만약에 예쁘고 귀엽고 날씬했다면 그녀의 의도와 상관없이, 순간에 치밀어 오르는 감당할 수 없는 욕구의 소용돌이 속으로, 자신의 침대 속으로 몰래 들어와서 놀이를 하고 있는 그녀를 억세게 끌어안고 격하게 호응을 했을 것이다. 그녀가 뚱뚱하고 예쁘지 않았기 때문에 잠결에 침대 밖으로 인정사정없이 강하게 밀어내고 발로 찼던 기억이 어렴풋이 되살아났다. 저주 받은 오래된 어떤 물건을 만졌을 때의 경기를 일으키는 반응과 다르지 않았던 것이다.

"아저씬 아까부터 내 가슴 언저리에서 시선을 거두지 않고 있어요. 내 V넥 반팔 블라우스 안에 뭔가가 궁금해서 그러는 거죠. 미성년자의 가슴은 아직 알맹이가 익지 않아 벌어지지 않는 밤송이와 같아요. 밤이고 낮이고 고슴도치처럼 형벌의 바늘 같은 침이 침입자로부터 안전하게 보호하고 있지요. 그것이 어쩌면 법의 테두리이기도. 하지만 사내들은 입을 꼭 다

물고 있는 덜 익은 알맹이를 궁금해 하고, 그 알맹이를 보고 싶고 만지고 싶은 것이겠죠. 본능적으로 사내들은 그것을 원해요. 그 알맹이가 알아서 적당하게 벌어질 때까지 기다려 주는 인내심이 없을 때가 많아요."

"그건 그래. 사내들은 왜 여자의 얼굴보다 여자의 가슴 쪽으로 시선이 오랫동안 머물러 흐뭇한 미소를 띠우는지를. 개인적인 생각이지만, 그것은 아마도 아직 세상에 나오지 않은 사랑스런 아기에 대한 지나친 걱정이 그런 식으로 내비쳤는지도 모른다는 생각이 문득 드는 것은 왜 일까. 그것이 본능의 가면을 쓰고 나타나는 것인지도 모른다는 생각이 들어."

"아저씨의 생각이나 논리 구조가 치밀하지는 않지만 나쁘지 않아요. 신호수의 신호에 따라 자동차를 움직이듯이 사람들의 육체도 본능에 따라 움직이니까요."

그때 A4는 가호리 버스 승강장을 지나서 합천영상테마파크 앞을 지나가고 있었다. 그는 반쯤 열린 차창을 올리고 빠르게 운전하려고 할 찰나에 그녀는 손짓을 하며 저쪽으로 가자고 했다. 그래서 그는 처음 가 보는 경사가 있는 그쪽으로 운전을 했다. 아무래도 진주 류씨가 사는 가호리 마을인 것 같았다.

"아저씨, 저는 19년을 살면서도 이쪽으로 한 번도 올라가 본적이 없어요. 늘 큰 길로만 다녔어요. 좁고 외진 길로 가려고 한 적이 없다는 것이 참 이상한 일이죠. 그곳에 더 풍성하고 아름다운 삶과 이야기들이 전개되고 있었던 것을 간과하고 살았던 것 같아요. 용문정도 그렇고요. 아름드리 소나무의 위용과 유서 깊은 용문정, 그 앞을 오랫동안 지키는 벚나무 두 그루의 정겨움을 보고 지나쳤던 것이 다예요. 왜 그곳에 가 본적이 한 번도 없을 까요. 삶에 대한 호기심인지도 몰라요. 아니면 함께 갈 사람이 없어서 아직까지 미뤄 둔 것인지도 모르고요. 어떤 특별한 사람과 가고 싶은데 그 특별한 사람을 아직도 만나지 못한 것인지도 몰라요. 하지만 아저씨하고는 가고 싶었어요."

"고마운 일인걸. 간택 당한 느낌인데!"

이미 밤의 초입에 들어가서 가호리 마을에는 가로등이 이미 주위를 어슴푸레하게 미온적이고 보수적으로 밝히고 있었다. 유서 깊은 마을은 산으로 둘러싸여 있고 거센 바람이 기별도 없이 밀려들어도 쉬어 갈 만한 아늑한 곳이었다. 하지만 마을도 이미 노화가 많이 진행되었는지, 마을을 가로지르는 아기 울음소리와 아이들의 왁자지껄한 웃음소리도 들리지 않았고, 쥐 죽은 듯이 고요했다. 그런 정겨운 풍경들이 지금에는 쉽사리 볼 수 없고 옛날에 있었던 아득한 전설로만 남아 있었던 것 같았다. 그는 서행으로 달리며 차창을 모두 내리고 길 오른쪽 아래에 있는 마을을 지켜보고 있었다. 그러자 아리도 마을 쪽으로 시선을 돌렸다. 마을 사이사이 가로등이 덩그러니 불그레한 불빛을 주변을 경계하듯이 엉거주춤 비추고 있었다. 어둠의 테두리에 가로등 불빛이 적절하게 스며들어 있었다. 카르바조의 키아로스쿠로. 가로등의 불빛과 어둠을 오묘하고 그윽하게 배치시켜 극적인 연출로 마을 전체의 울타리를 만들고 있었다. 어둠에 갇힌 울타리는 식별할 수 없는 곳에서 견고하게 연결되어 정감이 가는 아늑한 마을을 유지하고 지키고 있었던 것 같았다. 그는 운전을 할수록 경사가 심해지는 것을 보고 마을이 한눈에 내려다보이는 곳에 차를 세우고 시동을 껐다. 그와 아리는 차에서 내려서 유서 깊은 마을을 찬찬히 내려다봤다. 그 사이 아리는 추운지 아이보리 후드를 입고 모자를 쓰고 있었다. 시동을 끈 마을은 괴괴할 정도로 적막했다. 그 적막한 곳에서 사람의 인기척은 없고 간헐적으로 들리는 개 짖는 소리가 아련하게 들리고 있었다.

"가호리의 밤이 이런 곳이었구나! 집에서는 조정지댐을 건너서 합천영상테마파크를 너머 아득하게 존재하는 곳으로만 생각되었던 곳이었다. 집에 한번씩 놀러 오는 명석 아재가 여기에서 태어나고 장가를 가고 아이들을 낳아 훌륭하게 키웠다는 사실도 까마득하게 잊고 있었네요. 그의 아들이 서울대에 가서 행시를 우수한 성적으로 합격했다는 말을 듣기도 했죠. 그 명석 아재가 사는 곳이 이 예스러운 마을인데, 여기 어디에서 집을 짓고 사는지 알 수가 없어요. 진지하게 관심을 기울인 적도 없었어요. 그러던 중에 작년 추석에 5만 원을 받았을 때, 그때부터 명석 아재에 대한 생각이 뇌리에 오랫동안 머물렀고, 더 많은 관심과 호기심이 생기기도 했어요."

"사람들의 관심은 자기에게 직접적으로 이익이 되거나 미래에 효용가치와 도움이 될 것 같은 것에 생각이 오랫동안 머물게 마련이지. 길고양이도 자신에게 먹이를 주는 사람을 기억하고 끼니가 되면 그곳을 기웃거리는 것과 다르지 않은 것 같아."

"그것이 헛것이 아닐까요. 사람들이 치중하는 걸으로 보이는 것에 대한 귀하고 아름다운 것이 모두 헛것이 아닐까요."

"그럴지도 모르지. 본질을 관통하는 말인데. 아리는 생각했던 것보다 더 철학적이고 심오한 사유를 하는 것 같아."

그와 아리는 A4를 타고 더 이상 경사진 오르막길을 올라가지 않고 그곳에서 용문정으로 향했다. 그는 운전을 하다가 시선이 차창 밖으로 향한 그녀를 애정이 듬뿍 담긴 눈빛으로 비스듬히 내려다보았다. 시트를 온전히 채우지 못한 몸피임에도 작아 보이지 않았다. 그 나이에 어울리지 않는 옷자란 정신과 동요하지 않는 마음이 자신을 놀라게 하지 않을 수 없었다. 한편으로 안쓰러운 마음이 들기도 했다. 어떤 비현실적인 고통과 원망의 그늘이 아리를 비정상적인 사고 체계를 형성하고 있었던 것 같았다. 그는 아리를 좀 더 지켜봐야 할 것 같았다. 무의식적인 아리의 행동 속에 존재하는 과거의 면면들을 말이다.

"아리, 피곤하지 않아?"

"그것은 아저씨에게 있는 것이잖아."

"내가 늙었다고 에둘러 말하는 것이군."

"그건 아니야."

그는 A4를 용문정 초입에 세웠다. 거대한 성채처럼 폭이 넓고 길이가 긴 아름드리 소나무들이 초입부터 즐비하게 늘어서 있었다. 기이하고 괴상한 소나무들은 없고 근육이 알알이 박힌 날씬하게 뻗은 모습이었다. 배구 선수처럼 유연성이 있는 옹골차게 잡힌 근육이었다. 소나무들이 도롯가에 자리를 잡아 불쾌하고 시끄러운 소리를 차단하는 역할도 했다. 그는 A4를 몰고 조심스럽게 용문정 안으로 들어갔다. 그러자 안온하고 아늑하다는 느낌이 들었다. 차창이 열린 상태에서 용문정의 안속은 하루 일과를 마치고 거실에서 쉬는 것처럼 조용하고 포근하게 받아들이는 것 같았다. 그는 벚나무 두 그루 앞에서 A4를 세우고 시동을 껐다. 밤의 우월한 권리 속으로 빨려 들어가는 정적이고 오묘한 느낌이 들었다. 컴컴한 밤의 숲속이라 한기가 들 정도로 서늘했다. 그는 시동을 걸어서 창문을 올리고 음악을 틀었다. 2010년 식이라 아직도 CD

를 부드럽게 밀어 넣으면 잠시 후 음악이 자동으로 침착하게 흘러나왔다. 바이올린의 선율이 아름답고 정갈한 클래식이었다. 정감이 가는 클래식의 선율이 어둡고 칙칙한 땅바닥에 가볍고 잔잔하게 깔려 촘촘한 소나무 숲 사이사이를 누비며 얽매이지 않고 연연하지 않았다. 반복적으로 우는 소쩍새가 그 선율과 엇박자를 내지 않고 잘 어울리는 것 같았다. 아리는 음악을 들으면서 시트를 조절해서 안락하고 편안하게 뒤로 서서히 눕혔다. 전동식이라 시간이 제법 걸렸다. '웅'거리는 소음이 더욱 도드라지게 들렸다.

"아저씨, 자위하고 싶어."

그는 어안이 벙벙했다. 부끄러움과 수치심에는, 안중에도 없는 태연한 표정으로 아리는 스스럼없이 화이트 스판 데님 치마바지 안으로 오른손을 밀어 넣었다. 연이어 왼손으로 V넥 반팔 블라우스 안으로 밀어 넣어 유두를 찾고 있는 것 같았다. 그녀는 후드 안에 머리를 깊숙이 묻고 간헐적으로 신음 소리를 내는 것 같기도 했다. 농염한 신음 소리 같기도 하고 고통을 호소하는 아이들의 보채는 목소리 같기도 했다. 그러더니 그녀는 열정에 내몰려 더운지 아이보리 후드를 반쯤 벗고 치마바지를 내렸다. 그는 그것을 가까이서 끈적끈적한 시선으로 지켜볼 뿐이었다.

"아저씨, 나 자위하는 거 보니까 어때?"

잠시 얼어붙은 듯이 말을 꺼낼 수 없었다.

"솔직히 말하면 조금 흥분이 돼."

"솔직히 말하면 조금, 그런 말은 필요 없는 것이지. 요지만 말해야지. 거짓말. 바지 속에 숨겨 둔 페니스는 거짓말을 못 하지. 아저씨가 처음 나를 봤을 때 아저씨가 나를 따먹고 싶어 한다는 것을 알았어. 본능적으로. 그렇지? 아저씨 좀 솔직해 봐. 요즘은 솔직한 것도 미덕이잖아."

"그랬다고 해 두지."

"뒷걸음질!"

그러다가 아리는 한동안 조용히 있었다. 자위의 자연스런 리듬이 깨진 것이 틀림없었다. 그래서 숨을 고르듯이 차분하게 내면에서 가늘게 보채고 있는 욕구의 매듭을 잡고 있는 것이 분명해 보였다. 어떤 현실적 고통과 괴로움을 잊기 위해서 그러는 것 같기도 했다. 그녀는 또다시 자위의 상궤에 안착한 것 같았다. 그러는가 싶더니 바이올린 선율에 맞추어 자유자재로 신음 소리를 내며 클리토리스를 자극하고 있었다. 그녀는 깊이 심취해 있었고 달콤한 그 리듬을 이어나가기 위해서 간신히 잡은 매듭을 놓지 않고 있는 것 같았다. 그녀는 지향하는 곳으로 나아가는 중이었다. 그럼에도 그는 그녀의 자위에 도움을 주지 않았고 같이 풍성하게 즐기지도 않았다. 그녀는 아직 미성년자이고 그 경계를 지켜 주는 것이 어른의 몫이라고 생각하고 있었던 것이다. 고리타분한 말 같지만 그는 그런 위인인 것이다. 보물이나 국보를 24시간 지켜보며 보호하는 감시 카메라처럼.

"아저씨도 자위해. 고추가 큰지 작은지 소문내지 않을게. 그렇다고 도와주지는 않아. 난 미성년자이니까. 법으로 보호받는 미성년자. 그런 법이 있어 좀 더 짜릿하고 좀 더 스릴이 넘치는 것인지도 모르지."

아리의 말이 떨어지기 무섭게 그는 시트를 눕혀서 바지를 내렸다. 이미 페니스는 통제할 수 없을 정도로 부풀어져 있었다. 통제할 수 없는 곳에서는 통제할 필요가 없었다. 치솟는 본능대로 사정으로 연결하면 그만인 것이리라. 그냥 강물이 우렁찬 소리를 내며 급하게 흘러가든 정적으로 정겨운 소리를 내며 졸졸졸 흘러가든 순리대로 내버려두면 되는 것이다.

"아저씨, 귀엽네. 아저씨 것이 귀여우니 성범죄는 아닌 것 같아. 만지고 싶고 핥고 싶은 충동이 생기면 그것은 성범죄는 아닌 거야."

그는 사정을 했다. 아리도 비스듬하게 누운 채 풍성한 자위의 공간에서 온전히 빠져나와 삶의 풍성함과 넉넉함을 음미하고 있었다. 한편으로 그는 여자가 가까이에 있는데 손수 자위를 한다는 것이 명쾌하지 않았고 찜찜하지 않을 수 없었다. 곁에 있는 여자가 자위를 도와주는 것도 나쁘지 않을 것이기 때문이었다.

하지만 아리는 포근한 미소를 띠며 행복해 보였다. 어스름하게 고립된 공간 속에 아리는 침착하고 아름답고 거룩하게 비쳤다. 천상의 천사처럼 내일이라는 단어가 없는, 성대한 축제와 축복만 있고 가혹한 노동과 긴박한 시간에 쫓기지 않는 넉넉한 오늘만 존재하는 것 같았다. 그렇다. 인생은 오늘이 다인지도 모른다. 내일을 설계하고 한 달 후를 설계하는 것은 어리석은 것인지도 모른다. 인생이라는 여정 속에 그런 걱정을 하다가 시간을 죽이는 행위가 한심하기 짝이 없는 것인지도 모른다. 내일은 없고 오늘만 존재하는, 그것에 만족하고 즐거워하고 행복하면, 그런 삶이 가치가 있고 삶의 중요한 요소가 되는 삶인지도.

"아저씨, 저는 누군가가 곁에서 지켜보지 않으면 흥분을 하지 못해. 신기하지. 친구들의 얘기를 들어 보면 혼자서 즐긴다고."

"심리적인 문제겠지."

"아마도 아버지가 나의 일거수일투족을 감시하고 있어 그러는 것인지도 모르지. 아버지는 의심이 많아. 겉으로는 호인인 척 보이지만 사람들을 절대로 믿지 않아. 아마도 그것은 엄마가 남기고 간 유산인지도."

아리는 한동안 말이 없었다. 그래서 그는 굳이 묻지도 않았다. 이런 애매하고 모호한, 중대하고 심각한 상황에서는 아리가 원하는 대로 내버려두는 것이 최상인 것이다. 아리의 비정상적인 행위가 가족이라는 구성원의 불합리한 돌출적인 행동에서 빚어진 것으로 보였던 것이다. 더 많은 일련의 사연들이 그녀의 입을 통해서 스스럼없이 흘러나올 것 같았다. 누에고치에서 실이 나오듯 끊어지지 않고 길게 이어질 것 같았다. 아마도 아리가 그런 말을 해도 될 분별력 있는 믿음직한 친구를 찾고 있었고, 그 상대가 자신으로 낙점된 것인지도 모른다. 그래서 치골 깊숙하고 은밀한 그곳, 사내들이라면 환장하는 그곳에서 벌어지고 있는 아낌없이 주는 성대한 축제를 함께 향유하는 것인지도 모른다. 그것이 그녀가 그에게 선사하는 일종의 선물인지도 모른다.

"엄마는 아빠의 아버지가 지은 기와집에 사내를 불러들였지. 그들은 한창 뜨겁게 타올랐던 모양이야. 그들이 예상하고 있었던 것보다 더 일찍 아빠가 집에 도착해서 목격했던 것이야. 그때 아빠는 무척이나 놀라서 피가 거꾸로 치솟고 넋 나간 사람처럼 한동안 그 자리에 멍하니 서 있었던 모양이야. 마치 핏기 없는 석고처럼 그 자리에서 굳어 버렸다고 아빠는 술만 취하면 취중에 혼잣말처럼 말하곤 해. 아빠는 무척이나 놀라서 경악을 금치 못했고 크나큰 충격을 받았던 것 같아. 그전까지 엄마를 진심으로 사랑하고 연민하고 믿고 신뢰했던 것 같아. 그런 배신감과 좌절감에 한동안 술독에 빠져 허우적거리며 살았다고 해. 삶의 무상함과 덧없음을 뼈저리게 느끼고 자살을 기도하기도 했다고 해."

"아빠가 지켜본다는 게 부담스럽지 않아?"

"처음 그것을 알았을 때는 몹시 당황스러웠지. 치밀어 올라 제어할 수 없는 수치심과 분노에 찢어 죽이고 싶었지. 그러한 감정들이 서서히 누그러지더니, 이상하게도 시간이 중첩될수록 타성이 되고 당연한 것이 되는 것을 말이야. 정확하게 말하면 무의미하고 무덤덤해졌다고 말하는 게 좋겠지. 그 어린 나이에 본능적으로 인식했는지도 모르지. 가족이라는 울타리가 아직 여전히 필요해서 굳이 표면화시켜서 볼썽사나운 관계를 만들지 않으려는 의도인지도."

"아빠가 일거수일투족을 관찰하는 것을 알면서도 샤워도 하고 자위도 했어? 알몸인 채. 느끼거나 불안하지 않았어?"

"참 이상한 일이었어. 처음에는 그랬던 거 같아. 하지만 세월이 지나자 그것 또한 아무런 의미도 없고 영향도 미치지 못하는 것 같더군. 너무 속상하고 괴로워서 그 순간을 잊은 것인지도 모르지. 어린 그 나이에, 불안하고 여린 그 나이에 나 자신을 지키기 위한 방어 기재인지도 자세하게 설명할 수는 없어."

"외면하고 싶은 충격적인 사건. 해리 증상."

"자위도 혼자서 안 되더라고. 심리적으로, 누군가 감시하고 있다는 사실이 없다는 것을 깨달았을 때에 흥분이 되지를 않아. 친구 집에 놀러 가서, 그 친구와는 자위를 같이 하는 막역한 사이이지. 넓은 범주의 레즈비언이야. 그 친구 부모님은 가끔씩 집을 비우고 여행을 다니지. 그럴 때면 친구 집에 가서 영화도 보고 동영상도 보며 유쾌하게 놀고 안락하게 자고 오곤 했어. 그 친구가 은근한 시선으로 바라보며 욕구에 불을 지피면 불꽃이 튀어 흥분이 되는데, 깊은 잠을 자고 새벽에 일어나서 천장을 두리번거리고 있을 때 문득 욕구가 타올라 혼자 즐기고 싶을 땐, 정작 그때는 조금도 달아오르지도 않고 차갑고 무겁게 식어 버려 끝도 없이 아래로 가라앉는 것이야."

"병이구나!"

아리는 배시시 웃더니

"아저씨를 지그시 응시하며 서로 자위를 하는 것도 새로운 맛이야. 훔쳐본다는 것이 이런 것이구나. 스릴이 넘치고, 나쁘지 않아."

그러다가 그녀는 한동안 스마트폰을 들여다보고 있다가 무슨 생각에서인지 조수석 문을 열고 나갔다. 아까부터 무엇인가 확인하고 싶었던 것이 있었던지 하늘을 올려다보고 있었다. 무수히 쏟아지고 점멸하는 별들을 바라보고 있었다.

"아저씨, 베텔게우스 알아. 마치 희귀병에 걸린 것처럼 항성 진화 속도가 빨라서 죽어 가는 별인데, 아직도 젊은데 찬란한 죽음을 맞이한다는 것이야. 난 밤하늘에 뚜렷한 붉은색을 드러내며 죽어 가는 그 적색 초거성이 마음에 들어. 젊지만 죽어 가니 얼마나 아이러니해. 인생도 그렇지 않을까. 나이도 어리고 육체적으로 건강하고 활달해도 언제나처럼 건강을 유지하고 살아갈 수 없는, 그래서 갑자기 늙고 죽어 가는."

"그 아이는 겨울 대삼각형 중에 한 축을 담당하잖아. 겨울 별자리야."

"그 정도는 나도 알아. 아직 5월, 봄의 끝자락에 간신히 걸쳐 있지만 갑자기 밤하늘에서 8번째 밝은 그 별자리가 보고 싶어졌어. 우리 눈에는 보이지 않지만 그 덩치 큰 아이는 밤하늘 어디에선가 자신의 고유의 아름다운 빛을 자유자재로 조절할 수 있는 반규칙 변관성으로 유감없이 찬란한 죽음을 기다리고 있을 거야. 사람들도 저마다 고유한 빛을 발하면서 살아가잖아. 나도 베텔게우스처럼 살고 싶어. 아직 젊었지만 끊임없이 죽음의 아가리 속으로 뛰어드는, 그래도 굴하지 않는 그런 용기와 투지로 앞으로 나아가고 싶어."

"베텔게우스 나이와 사람의 나이는 달라."

"나도 알아. 시간을 하나의 큰 막대기로 생각하면 그것은 같은 것이야. 백 년의 막대기든지 만 년의 막대기든지. 우주의 시간은 누군가가 댐을 막듯이 정교하게 막아도 미세한 구멍을 찾아서 빠져나가기 마련이야. 어떤 방식으로든지 흘러가기 마련이야. 시간은 멈추지 않아. 그것이 금성산에 갇힌 코끼리를 풀어 주는 길이기도 해."

"금성산의 코끼리?"

"예전에 할머니가 말씀하셨지. 금성산에 코끼리가 갇혀 있다고. 자세한 것은 물어보지 않았어. 그냥 할머니가 그렇게 말씀하신 것이 다지."

"그런 전설이 있었구나!"

"우주의 시계가 멈추지 않고 움직이는 한 금성산의 코끼리는 풀려난대. 생물 대절멸의 시기 때 갇힌 것인지 숨어든 것인지."

"아리는 생각이 깊고 넓구나!"

"아저씨는 생각이 얕고 좁아?"

"넌 학식이 뛰어나구나."

"그렇지 않아. 성적은 형편없어. 단지 관심이 있을 뿐이야. 지구상에 생물 대절멸이 5번이나 왔다고 해. 외부적인 원인은 화산과 운석의 원투 펀치이지만 1억년을 지배해 온 공룡들의 오만에서 온 것인지도 몰라."

"카르바조는 알지. 가슴을 파고드는 종교화를 그린, 사생활이 문란했던 바로크 미술의 창시자. 그의 마지막 작품 '골리앗의 머리를 든 다윗'에서 젊고 순수하고 용감한 다윗의 오른손에 든 칼에 새겨진 라틴어 문구처럼. 겸손이 오만을 이긴다."

"아저씨는 학식이 뛰어나. 겉보기와는 달라."

"신호수라는 껍질?"

"아니."

아리는 더 이상 말이 없었다. 그냥 먼 밤하늘만 우두커니 올려다보았다. 지금은 볼 수 없는 베텔게우스를 찾는 것이 분명해 보였다. 그것이 아니면 초신성 폭발로 지구로 날아오는 중성미자를 찾고 있는 것인지도 모른다. 베텔게우스, 뜨겁고 원 없이 살다가 소멸하는 시체를 보고 확인하고 싶었던 것인지도 모른다. 아마도 그것으로부터 그녀는 삶의 작은 위안을 찾고 싶은 것인지도 모른다. 아버지에게서 벗어나고 싶은, 24시간 감시당하는 그런 일상의 경계에서 벗어나고 싶은 것인지도 모른다. 그는 용문정의 소나무 숲에 갇힌 외부와 단절된 곳에서 그녀를 잠시 바라보다가 컴컴한 밤하늘을 올려다보았다.

"아저씨, 베텔게우스가 폭발하면 갇힌 코끼리가 풀려날 거야. 그 코끼리가 인류의 보편적인 삶을 살도록 앞에서 천천히 걸으며 이끌 거야. 마치 신호수의 신호봉이 무지막지한 덤프를 인도하듯이 말이야."

농부 조인성

　가끔씩, 그는 조인성의 집에 놀러 가곤 했다. 조인성은 농
부였다. 대장부처럼 덩치도 우람하고 신장도 185정도 되었
다. 합천에서 합천댐으로 들어오는 도중에 타이어 펑크가 나
서 평학 마을 언저리에서 사료를 싣고 오는 조인성의 도움을
받았다. 난처한 사정에 도롯가에 서 있자 친절한 농부는 1톤
포터를 세워, 그에게 말을 걸었다. 자연스레 투박하고 유쾌
한 말이 이어졌고, 낯설고 생소한 이런 곳에서 잠시 머물 수
있지 않을까 하는 생각을 하게 되었다. 세상을 정처 없이 떠
돈다는 것은 진정 어딘가에 마음을 허락하고 안주하며 머물
기를 바라는 것인지도 모른다. 그래서 처음 만난 농부의 걸
러지지 않은 친절과 배려에 근처에서 민박을 찾았고, 그 농
부와 친하게 지낼 수 있었다. 며칠 머물면서 농부의 집에 놀
러 가게 되자 자연스럽게 한국도로공사에 관한 얘기가 나왔
고 건너편에서 성리 마을을 들여다볼 수 있는 터널 입구에서
일을 하게 되었다. 그 농부의 도움으로 컨테이너 하우스에서
편안하게 기거할 수도 있었다. 그 농부의 제실에 무수하게 자

란 잡풀들을 뽑고 가지런하게 청소해 주고 잘 관리해 주는 조건으로 그곳에서 기거하게 되었다. 그는 평생을 다닐 수 있는 직장은 아니었지만 짧게는 몇 달 길게는 몇 년 아무 생각 없이 일을 할 수 있는 부담감 없이 세월을 갉아먹을 수 있는 단순하면서도 명료한 일을 할 수 있었던 것이다. 그래서 월급을 타자, 그 농부와 함께 동대구역 앞 막창집에 갔다. 맛집으로 널리 알려진 유명한 곳이었다. 토요일 저녁 8시 즈음인지라 사람들이 붐볐고 문 밖에서 긴 줄을 서서 기다려야만 했다. 그는 자리가 날 때까지 기다리는 것을 그렇게 지루하거나 힘겨워하지 않았고 짜증을 내지도 않았다. 하지만 그 농부는 그렇지 않았다. 덩치에 어울리지 않게 안절부절못했고 조바심이 많았다. 그럼에도 어떤 불안한 의식의 부조화에 쫓기어 충동적이고 과도한 행동으로 상대방에 피해를 주지 않는 선에서 자신을 제어할 수는 있어 보였다.

한참을 기다린 후에 그들은 창가에 앉을 수 있었다. 막창을 구울 때 나는 연기는 테이블마다 연결되어 있는 덕트로 빠져나갔다. 천장으로 연결되어 외부로 빠져나가는 어수선한 모습이었다. 그럼에도 실내에 끈적거리는 뜨거운 공기가 오랫동안 머물러 있었다. 신선하지도 산뜻하지도 않았고 찐득거리며 낮고 묵직하게 가라앉아 있었던 것이었다. 가까이 밀착해 있어 정겨운 옆 테이블의 사람들은 와자지껄하게 앉아서 저마다 삶의 현안을 풀어놓고 차분하게 막창을 굽고 소주를 들이켰다. 사람들은 음식이 나오면 음식에 집중하고 담소는 배가 부른 후에 시작되는 것 같았다. 그와 농부도 그랬다. 농부는 덩치에 어울리지 않게 다혈질적이고 까다로운 성미를 가지고 있었고 그럼에도 농부는 앞치마를 걸치지 않았고, 그는 걸쳤다. 날것에서 기름기가 조금 빠져 노르스름하고 반질거리는, 아직 먹을 수는 없었지만 초벌 구워 나온 막창은 초벌구이한 도자기처럼 뜨거움을 간직하고 있었으나 먹음직한 고운 빛깔을 담아내지는 못하는 것 같았다. 아직 온몸으로 뜨거운 숯불의 성실함과 은근함을 받아내어야 하는 수고로움과 번거로움이 고스란히 남아 있어, 그것을 감연히 받아들여야 깊숙이 파고드는 늦가을 햇살에 단감의 과육처럼, 높은 당도를 유지하며 농익은 빛깔을 늦가을의 정취 속으로 유감없이 드러낼 수 있었던 것이다. 뜨거운 숯불이 서서히 막창 안으로 스며들자, 지글지글거리고 온몸을 뒤채며 부드러운 풍미를 안으로 깊숙이 받아들이는 인고의 긴 시간을 겪고 겪어야, 막창은 혓바닥 위에서 현란한 춤사위로 사람들을 즐겁게 할 것이 자명한 일이었다.

그러자 막창의 겉은 촉촉하고 조금 바싹한 지점에서, 사람들의 젓가락의 두서없는 시선을 부드러운 자태로 요염하게 앉아 눈웃음을 던지면서 유혹하고 있었던 것이다. 포커페이스로 표정 관리를 하면서 런웨이를 기다리는 모델처럼 불판 위에서 하이힐을 신고 위풍당당하게 때로는 초조하게 기다리고 있었던 것이다.

사람들의 젓가락을 유혹해서 입속으로 들어간다는 것은, 막창이 뜨거움을 참아 낸 결과물일 것이다. 성미가 급한 농부는 제대로 익지 않은 막창을, 통으로 썬 풋고추가 넉넉히 들어 있는 된장소스에 푹 담가 풋고추와 함께 입속으로 넣어 씹어 먹었다. 그가 봤을 때는 시간의 여유를 줘야 겉이 노릇노릇 안이 촉촉한, 형언할 수 없는 풍미로 혓바닥의 놀림이 자유로울 것 같았다.

"아직은 충분히 익지 않았지. 넌 성미가 급한 게 탈이야."

그럼에도 농부는 충분히 익지 않았지만 먹을 수는 있는, 덜 익은 단감을 먹듯이 급하게 씹어서 넘기는 것을 볼 수 있었다. 그러고는 소주잔에 채워 둔 소주를 벌컥 입속으로 털어 넣었다. 농부는 표정 하나 바뀌지 않았다.

"인간 조인성은 이런 것에 굴하지 않아. 노빠꾸! 직진하는 것이 삶의 소신이지. 굽힌다는 것은 경상도 사나이가 아니지."

"충분히 익지 않은 막창하고 노빠구 하고 경상도 사나이 하고 무슨 상관이 있어?"

그 농부의 울림통이 제법 큰 목소리로 주위 테이블에까지 들렸다. 앉아서 조신하게 막창을 먹고 소주잔을 들이키는 젊고 아리따운 아가씨들의 시선들이 순간 이쪽으로 쏠리는 것을 미세하게 느낄 수 있었다. 그녀들의 뇌리 속에 박혀 오랫동안 머물러 있던 조인성을 일깨웠던 것이다. 군더더기 없이 잘 생긴 영화 배우 조인성! 후리후리한 몸매와 무르지 않은 적당한 근육, 예의범절과 센스를 골고루 갖추고, 물질적으로 여유롭고 풍부한, 결정적으로 건물도 있고 자랑할 만한 그의 이미지가 그녀들의 오감을 자극하고 있었던 것이 분명해 보였다. 그녀들의 각자의 뇌리 속에 각자의 조인성이 존재하며 그녀들의 삶 속에서 함께 살아오고 살아갈 것이 분명한 것이다. 술이 한 잔씩 들어가 몸이 느슨한 틈에 진짜 조인성을 보고 싶고 갈구하는 마음에서 그런 시선들을 모을 수 있었던 것이다. 그는 그녀들의 시선 속에서 그런 것을 미세하게 느낄 수 있었던 것이다. 곁에 있는 촌스러운 사내와는 비교가 되지 않는, 그래도 없으면 허전하고 없는 것보다 나아 어쩔 수 없이 타협하는 다소 부족한 루저를 바라보며 가슴 깊숙이 구겨서 숨겨 둔 그 허영과 못 이룬 일련의 소망과 꿈이 그 농부의 이름 속에서 거침없이 터져 나와, 거칠고 잔인한 바람이 좁은 건물 사이를 빠져나가 그 강한 힘을 발휘해서 가로수를 뽑아 버리듯이 그녀들의 날카로운 시선도, 만약에 농부가 조인성이라면 지금 누르고, 어설프고 쩨쩨하고 보잘것없는 사내들을 어느 순간에 걷어차 버릴 것이라고 생각하는 그런 살벌한 눈빛이, 그녀들의 눈 가장자리에 정체를 숨기고 있었던 것이다.

그녀들의 시선들은 농부 조인성인 것을 확인하고 제자리로 돌아가는 것이었다. 정장을 입은 한 여인은, 그 짧은 순간 곁에서 허리를 감싸고 비비는 사내를 버린 그것에 대한 죄책감이 들어서 그런지 사내의 단단한 허벅지 위에 손을 얹어서 부드럽게 쓰다듬다가 치골 깊숙한 곳으로, 숨죽이고 있는 페니스를 가볍게 터치하며 애정을 과시하는 것이었다. 그러면 사내는 그녀를 지그시 바라보며 오늘이 그날인가, 뜨겁고 황홀한 밤을 보낼 그날인가 하고 생각하지 않을 수 없게 만드는 것이다.

농부 조인성은 그런 비정상적인 존재로서 막창을 먹고 있었던 것이다. 그 성미 급한 농부가 그런 것을 알고 있는지 없는지 혼자만의 사고 체계와 논리 구조로 자신을 드러내고 있었던 것이다. 그런 농부가 싫지 않았다. 학벌이나 학식이 뛰어난 것도 아니고 집안이 훌륭하거나 재력이 뛰어난 것도 아닌, 따로 내세울 것도 없는 초라한 농부였지만 그는 그런 농부의 소박한 삶이나 거드름을 피우는 허세 섞인 큰 행동들, 그리고 거침없이 내뱉는 말투와 말씨가 졸장부처럼 궁해 보이지 않았다. 한편으로 정겹고 호감이 가는 지극히 단순하면서도 전달력이 강한 나쁘지 않은 형태로 보였던 것이다.

"이봐 친구 천천히 먹어. 2인분 더 시키면 되니까 말이야. 배 터지게 먹고 저기 가서 마사지나 받고 가는 게 어때?"

"좋지, 친구!"

농부는 소주를 단숨에 비우고 막창 두 개를 된장소스에 찍어서 입속에 넣었다. 농부는 대파 겉절이는 조금 먹었으나 상추나 깻잎은 일절 먹지 않았다.

"친구, 난 시골에서 가꾼 푸성귀는 먹지 않아. 이상하게 손이 가지 않는 것이 나 자신에게도 이상하다는 생각이 들었어. 시골에서 같이 농사를 짓는 노모도 그것에 늘 불만이었어. 삼겹살을 구워 내와도 그 싱싱하고 풋풋한 푸성귀에는 손이 가지 않으니 말이야. 그래서 노모는 늘 나를 보면서 몸이 산성화 된다고 말하곤 해. 늙어서 당뇨가 오든지 중풍이 온다고 말이야."

"노모 말씀이 하나도 틀리지 않았어."

"그건 그래."

그러고 보니까 불판에 있는 촉촉하게 구운 버섯에 젓가락이 가지 않았던 사실을 그는 이제야 깨달은 것이었다. 그 촉촉하게 구운 버섯은 자신이 전부 먹었다는 것을. 그래서 그는 2인분을 더 시키고 소주도 2병을 더 시켰다. 종업원이 테이블과 테이블 사이 비좁은 통로를 이리저리 오가며 숯불부터 바꾸고 연이어 불판도 바꾸었다. 테이블 위에는 아까와 똑같은 초벌구이한 막창이 세팅 되었다. 참 이상한 일이 아닐 수 없었다. 반복적인 현상들이 그를 놀라게 했다. 그는 일상 속으로 습관과 고정관념이 자연스럽게 스며들어 얼개를 만들면 어떤 개인적인 형태와 패턴이 생기고 고착되는 것을 깨달은 것이다. 그 종업원은 테이블 구성을 자신의 주관대로 아까와 같은 위치에 놓고 편안한 표정을 지으며 안심하는 것을 느낄 수 있었던 것이다. 농부도 그 차려 놓은 테이블에서 조금 오른쪽으로 된장소스를 옮겨서 자신의 공간 안에서 편한 곳에 놓는 것을 알 수 있었다. 사람들이 본능적으로 적으로부터 방어하여 공간을 자신의 것으로 만들어 차지하며 안도감을 느끼면서 드러내는 흐뭇한 표정과 여유로운 행위와 다르지 않았다. 종업원은 테이블이 자신의 영역이라는 것을 은연중에 그런 방식으로 드러내는 것 같았다. 그래서 종업원으로서 해야 할 일에 대한 책임감이 따르고, 너저분한 오점이 생기는 것을 미연에 방지하기 위해서 경계하듯이 테이블을 주시하고 있었던 것이다. 그도 일상생활을 하면서 길고양이가 벽에 오줌을 갈기는 것을 보면서 그런 것을 느낄 수 있었다. 여긴 내 구역이니까 침입하지 말라는 것을 말이다. 무더운 여름철에 송추 계곡을 산책하다가 보면 계곡에 크고 작은 돌멩이를 쌓아서 경계를 만들고 구역을 만드는 것을 보고 사람도 길고양이와 다르지 않은 것을 느낄 수 있었던 것이다. 이런 일련의 행위들이 본능의 사촌쯤 되는 방어 기재에서 나왔을 것이리라.

"노모가 금성산이 코끼리의 신전이고 무덤이래. 지구상에 생물이 생기고 5번이나 생물 대절멸이 일어났대. 중생대 말 공룡이 사라진 것도 화산과 소행성 때문이 아니라는 거야. 저 금성산만한 코끼리가 공룡을 다 소멸시켰다는 거야."

그는 농부의 말이 엉뚱한 형태로 들리지는 않았다. 그럴 수도 있겠다는 생각도 들었던 것이다. 아리가 그녀의 할머니로부터 들은 말도 일리가 없지는 않았기 때문이었다. 그냥 그럴 수도 있었던 것이다. 고생물학에서나 과학적인 사실성으로 봐서는 그럴 일은 일어날 수 없었던 것이었다. 하지만 누구의 편을 들어 주고 싶은 생각은 없었다.

"노모는 고생물학을 공부하시기는 했어. 하지만 내가 상식적으로 생각을 해도 그런 일은 일어나지 않았을 것 같아. 사람들이 살면서 심심하고 무료하니까 일부러 꾸며내어 허구처럼 포장했던 것 같아."

"하지만 금성산과 코끼리와는 무슨 특별한 인연이 있는 것만은 확실해 보여. 전설인지 모르지만, 우리가 모르는 역사가 흘러간 것은, 알 수 없는 일이었다."

"나 조인성은 신장이 185. 난 조인성과 신장도 엇비슷하고 나이도 엇비슷해. 왜 난 조인성처럼 살지 못하는 것인지."

비관적인 농부의 거친 말투였다. 그 나이를 먹도록 결혼을 못한, 사회에 자심한 적의와 불만이 많은, 그래서 좌파적인 성향이 강한 것인지도 모른다. 하지만 일부 좌파처럼 밥 먹듯이 거짓말을 하고 선전 선동하지는 않았다. 단순했지만 학식과 신념이 없는, 그냥 주위 사람들이 물을 들이는 것 같았다. 그때 정장을 입은 여인이 농부 조인성 쪽을 흘깃 보고 시선을 거두었다. 그녀는 아직도 진짜 조인성에 대한 미련이 심중에 남아 있었던 것 같았다. 대각선에 있는 저 덩치 크고 관리가 되지 않은 촌스럽게 생긴 사내가 조인성이 아닌 것을 알면서도 백마 탄 왕자에 대한 미련이, 그리고 그녀 자신을 과대평가하여 적어도 자신은 진짜 조인성과 같은 클래스이고 같은 선상에서 걸을 수 있을 것이라 착각을 하고 있었던 것이다.

일반적인 여자의 선택은 겉으로 보이는 숫자에 민감하게 반응한다. 사내의 다듬어진 육체나 잘생긴 얼굴보다 실질적으로 드러나는 현실적인 것에 더 호감이 가고 더 치중한다. 대체적으로 높은 숫자에 더 관심을 가지고 있었던 것이다. 그 사내의 부모가 소유한 아파트의 위치와 평수, 쌓인 재력에 더 치중하고, 물려받을 유산에 관심이 더 많은 것이다. 그 검은 정장을 입은 여인도 보편적인 여자의 사고방식과 다르지 않을 것이라 생각하지 않을 수 없었다. 아직도 곁에 머물러 있는 그 사내보다 높은 숫자의 옵션과 배경을 제시하면 곁에서 애무를 하고 비비고 격하게 섹스를 하고 남긴 흔적들을 깨끗하게 씻어 버리고 과감하게 다른 사내에게 갈아탈 것 같았다.

그는 검은 정장을 입은 여인의 새침한 눈빛에서 그것을 느낄 수 있었다. 하지만 그렇게 업그레이드되는 것은 현실적으로 접근하기 쉽지 않다는 것을 알고 있었기에, 그 사내 곁에서 노릇노릇하게 익은 막창을 입에 넣고 씹어 먹는 것이었다. 시무룩한 표정으로 체념하며 소주잔을 기울이고, 그러고는 곁에 있는 사내의 어깨에 밀착해 머리를 기대면서 뚱한 표정으로 부드럽게 스킨십을 하는 것이리라.

농부는 2인분을 노릇노릇하게 구워 놓자 아까와는 사뭇 다른 느슨한 젓가락질이었다. 막창 두 개씩 된장소스에 찍어서 허겁지겁 먹지 않았고 빈번하지도 촘촘하지도 않았고, 헐거웠다. 이젠 먹을 만큼 먹은 것 같았다. 농부는 큰 덩치에 비해서 그렇게 대식가는 아니었다. 2인분 정도에서 만족하며 부른 배를 두드리는 부류였다. 조금 전에 마사지를 가자고 약속했기 때문에 배가 너무 부르면 자신이 원하는 형태의 섹스 놀이를 하는데 부담스럽다는 것도 알고 있기 때문에 그럴 것인지도 모른다. 그는 섹스에 대한 욕구가 강했다. 먹을 것을 조절할 정도로.

그들은 막창집에서 나왔다. 집 앞에는 여전히 어디에서 왔는지 긴 줄이 늘어서 있었다. 다정한 커플들도 있고 사내끼리도 있고 여자끼리도 있었다. 그들은 각자 자신의 스마트폰을 보면서 게임도 하고 하루에 소비해야 할 동영상을 보고 심각한 표정을 지을 때도 있었고, 때로는 해맑은 미소를 짓다가 갑자기 너털웃음을 웃기도 했었다. 제각각의 사람들은 동영상에 매몰되어 있었고 꿈도 미래도 그곳에서 키우고 유지하며 살아가는 것 같았다. 그들 중에 활자로 된 책을 들고 읽는 사람은 없었다. 종이책에서 나는 활자 냄새도 맡을 수 없는, 맑고 선명한 화질에서 어떠한 냄새도 맡을 수도 없는, 그런 것에 노예가 된 듯이, 홀린 듯이 몽롱한 눈빛으로 들여다보고 있었다. 그들에게 그것이 재미있고 유쾌한 일이었다. 그래서 요즘 젊은이가 진중하지도 진득하지도 않고 얇고 가볍게 보이는 것인지도 모를 일이었다.

마사지는 가까운 거리에 있었다. 3층이었다. 옛날에 지은 낮고 낡은 건물이라 승강기가 없었고 걸어서 계단을 올라갈 수밖에 없었다.

그는 출입문을 밀치고 들어갔다. 초저녁이라 그런지 코로나 때문에 그런지 손님의 흔적은 찾을 수 없었다. 카운터에도 손님을 막연하게 기다리는 가슴골이 도드라지게 보이는 마담은 없었다. 그래서 그들은 손님이 기다리는 원탁 의자에 앉아서 마담을 기다리기로 했다. 농부는 얼굴에 후끈거리는 소주의 열기가 그대로 드러났고, 무료함과 갈증을 달래기 위해서 그러는지 아니면 온몸이 성적 욕구에 불타올라서 그러는지, 스마트폰으로 포르노를 보고 있었다.

"내가 결혼을 아직 못한 건, 이런 가슴을 가진 여자를 못 만나서 그래!"

농부는 보고 있던 포로노 배우를 보여 주었다. 유방이 애플 수박만 했다. 여자가 여자의 유방을 빨고 핥는 동영상이었다. 레즈비언이었다. 그때 구석진 곳에서 30언저리에서 기웃거리는 여성이 나왔다. 한국 여성이었고 어떻게 이곳까지 흘러 들어 왔는지 차근차근 상세하게 물을 필요는 없었다. 그녀의 목에는 이미 몇 천만 원의 빚이 주렁주렁 매달려 있을 것이었다. 밥 먹고 섹스 하고 밥 먹고 섹스 하는, 늙어 죽지 않는 한 이곳에서 풀려나지도 헤어나지도 못할 그런 여인이었다. 그 여인이 실없이 웃으면서 말없이 들어왔다.

농부는 그 아가씨가 마음에 드는 모양이었다. 유방의 사이 즈는 작지만 가슴골이 보이는 여인이었다. 농부는 외국 여성 보다 한국 여성을 선호했다. 유방이 큼직한 여성보다도 한국 여성을 더 선호했다. 그 여자는 농부를 데리고 VIP룸으로 들어갔고 조금 있자 외국 여성이 그를 다른 VIP룸으로 데리고 갔다. 그는 여성이 들어오기 전까지 가운으로 갈아입고 팬티도 갈아입었다. 그러고는 자리에 편안하게 누웠다. 그렇게 누워 있는 사이 알딸딸한 소주의 위력에 잠깐 눈이 감겼다가 눈을 떴을 때는 이미 외국 여성이 마사지를 하고 있었다.

어슴푸레한 협소한 룸에서 그녀를 올려보자, 그녀는 먹성 좋게 생긴 글래머였다. 농부가 선호하는 스타일이었다. 하지만 외국 여성이라 밀려난 것이다. 농부의 선택을 받지 못한 외국 여성을 그가 그윽하게 올려다보고 있었다. 어떤 이상한 기분이 들기도 했다. 좀 불결한 것 같기도 하고 짜릿한 스릴이 넘치는 것 같기도 했다. 귓가에 뜨거운 것이 훅 치밀어 오르는 것 같기도 했다. 기분이 이상하고 모호했다. 그때 농부가 들어간 쪽에서 여성의 신음 소리가 들리는 것 같았다. 환청인지 모를 일이었다. 벌써부터 농부가 성적 욕구를 채우지는 않을 것 같았다. 아로마 마사지 90분을 예약하고 자신이 직접 돈을 지불했기 때문에 손해 본다는 생각이 들었기 때문이기도 했다. 요즘에 농부가 여자의 체취를 맡지 못해서 그런 것보다, 가슴골이 보이는 여성이 전문적으로 마사지를 배우지 못했고, 섹스만 즐기는 직업 여성인지도 모르는 것이었다. 그래서 마사지도 하지 않고 농부의 페니스를 잡고 흔들자, 농부가 성적 욕구에 자신을 불살라 버린 것인지도 모른다. 아무튼 그들은 그들의 섹스 놀이를 하게 내버려두는 게 상책인 것이다. 직업 여성이 새로운 흥정으로 새로운 액션이 이루어지는 것이기 때문이었다. 어쩌면 농부는 아로마 마사지보다 섹스가 더 갈급한 것인지도 모른다.

그는 농부를 생각하면 우스웠다. 덩치 큰 것에 비해서 아픈 데가 많다고 늘 얘기하곤 했다. 그러던 농부가 섹스를 하면 온몸에 에너지가 솟아오르고 아픈 데가 없다고 말했다. 그런 말을 하던 그의 눈동자에 충일한 열정과 소망이 살아 숨 쉬는 것을 볼 수 있었던 것이다. 평소에 흐릿하고 모호하던 눈빛과는 상이했던 것이다. 섹스는 그 농부에게 삶을 지배하는 가장 소중한 행위 중에 하나라고 생각되었던 것이다. 봄에 논을 갈고 고추를 심고 모를 광활한 논에 내고 고추를 따고 추수를 하는 동안에도, 농부의 모든 정신과 생각은 섹스를 하는 자신에게 집중되어 있었다.

그는 마시지를 하는 외국 여성에게 온몸을 맡겼다. 그는 전문성을 가지고 있는 외국 여성이었다. 보통 이런 외국 여성은 한국에 들어오기 전에 한국에 적응하기 위해서 일상적으로 쓰는 한글과 마사지를 일정한 기간 동안 배워서 들어온 외국 여성이었다. 그는 그녀의 노련한 마사지 실력과 어눌한 말투가 마음에 들었다. 굳이 말을 하지 않아도 그가 원하는 곳을, 그가 불편한 곳을 알아서 찾아가고 있었던 것이다. 예전에 관산동에 살 때 곧잘 마사지를 했던 기억이 났다. 그때도 구릿빛이 도는 중량감이 있는 외국 여성이었다. 그 외국 여성이 많이 불편한 그의 목 디스크 협착증을 성심성의껏 힘을 줘서 누르고 당겨서 유연하게 풀어 주었던, 고마웠던 기억이 돋아 났다. 그때 참 신기하고 감사해서 팁을 주곤 했었다. 그녀가 그 외국 여성과 마사지를 하는 스타일이 많이 닮아 있었다.

외국 여성은 물어보지도 않고 그의 팬티를 벗겼다. 아로마 마사지를 위해서 팬티는 거추장스러운 것에 불과했다. 알몸 으로 받아들이는 아로마의 촉감은 미끈거리다가 서서히 피부 속으로 스며들고 있었다. 그는 그런 느낌이 싫지 않았다. 아 로마의 질은 그렇게 비싸지도 싸지도 않았다.

넓은 등과 엉덩이 아래 넓적다리까지 아로마 마사지를 다 하고 천장을 보고 누웠다. 그렇게 하자 거의 1시간이 지난 것 같았다. 그녀는 발과 장딴지와 넓적다리를 마치고 배와 가슴 과 어깨까지 마사지를 하고, 그녀는 유두를 꼬집었다. 아까부 터 각성하고 있었던 페니스는 그녀의 노련한 터치에 적극적 으로 반응했다.

"오빠 하고 싶어?"

그녀의 어눌한 말투에 그는 곧바로 대답하지 않았다. 페니 스가 알고 있는 것을 그가 모를 리 없었다.

"오빠 하고 싶어?"

그녀의 적극적인, 일방적인 말 속에 간절함이 묻어나는 것 을 느낄 수 있었던 것이다. 그가 모르는 그녀의 사생활 속에 피할 수 없는 일련의 사건들이 진행되고 있는 것을 어렴풋이 느낄 수 있었던 것이다.

"얼마?"

"10만 원."

그녀는 흥정이 되자 돈을 받고 일어나서 문을 잠그고 천장에 고정되어 있는 전등의 조도를 조절하고 반바지를 벗고 팬티도 벗었다. 그때부터 그녀의 유방을 만질 수 있는 우월한 권리를 얻을 수 있었다. 마사지를 하다가 손을 뻗어 엉덩이를 만지면 손을 조심스럽게 밀어내기 일쑤였다. 그러던 그녀가 10만 원이라는 돈에 철벽을 치며 보호하던 육체를 허락했다. 다소 굳어 있었던 얼굴 표정도 누그러지는가 싶더니 웃음기를 잃지 않았던 것이다. 코로나 때문에 오럴은 하지 않았다.

"오빠, 반팔 티까지 벗을까?"

어눌한 말투였다.

"아니."

그는 브라의 윤곽이 드러나 보이는 반팔 티를 벗지 않는 것이 더 신선하게 다가왔다. 최근에 아리와 차 안에서 각자 자위를 할 때도 아리는 블라우스를 벗지 않고 자위를 했었다. 그것이 그에게 더 큰 성적 호기심을 자극하는 것을 느낄 수 있었다. 그래서 외국 여성의 반팔 티를 그대로 두고 사정을 하고 싶었던 것인지도.

그는 외국 여성이 원하는 대로 내버려두었다. 상위에 올라서 치골 깊숙이 페니스를 넣어 바운딩을 해도 연동할 뿐 새로운 자세를 요구하지 않았다. 두 손으로 반팔 티를 걷어 탄력 있는 유방을 만질 뿐이었다. 그는 그녀가 지칠 때까지 내버려 두었다.

"오빠, 힘들어."

다소 지친 어눌한 말투였다.

"내가 올라갈까."

그는 올라간다는 말이 자신의 입술 너머에서 쉽게 나온다는 것이 의아했다. 그는 이런 말을 평소에 잘 쓰지 않았다. 올라간다는 말이 힘이 없는 사람을 누르고 한 계단 올라간다는 말 같아서 평소에 꺼리는 말이었다. 그는 정당한 이유 없이, 심지어 선의의 경쟁으로 우열을 가리는 것도 별로 좋아하지 않았다. 그것이 개인의 경쟁력과 사회와 국가의 경쟁력을 키우는 일이라는 것을 알면서도 그런 각박하고 치열한 현실이 싫었다. 그 대신에 그는 자기 자신과 끊임없이 거리를 두고 투쟁하고 있었다. 하루하루 다가오는 일상의 동일한 리듬과 변화 속에서 자신의 정체성과 원칙을 고수하고, 사람이 마땅히 지켜야 할 도리와 소신을 잃지 않고, 잘못을 저지르면 염치와 부끄러움을 깨닫고 반성하며 하루를 정리하는, 그러면서도 그 잘못과 후회를 내일로 미루거나 끌고 가지는 않았다. 오늘 일은 오늘에서 마무리하는 식이었다. 그런 상황에서도 지나치게 자신을 힐난하거나 책망하지는 않았다. 자신과의 치열한 투쟁을 하고는 있어도 자신을 염려하고 사랑하고 있었다.

그는 상위에서 바운딩을 했다. 그는 뼈에 통통하게 살점이 있는 외국 여성을 솔직히 사랑하지는 않았던 것 같았다. 사정에 대한 강한 욕구로 파트너가 필요했던 것이다. 하지만 그 순간은 사랑하지 않는다고 말할 수도 없었다.

"이봐 아가씨, 박카스 없어?"

밖에서 들리는 농부의 목소리였다. 유난히 울림통이 큰 농부는 평소에 기분이 좋으면 하는 말이었다. 몸속에 쟁여 있던 욕구 불만을 사정해 버린 홀가분한 상태. 쌓여 있던 근심 걱정이 해소된 느낌이었다. 농부는 평정심을 잃거나 기분이 풀어지지 않으면 표정이 우락부락 어두워졌고 목소리가 기어들어가고 행동이 소심해지는 것을 쉽게 느낄 수 있었다. 하지만 조급증이 있는, 다소 까다로운 농부는 이미 마음은 집으로 향하고 있었던 것이다. 그래서 밖에서 그를 종용하기 위해서 의식적으로 내뱉은 말이었다.

그러고는 밖은 조용했다. 그는 서둘러서 쫓기는 심정으로 사정을 했다. 그것이 자신 아래에서 10만 원의 노동을 하는 외국 여성을 배려하는 것이라고 생각했기 때문이었다. 그녀는 하루에도 몇 번은 아래에 깔려서 킹킹거리며 사랑하지도 않은데 사정을 받아 내야 하는 것을 대략적으로 알고 있었기 때문에 그럴 것이리라. 그럼에도 그녀는 10만 원 중에 10원도 주인과 이익 배분을 하지 않기 때문에 짜릿한 전율과 흥분이 되지도 않은데 연동을 하고 신음 소리를 내는 것인지도 모른다. 온전한 이익 보장! 마치 노련한 배우처럼. 그래야 상위에서 바운딩을 하는 손님이 착각을 하고 흥분을 해서 사정을 앞당기기 때문에.

대들보의 평정심

세상에 목적 없는 행위는 없다. 목적 없이 이리저리 이끌려 떠돌아다니면 세상은 부랑아로 낙인을 찍거나 하찮은 존재로 치부하기 마련인 것이다. 세상은, 세상의 날카로운 시선과 무덤덤한 무시로 그 부랑아의 처지와 고충을 헤아리지 않고 쉽게 재단하고 쉽게 단정 지어 버리기 일쑤이다. 단지 앞날을 향해 뚜렷한 목적이 없이 살아간다는 그 하나의 이유 때문에 말이다. 그 목적이 뭘까? 그곳에 의식까지 덧붙이면 목적의식이 된다. 삶의 영역에서 목적도 부담스러운데 의식도 만만치 않게 부담스러운 존재인 것이다. 목적과 의식은 서로 다른 곳에서 멀리서 남남으로 아무렇지 않게 떨어져 외롭고 보잘 것없고 궁상스럽게 살다가 우연히 만나서 결속된 형태로 서로를 엉거주춤 의존하고 굳은 의지와 꼿꼿한 심지가 고스란히 쌓이고 쌓여, 앞으로 나아가고 심지어 거침없이 돌진할 수 있는 충일한 에너지와 추진력을 가지는 새로운 단어로 재탄생한 것이다. 그 단어는 어떤 이에게는 보랏빛 희망이 될 수도 있고 찬란한 기대가 될 수도 있는, 삶의 성취가 묻어나는 것이기도 했다.

　이모는 목적 의식이 투철한 여인이었다. 그녀는 거의 30년 가까이 자신이 원하는 것을 찾고 있었다. 예전부터 소원한 이모부에게도 비밀로 하고 그를 치밀하고 분명하게 염탐하고 있었던 것이었다. 그녀가 기와집으로 들어와서 살았었을 때는 그녀의 친근한 행동과 의도를 잘 모르고 있었다. 그가 그녀의 불순한 행동에 의구심을 가지게 된 시기는, 어느 정도 삶의 균형 감각을 잃지 않고 사물을 사려 깊이 온전하게 바라볼 수 있는, 이치에 맞게 사리 분별이 가능한 중학교 3학년 즈음이었다. 그전까지 그는 그녀의 특별한 의도를 설마 하는 마음으로 바라만 볼 뿐이었다. 그렇게 믿고 의지했던 그녀가 보편적인 환경과 상황을 어렵지 않게 조작하거나 비틀어 버리는 것을 인식하기는 쉽지 않은 일이었다. 기와집에서 일어나는 사소한 사건과 상황의 대부분이 이모의 약은 꾀와 치밀한 계략에서 나왔다고 해도 무방할 것이었다.

　그 이모가 5월의 끝자락에 터널 입구로 찾아왔다. 어느새 여름이 다가와 늘어지고 노곤하게 하고 있어서 한낮의 열기는 사람의 행동과 표정들을 바꿔 놓기에 충분했다. 4시 즈음이었다. 그녀가 터널 입구 삼거리에 검은색 그랜저를 세웠다. 그녀는 선글라스를 쓰고 그랜저에서 내리지 않고 서먹서먹한 표정으로 그를 빤히 올려다보고는, 그가 좋아하는 병 코카콜라 몇 병을, 검은색 비닐봉지에 싸서 조심스럽게 내려놓고 의미 없는 무덤덤한 미소를 띠며 홀연히 사라졌다. 그는 그녀가 왜 여기까지 왔는지 대강 알고 있었던 것이다. 하지만 겉으로 내색하지 않았다. 모르는 척 들고 온 코카콜라 한 병을 마실 뿐이었다.

이모는 내가 경상남도 합천군 대병면 성리에서 신호수 일을 하고 있다는 사실을 어떻게 알고 찾아왔을까. 그녀의 예리한 정보력과 섬세한 감각은 한번씩 놀라지지 않을 수 없고 경외와 감탄을 하지 않을 수 없었다. 2년 전쯤에 강원도 화천의 주유소에서 일을 하고 있을 때 코카콜라 몇 병을 넣은 검은 비닐봉지를 조심스럽게 내려놓고 갔었다. 그녀가 말없이 예전에 했던 반복적인 행위를 곰곰이 생각해 보면 내일도 올 것이 자명한 일이었다. 그 다음 날도 올 것이었다. 연속 3일을 코카콜라만 조심스럽게 내려놓고 간다는 말도 없이 홀연히 사라지곤 했다. 그녀의 출현이 늘 그랬고 그녀의 퇴장 또한 늘 그랬었다.

이모는 돌아가신 할아버지가 숨겨 둔 금덩어리의 행방을 찾아내기 위해서 주기적으로 계속해서 반복적으로 접근하고 있었다. 그런 그녀의 주도면밀하고, 치열한 계획과 행위를 보면, 아직도 그녀가 그 금덩어리의 행방을 찾지 못했다는 방증이었다. 실마리도 찾지 못한, 그녀의 방문이 그것으로 자인하고 있었다. 그녀는 그 금덩어리를 혼자 독차지 하고 싶었던 것이 자명한 사실이었던 것 같았다. 그래서 시집 못간 노처녀도 데리고 오지 않았던 것이다. 그녀는 기와집 어느 은밀한 구석에 숨겨져 있는, 그 금덩어리를 찾아내는 것을, 할아버지가 숨겨 놓은 그 금덩어리를 그에게서 몰래 가로채어 빼앗는 것을 일생일대의 큰 사업이라고 생각하고 있었던 것 같았다. 그녀의 나이도 이미 환갑을 넘었는데 그녀의 병적인 집착은 늙지도 않고 더 노골적으로 통제도 되지 않고 드러나는 것 같았다. 아마도 하루 일과를 시작할 때 그녀는 세수를 하고 엄숙하게 새벽 기도를 하듯이 금덩어리에 대한 숭배를 차분하고 엄숙하고 경건하고 진솔하게 하는 것 같았다. 휘황찬란한 금덩어리가 사람들을 현혹시키는 막강한 힘을 가지고 그녀의 인생 전부를 갉아먹고 흡입하고 있었던 것 같았다. 특별하게 인생을 통해서 흥미와 재미와 유익의 가치를 찾지 못하고 방황하고 있었던 그녀에게 하루를 지탱할 수 있고 내일을 기대할 수 있는 것이기도 했던 것이다. 그런 삐뚤어진 열정이 삶의 보람이고 성취인 것이리라. 그녀에게선 그것이 노화의 진행 속도를 느슨하게 하거나 거스를 수 있는 유일한 방법인지도 모른다.

　돌아가신 할아버지는 강력한 금덩어리의 위력을 이미 알고 있어, 그것을 손자만이 알고 있는 그런 안전한 곳에 숨겨 둔 것이었다. 초등학교 저학년까지 함께한 기억들을 더듬으면 할아버지의 의도된 행위와 말 속에서 금덩어리의 실마리를 찾을 수 있을 것 같았다. 최근에 와서 부쩍 그것이 궁금하기도 했다. 몇 십 년을 쉼 없이 지칠 줄 모르는 끈질긴 생명력을 유지하듯이 뇌리 속에 박힌 이모의 독실함과 일관성에 대한 경외에 대한 표시인지 호기심인지 정확하고 분명하게 설명할 수는 없었지만, 그녀가 목숨 걸고 임하는 태도와 자세에 대한 반향 같은 것이기도 했다.

이모는 기존의 흐름에서 벗어난, 3일째 되던 날 저녁 식사를 하자고 했다. 상대방을 편안하게 안정시키는 상냥하고 부드러운, 감정에 치우치지 않는 절제되고 가지런한 서울 말씨로 철저하게 무장되어 있었다. 그때 그는 지금까지 외면한 그녀의 얼굴을 상세하게 들여다볼 수 있었다. 그녀 또한 누구에게나 어김없이 다가오는 세월의 가혹함과 잔인함에 온전히 벗어날 수 없었는지, 눈가의 주름살을 숨기기 위해서 선글라스를 쓰고 있었고 다소 거북스러울 정도로 두꺼운 화장으로 얼굴 전체를 빈틈없이 가리고 있었다. 옆에서 보면 마치 가면을 쓰고 나타난 것 같기도 했다. 그럼에도 기와집의 보살핌과 은혜로 세상의 부침과 고생을 많이 하지 않아서 넋 놓고 무작정 늙어가는 그런 시골 노파의 초라한 몰골은 아니었다. 처음에 기와집에 들어올 때 싸고 촌스러운 그런 뿔테 안경도 아니었다. 고급스럽고 세련된 명품 선글라스에 도수를 넣은 것을 끼고 있었다.

　그는 저녁 식사를 하자는 이모의 말에 불순한 의도와 음흉한 함정이 있을 것 같아서 부담스러웠고, 학습된 편견과 수동적인 저자세로 머뭇거리지 않을 수 없었다. 그가 기와집에서 말없이 나와 정처 없이 돌아다니고 난 이후에 처음 들어 보는 붙임성 있는 그녀의 말이었기 때문이었다. 그녀의 목적과 술수를 예측할 수 없어, 그녀에게 웃으며 공손하게 생각해 보고 연락드리겠다고 말했다. 그도 이젠 감정의 변화와 동요를 어느 정도 숨길 수 있는 노련한 사람으로 진화되어 가고 있어 겉으로 내색하지 않았다. 그는 기와집이라는 같은 공간에서 이모네와 숨 쉬고 부대끼며 살아간다는 것이 싫어서 할아버지가 물려주신 기와집을 말없이 나와서 혼자 방황을 하고 있으면서도, 40을 넘어서 그런지 그녀의 불순한 행위와 바람을 어느 정도 포용을 할 수 있는 여유가 있었다. 그래서 그는 그녀가 지금까지 끊임없이 추구하고 꿈꾸고 갈망했던 그것을, 그것의 진위를 파악하기 위해서 식사를 같이 해야겠다는 그런 생각에까지 이른 것이리라. 그래서 그녀에게 문자를 보냈다.

　이모에게 그는, 휘황찬란한 금덩어리로 향하는 삼거리에서 방향을 지시하는 신호수에 불과하다고 생각하는 것이리라.

그 금덩어리를 차지하기 위해서는 그가 꼭 필요했던 것이다. 그래서 이모는 식사를 하면서 민감한 더듬이를 세워서 세세한 것까지 면밀하게 체크하고 관찰할 것이 틀림없었다. 그 또한 그녀와 식사를 한다는 것은, 이모가 늙고 초라하고 측은해서 그녀에게 귀중한 시간을 할애하는 것이 아니라는 것을 뼈저리게 깨닫고 있었던 것이다. 그녀가 몇 십 년을 찾아온 그 실체의 실마리를 찾고 싶은 마음도 없지 않았다. 할아버지가 손자의 미래의 행복을 생각하면서 모아 둔, 그래서 기와집 어디엔가 숨겨 둔, 그 속에 할아버지의 인생 철학과 지혜가 고스란히 남아 있어, 그곳에서 숙련된 지혜와 올바른 가르침을 받고 싶은 마음도 없지 않았다. 귀하고 값진 금덩어리로 인해서 일상의 여유로움과 편안함을 보편적으로 누릴 수도 있었지만 말이다. '세상에 보이는 그대로 받아들이지 말고 본령의 선한 목소리를 들으라고.' 할아버지는 평소에 혼잣말처럼 말씀하셨다.

이모는 선글라스를 벗지 않았다. 신발은 벗고 들어갔지만 선글라스는 벗지 않고 의자에 앉아서 식당 안을 스캔하고 있었다. 그녀는 기와집에 함께 살 때 식탁에서 둘러앉아 식사를 할 때도 그녀의 시선은 늘 초점이 분산되어 안절부절못하고 불안에 쫓기고 있는 것을 쉽게 알아볼 수 있었다. 아마도 그 이전부터 그녀는 금덩어리에 대한 탐욕으로 들떠 있었던 것이었다. 그녀는 자신의 생각과 행동을 상대방이 알아차리지 못하게 선글라스를 쓰고 있는 것 같았다. 그도 그녀가 언제부터 선글라스를 쓰고 다녔는지 정확하게 기억이 나지 않았다.

그들은 코다리찜을 시켰다. 합천으로 이어지는 대로변의 경관이 훌륭한 곳에 최근에 생긴 곳이었다. 식당 안은 손님들이 없고 반쯤 열린 룸 안은 단체 손님을 받기 위해서 기본적인 상차림이 되어 있었다. 그는 이모와 마주앉자 무슨 얘기를 꺼내어 이야기를 해야 할지 몰라 난처하지 않을 수 없었다. 더욱이 그는 시선 둘 곳을 찾아 두리번거리며 주위를 조심스럽게 둘러보다가 할 수 없어 창밖을 내다보았다. 거북스럽고 불편하고 난감했다. 가족에 대한 불신에서 기인한 외면이었다. 그는 서로 위로해 주고 사랑해 줄 수 있는 그런 가족의 원형을 바라고 있었다. 이미 그는 가족의 울타리에서 벗어난, 마치 궤도에서 벗어난 소행성처럼 앞날을 예측할 수 없는 곳으로 무덤덤하게 흘러가고 있었던 것이다. 그녀의 표독한 시선은, 선글라스 너머에 양질의 맛깔스러운 먹잇감을 노려보는 노회하고 음흉한 살쾡이의 눈동자를 숨겨 놓고 자신을 꼼꼼히 훑어보고 있었다는 것을, 이미 알고 있었다.

"왜 사서 고생을 해. 할아버지가 물려주신 기와집 있겠다, 집에서 출퇴근하면서 쉬엄쉬엄 일하며 살아도 되는데 말이야."

이모는 심리전을 펼치고 있었다. 그녀는 공손하고 침착한 말투와 말씨로 운을 뗐다. 연이어 살갑고 부드러운 표정과 손짓으로 다정하게 상대방의 경계심을 풀고 있었다. 그녀는 집으로 들어오라는 우회적인 말을 던졌다. 먹잇감을 지근거리에 두고 상황을 자세하게 분석하고 요리하는 게 좋을 것이라 생각하고, 마음먹고 내려온 것이 분명했다. 이젠 그녀도 늙어서 그를 찾아서 이런 촌구석까지 내려오기가 싫었던 것도 있었던 것이리라. 번거롭고 피곤하고 귀찮았던 것이다. 그는 그녀에게 똑 부러지는 명확한 대답을 하지 못하고 주위를 두리번거리고 있을 때, 그는 주방 안에서 벌어지고 있는 놀라지 않을 수 없는, 그럼에도 여주인은 태연하게 웃으며 하던 일을 멈추지 않고 스스럼없이 이어지는 것을 보고, 사람들 내면의 인정과 허락이 얼마나 무서운지 알 것 같았다. 신발을 신고 벗고 해서 흙이 묻어 있는 바닥에 러시아에서 온 냉동 코다리를 해동시키고 있었다. 여주인은 어제도 하고 오늘도 하는 반복적인 자연스런 행동이었다. 그 흙발에 짓밟히는 코다리가 손님의 입속으로 들어간다는 것을 애써 외면한 채 자신들의 편리와 이익을 위해 눈에 보이는 곳에 내려놓고 해동하고 있었다. 그는 이모의 행위도 그 여주인과 다르지 않을 것이라 생각했다. 이미 오래 전에 기와집에 들어오기 전에 불순한 내면의 인정과 허락으로 그를 먹잇감으로 명확하게 설정하고, 목표 의식으로 접근했던 것이 분명했던 것이다. 그러니까 그녀는 할아버지의 유산을 몰래 가로채기 위해서 수고스러움과 노력을 아끼지 않았던 것이다. 그런 것들이 부도덕하고 면구스럽거나 유치하고 졸렬하지도 않았던 것이리라.

코다리찜이 들어왔다. 아까 해동하는 그 여주인이 미소를 띤 채 앞치마를 두르고 조심스레 들고 들어왔다. 그녀는 천연덕스럽게 맛있게 먹으라고 고분고분하게 말하며 주방으로 되돌아갔다. 그는 테이블 중앙에 놓인 코다리찜을 보고 젓가락이 쉽게 가지 않았다. 아까 그 불결한 이미지, 그 이미지에서 온전히 벗어날 수 없었다. 붉은 양념도 황토가 묻어 있는 흰 운동화 같다는 생각이 들었던 것이다.

"많이 먹어. 너희 엄마가 사 준 코다리찜이 생각난다. 그 시절은 참으로 맛있었지. 그때의 그 맛이 날 것인지 궁금하기도 해."

이모는 돌아가신 엄마를 끄집어내었다. 얘기의 흐름을 감성적인 것으로 물꼬를 돌리기 위한 포석이었다. 그는 그녀의 삶의 방식과 흐름을 가까이서 너무나도 자세히 보고 그래서 잘 알고 있었기 때문에, 그녀는 자신이 원하는 것을 얻기 위해서 던져 놓은 통발과 다르지 않다는 것을 알기 때문에 그는 쉽게 말려들지는 않았다.

"엄마는 머리가 영리했지. 상업고등학교를 나와 농협에 취직해서 아빠를 만나 평탄하게 살 줄 알았지."

이모는 말을 더 이상 잇지 못했다. 심지어 울먹거리기까지 했다. 그녀의 표리부동한 성품을 익히 지켜봐서 알고 있었다. 며칠 전부터 혼자 뇌리 속에서 연습한 치밀하게 계획된 연기를 보여 주는 것이라 믿어 의심하지 않았다. 그녀는 몸짓 하나 한숨까지도 계산하는 주도면밀한 모사꾼이고 사기꾼이었다. 어쩌다가 기와집에 친척이 잠깐 다니러 오면 온갖 정성으로 그를 사랑하는 척 위하는 척 측은한 척 하며 친척의 불안과 염려를 쉽게 잠재우고 돌려보내는 것이었다. 그녀에게 삶은 연기이고, 위선이고 거짓이었다.

"엄마 아빠는 참 금슬이 좋았지. 그렇게 행복하고 다복하게 살아온 부부도 없을 거야. 너를 임신하고 얼마나 기뻐했는지 몰라. 아빠는 얼굴에 늘 웃음꽃이 피었고 살아가는 재미가 이런 것이라고, 말하곤 했지."

이모가 접시에 코다리찜을 소복하게 담아 줬다. 그래서 그는 하는 수 없어 코다리를 입에 가져갔다. 밑간은 잘되어 있었다. 코다리를 살짝 기름으로 볶은 꼬들꼬들한 맛도 없지 않았다. 그의 소극적인 행동에 반에 그녀는 적극적이었다. 그녀는 입에 간이 맞는지 뼈에서 살을 발라서 이를 드러내며 먹성 좋게 먹어 치웠다. 그녀는 큰 접시에 담긴 코다리찜에서 코다리만 골라서 먹어 치웠다. 큼직하게 썰어 올려놓은, 양념으로 뒤집어쓴 감자와 두부와 콩나물에는 젓가락이 가지 않았다. 그녀는 기와집에 같이 살 때도 국물이 주가 되는 건더기가 별로 없는 설렁탕은 먹지 않았다. 그래도 건더기가 있는 갈비탕이나 소불고기를 먹으러 가곤했다. 거기서도 건더기만 먹어 치웠다. 어쩌면 이모는 조카의 기와집에 관심이 없는 것인지도 모른다. 그것은 그녀에게 희멀건 국물에 불과한 것인지도. 그녀에게 건더기는 영롱한 빛을 던지며 따로 있었던 것이다. 휘황찬란하고 거룩하고 오묘한 빛을 발산하며 사람들의 시선을 홀리고 빼앗고 오랫동안 머물게 하여 탐욕의 불길을 지피고 자극하는 매혹적인 것, 아마도 할아버지가 기와집 어디에 은밀하게 손자만 손이 닿을 수 있고, 알 수 있을 만한 곳에 감춰 둔 금덩어리일 것이다. 그녀는 그 건더기를 게걸스럽게 먹어 치우기 위해 몇 십 년을 학수고대하고 양손에 숟가락과 젓가락을 들고 입맛만 다시고 있었던 것인지도 모른다. 그런 그녀의 오랜 기다림과 열정적인 행위에 그도 할아버지의 유산이 궁금하기도 했다. 그래서 할아버지와 함께한 공간인 기와집에서 즐겁고 유쾌하고 사랑스럽고 아름다운 나날들 속으로, 흐릿한 추억과 어슴푸레한 기억의 틈서리에 몰래 숨겨 둘 법한 할아버지의 유산을 천천히 더듬어 보곤 했다.

"며칠 전에 꿈을 꾸었지. 몇 년 전에 간 세렝게티였던 것 같아. 태양이 뉘엿뉘엿 저물어 가면서 황금 가루를 가느다랗게 뿌리고 있었지. 참으로 눈이 부시고 찬란하고 신비스럽고 아름다웠지. 그 사위어 가는 태양 쪽으로 세렝게티의 코끼리들이 무리를 지어서 걸어가고 있었어. 집채만 한 코끼리 무리들 속에 귀엽고 예쁜 아기 코끼리가 있었어. 그 아기 코끼리가 그냥 보통의 새끼가 아니었어. 멀리서도 쉽게 알아차릴 수 있는 찬란하고 아름다운 황금 아기 코끼리였어. 걸을 때마다 황금빛을 거친 땅바닥에 유감없이 내뿜으면서 말이야. 그 큼직한 코끼리 무리들의 보호를 받으면서 말이야. 신에게 보내는 선물 같았어. 아니면 그 아기 코끼리가 신의 위치에서 신의 혜안과 권위를 드러내며 위엄 있는 황궁으로 가고 있는 것인지도 모르지. 살아 있는 여신 쿠마리처럼. 코끼리 무리들이 사라지는 길가에서 사람들이 머리를 꿇고 머리를 조아리며 경외와 찬사를 연신 던지고 있었던 것이야."

이모는 진지했다. 그 달콤하고 벅찬 꿈 때문에 여기 합천이라는 촌구석까지 내려온 것이 분명해 보였다. 아직도 그녀는 흥분과 감동에서 온전히 벗어나지 못한 것 같았다. 그녀는 그 꿈에서 아직도 깨어나지 않기를 바랐는지도 모른다. 손만 뻗으면 닿을 수 있는 황금 아기 코끼리라고 생각하고 있었던 것이 분명했다. 언제나 귀여우면서도 근엄하고 사랑스러우면서도 휘황한 황금 아기 코끼리 말이다. 아마도 그럴 것이다. 그 꿈이 자신의 앞날을 위해서 자신의 신분 상승과 편안함을 위해서 자신의 찬란하고 아름다운 영광을 위해서 존재한다고 믿고 있었던 것이다.

그는 이모가 말한 황금 아기 코끼리의 존재에 대하여 생각했다. 그녀는 진짜로 그런 꿈을 꾼 것 같았다. 그래서 황급히 합천이라는 촌구석에 내려와서 그것을 함께 나누고 공유하고 싶었던 것이리라. 그것보다도 그녀는 그에게서 그 황금 아기 코끼리가 어디로 가서 어디에 숨었는지, 그것에 대한 행방과 실마리를 찾고 싶었던 것이다. 그가 기와집의 대들보이고 한집안의 본령에 가까운 종손이기에 그에게서 보물이 숨겨진 곳의 힌트를 찾고 싶었던 것이 자명하고 분명했다. 돌아가신 할아버지가 손자에게 뭔가 우회적인 방법과 방식으로, 선문답 같은 수수께끼 같은 말을 허공에 던지는 유언을 했을 것이라 판단하고 있었던 것이리라.

사람들은 저마다 자신의 목적을 가지고 흩어져 있는 기억들을 하나의 지점으로 모이게 해서 단단한 형체로 만들어 지향하는 곳으로 달려드는 것이 일반적인 사람들의 삶의 형태인 것이다. 그러면서도 분별력을 잃지 않고 하나씩 차례대로 취사 선택하여 공정과 상식을 벗어나지 않는 선에서 끊임없이 도전하고 변화하고 혁신하는 사람들도 있기 마련인 것이다. 그분이 나라를 일으켜서 반석에 올려놓고 기업을 일으켜서 세계적인 기업의 반열에 올려놓아 국민들의 자긍심을 고취시키기도 하는 것이었다. 박정희가 그렇고 이병철이 그렇다. 그들의 삶은 치열했고 그래서 고독했다. 이모는 그런 사람들과 비교가 되지 않겠지만, 목적 의식 하나만은 그들과 자웅을 겨루어도 손색이 없을 것이었다. 그녀는 목표를 정하면 그 목표에 맞게 모든 상황을 설정하고 그 상황에 맞게 행동과 생각을 조절하여 삶의 적절성과 유익을 포기하지 않고 지속적으로 뚜벅뚜벅 걸어가는 유형이었다. 어릴 적부터 빨래를 해 주고 밥을 해 주고, 호락호락하다고 생각하고 있었던 조카를 찾아와서 자신의 꿈을 이야기하며 은연중에 귀중한 보물에 대해서도 꿈을 빌려서 얘기하고 있었던 것이리라. 그는 그녀가 이제 많이 늙었다고 생각하고 있었다. 기와집에 들어올 때부터 찾고 싶었던 할아버지의 유산인 보물에 관한 은밀한 그것을 느슨하게 풀어놓은 것 때문에 그런 생각이 들었던 것이리라. 그것이 그의 오판인 것은 그녀의 이야기를 통해서 인식할 수 있었다. 그녀의 금덩어리에 대한 탐욕은 세월과 함께 흘러가지 않고 젊음과 생명력처럼 늙지 않고 파릇파릇하다는 것을 말이다.

"할아버지가 생각나지 않아? 그분은 참으로 훌륭한 인품과 넓은 아량으로 대목장계의 큰어른으로 추앙을 받았고 존중을 받았다는 것을 너의 엄마를 통해서 귀가 아플 정도로 익히 들었어. 너에게는 어땠니? 할아버지가 하나밖에 없는 귀여운 손주를 한없이 사랑했다는 것은 모르는 사람이 없을 정도야. 생전에 어린 손주에게 귀감이 되는, 몸소 느끼고 체득한 훌륭한 말씀을 많이 하시지 않았니?"

갑자기 폐부 깊숙이 찔러들었다. 유도 심문! 그녀는 코다리찜을 먹으면서 자연스레 물었다. 그녀는 세월에 많이 쫓기고 있었던 것이 자명했고, 초조했던 것이다. 선글라스 때문에 제대로 볼 수는 없었지만 예측할 수 있었던 것이다.

"사실은 위에 종양이 있어 조금 도려냈어. 많이 회복되어 너에게 내려온 것이야. 수술대에 오를 때 너의 엄마도 많이 생각이 나고 말이야. 죽음은 언제나 가까이 머물러 있다는 것을 그제야 깨달을 수 있었어."

국물을 먹지 않고 건더기만 먹은 죄인가! 무심결에 그런 생각이 들었다. 그러고 보니 이모의 몰골이 많이 수척해 있다는 것을 들여다볼 수 있었다. 세상에 존재하는 모든 것은 죽음 앞에서 뒷걸음질 치고 보잘것없고 초라하다는 것을 느낄 수 있었던 것이다. 그녀 또한 그러한 죽음의 불안과 두려움에서 갓 벗어난 것 같기도 했다. 그러한 상황에서도, 그는 그녀에게 따스한 위로의 말을 던지지 못했다.

"내 몸이 아파서 죽음의 문턱에까지 이르자 세상이 아무렇게나 흘러가는 무의미한 것이 되었고, 하늘에 하염없이 떠다니는 구름처럼 무상하고 덧없는 것으로 변했지. 모든 것이 우울하게 보였고 돈도 자식도 보잘것없는 것으로 보이더라고. 어떤 귀한 것을 손에 쥐고 있을 필요도 없다는 것을 깨달았지. 쥐고 있는 것을 과감하게 놔야 된다는 것도 깨달았고, 그래서 살아 있는 동안 틈틈이 베풀고 살기로 마음먹었어."

이모는 찾고 있었던 금덩어리를 아무것도 아닌 것처럼 일반화시켰다. 그녀는 수술대 위에 올라가서 많은 것을 경험하고 깨달은 것 같았지만, 그것을 빌미로 적개심을 품고 있는 조카의 두꺼운 벽과 경계심을 조금씩 허물고 있었던 것이다. 그녀 자신의 불행과 고통을 지렛대 삼아 금덩어리로 접근하기 위한 간교한 술수. 그는 오랜 경험을 통해서 그것을 이미 알고 있었기 때문에, 그럼에도 그녀의 마수에 걸려들 뻔했다. 아직도 그녀는 덫을 놓고 기다리고 있었다. 사람들의 천성은 쉽게 변하지 않는다는 것을, 이모를 통해서 기와집에 살면서 몸으로 체득했기 때문에.

이모는 미리 준비한, 하고 싶은 얘기를 다 했는지 창밖을 내다보았다. 그는 그녀의 측면을 보자 어깨에서 목으로 이어지는 가늘고 긴 근육과 얼굴 근육이 예전과 달리 많이 소실되고 메말라 버리고 쪼그라들은 것을 지켜볼 수 있었다. 광대뼈가 도드라지고 볼이 홀쭉한 것을 확인할 수 있었다. 간신히 땜질하여 막은 정면과 달리 측면의 부실함과 초라함이 선명하게 드러나고 있었다. 안타깝게도 측면에 걷잡을 수 없는 그녀의 노화의 태엽이 음험하게 똬리를 틀고 있었다. 그는 그녀의 측면을 한동안 바라보고 두부를 먹고 익은 감자를 먹어 치웠다. 그제야 그는 코다리찜 쟁반 너머에 있는 그녀의 밥그릇에 밥이 반쯤 남아 있다는 것을 볼 수 있었다. 대식가인 그녀는 위에 부담을 주지 않기 위해서 소식을 하고 있었다. 안쓰럽기도 했다. 눈을 유혹하고 코를 유혹하는 향긋하고 맛깔스러운, 그럼에도 먹고 싶은 것을 마음껏 먹지 못하는, 크나큰 불행이었다. 그녀는 그 음식의 유혹을 외면하기 위해서 창밖을 내다보고 있었던 것 같았다.

그는 말없이 코다리찜을 먹었다. 그도 은근히 대식가였다. 그는 음식을 급하게 먹지도 않았고 차곡차곡 돈다발을 쟁여 놓듯이 위에 음식을 쟁여 놓았다. 여러 사람들이 음식을 먹어도 바닥이 드러날 때까지 숟가락을 끝까지 놓지 않는 사람은 그 뿐이었다. 그는 음식을 먹는 것뿐만 아니었다. 자전거를 타기 시작하면 틈이 나는 대로 꾸준히 탔고 새벽 4시에 일어나는 것도 한번 시작하면 연이어 계속 습관이 그 자리에 정착할 때까지 지속성을 가지고 성실하게 행위를 반복시켰다. 그것이 다른 사람과 그의 차이점이고 선명성을 드러내는 것이기도 했다. 반짝 화려했다가 사라지는 그런 일반적인 부류와는 다른 그의 강점이기도 했다. 그는 삶 속에서 일련의 사건과 요소를 대할 때마다 늘 근면하고 성실했다. 그것이 자신이 정한 특정하지 않은 기간까지만 그렇게 했다. 그 이후부터 어디론가 훌쩍 떠나 버렸다. 그쪽에 피해를 주지 않는 선에서 삶에 연연하지 않았다.

이모와의 일방적인 대화는 그것으로 끝났다. 그녀는 창밖을 내다보며 눈물을 흘리는 것 같았다. 선글라스 가장자리에서 촉촉하게 흘러내리는 눈물을 볼 수 있었다. 착시인지 확인할 수는 없었다. 하지만 초로에 접어든 그녀가, 자연스레 연기를 하는 것 같지 않았다. 진실로 그녀는 자신의 인생에 대하여 깊은 상념과 회한과 뉘우침이 서서히 쌓여 가는 것 같았다. 하지만 한순간에 그것이 아닌 것을 깨달았다. 그녀가 콧등 아래로 미끄러진 선글라스를 무의식적으로 벗어, 정돈해서 새롭게 쓸 때에 그 짧은 순간에 그녀의 음험하고 간교한 눈빛을 볼 수 있었던 것이다.

'이모는 금덩어리를 포기하지 않았다. 음험한 눈빛 속에 아직도 휘황찬란한 금덩어리가 찬란하게 빛나고 있었다. 그녀는 위장 전입을 한 사람처럼 위장을 하여 자신의 밀실에 들어와서 터전을 마련하고 기거하기 위한 잔꾀이고 수단이었다. 자신의 굳은 마음의 벽을 허물기 위한 간교한 술수.'

그렇게 그들은 헤어졌다. 이모는 집착하는 금덩어리에 대한 미련이 남은 것인지 조카를 한참을 응시하며 내일 올라간다고 말하고 그랜저를 타고 골프 연습장 곁에 있는 모텔로 출발했다. 그는 그랜저가 사라지는 것을 보고 이모는 자신이 설정하고 나아가는 곳에 조금도 흔들림이 없는 것을 보고 놀라지 않을 수 없었다. 통일혁명당 사건으로 무기 징역을 받아 구속된 신영복의 불굴의 의지와 다르지 않았다. 예전에 전향서를 썼지만 세상에 나와서 끝까지 전향하지 않았다고 떳떳하게 말하고 다닌, 이율배반적인 김일성주의자 신영복과 다르지 않았던 것이다.

그는 이모와 헤어지자 돌아가신 할아버지가 아련하게 떠올랐다. 할아버지는 오랜 연륜으로 이런 불행한 일이 일어날 것이라 예측하고 있었던 것이리라. 그래서 아무도 모르는, 손자에게만 실마리를 던져 주고 간 것인지도 모른다. 그러나 그는 아직도 그 실마리를 잡을 수가 없었다. 그러던 중에 할아버지와 함께한 추억이 새롭게 떠올랐다. 누마루에 나란히 누워서 흘러가는 순연한 양털구름을 바라보며 하신 말씀이 떠올랐다.

"얘야, 대들보의 평정심을 잃지 않도록 해라. 마음의 작은 근육을 키울 때도 기둥과 서까래와 대들보가 필요하단다. 그중 대들보는 위치와 높낮이가 일정하지 않으면 쉽게 무너지기 마련인 것이야. 세상살이도 균형과 조화가 중요해."

아리의 선물

"아저씨, 안드로메다 은하로 가고 싶어. 작고 밝은 하나의 별로 보이는 안드로메다 은하로 말이야. 1조 개의 항성이 있는, 그것이 한 덩어리가 되어 찬란한 목걸이 같은 그곳을. 아저씨 안드로메다 은하에 신호를 보내 봐. 아저씨는 신호수잖아."

아리에게서 온 카톡이었다. 그녀는 유난히 맑고 선명한 초저녁 별들을 올려다보고 있었던 것 같았다. 그는 컨테이너 하우스에서 나와 팔각정으로 향했다. 마을의 상징인 오래된 아름드리 느티나무와 마을 회관이 잇닿아 있는, 도로보다 더한 층 높은 곳에 위치해 있어 아득하게 멀리까지 간섭을 받지 않고 시야를 확보할 수 있었다. 시원한 바람이 불어오고 불어가는, 산뜻하고 안정적인 곳에 위치해 있었다. 이미 동네 어르신들은 저녁 식사를 하고 팔각정에 도란도란 앉아서 TV를 보고 자식들 자랑을 하며 이런저런 이야기를 나누고 있었다. 그는 팔각정에 들르지 않고 평소에 가끔씩 한가롭게 산책을 하는 성리 들녘으로 향했다. 아직 6월 중순이라 본격적인 더위가 몰려오지 않았다. 그래서 해가 지면 생각보다 후덥지근하지 않았고 싱그럽고 풋풋한 초여름의 냄새가 성리 들녘으로부터 상냥한 바람을 타고 몰려왔다. 어둠살이 몰려와 밤이 되면 고요한 밤하늘을 반짝거리며 선명한 빛을 반사하는 초저녁 별들의 초연함을 올려다보며 한가롭고 느긋하게 산책하는 재미와 즐거움도 나쁘지 않았다. 어둠살이 허공을 서서히 그리고 본격적으로 덧칠하기 시작하면 성리 들녘은, 땅 냄새를 맡아 더 무성하고 더 짙은 녹색으로 성장하는 볏모들 사이에서 개구리들이 치열하게 얼굴을 내밀며 치열하게 울음보를 부풀려 누군가를 부르고 있는 간절함과 절실함을 느낄 수 있었던 것이다. 아마 아리도 누군가를 간절하게 부르고 있었던 것이리라. 그래서 아리는 빛의 속도를 날아가도 닿을 수 없을 정도로 까마득한 안드로메다 은하에 가고 싶은 것인지도 모른다. 지구에서, 대한민국에서, 합천에서, 용주면 기와집에서 채울 수 없고 만족할 수 없고 얻을 수 없는, 소실된 그 뭔가를 간절하게 희구하며 깊고 농익어 가는 6월의 역동성을 깊이 음미하고 있었던 것 같았다. 그녀는 어떤 예기치 못한 이성의 따스한 손길과 사랑이 넘치고 정감이 가는 공손한 말을 주고받으며 은근한 위안을 받고 싶었던 것인지도 모른다.

"아리가 안드로메다 은하 쪽으로 가지 않아도 언젠가는 서로 만나게 되어 있어. 벌써 그들의 척후병인 헤일로들은 서로 만나서 접점을 찾고 서로가 원하는 것을 얘기하고 있어. 처음에는 어수선하겠지만 차츰 본대가 도착하면 서로의 공간을 인정하고 서로에게 관용과 배려를 베풀게 되어 있어. 그게 우주의 생리이지."

"사람들도 끊임없이 움직이잖아. 남자도 여자도 자신이 원하고 평생 사랑할 수 있는 반려자를 만나기 위해 찾아다니듯이."

"멈춰 있는 건 아무것도 없어."

"아저씨에게 다가간 것도 우주의 생리인지도."

"우리 은하도 안드로메다 은하도 그들의 이익을 위해서 움직이지 않아. 우주의 생리를 이행하는 우월한 권리와 의무를 다하는 거야. 경건한 율법처럼 철저하게 따를 수밖에 없어. 숭고한 신념과도 같은 거야. 자신의 이익을 추구하는 사람들과 달리하지."

그녀는 카톡이 없었다. 그녀의 침묵을 도외시한 채 그는 콘크리트로 포장된 농로를 따라 무심하게 걸었다. 핸드폰의 손전등을 켜고 성리 들녘 한가운데를 유유히 가로지르며 농수를 공급하는 하천을 따라 가볍게 산책했다. 하천은 억척스러운 한여름을 거쳐서 이삭에 맺힌 알맹이 하나하나에 소중한 의미와 소망이 고스란히 스며 있는 풍성한 늦가을에 닿을 수 있게, 그렇게 넉넉하고 확산적으로 뻗어나갈 수 있게 도와주는 충실한 역할을 할 것이리라. 어쩌면 이름도 없는 외지고 소박한 골짜기마다 가는 물줄기를 내뿜어 모인 하천은 어머니의 모유와 같은 애정이 깃든 역할을 할 것이다. 배고프면 입술을 밀착해서 끊임없이 빨아들이고 내뱉는 모습을 대견하게 생각하고 머리를 쓰다듬는 어미의 자애로움과 사랑스러움이 고스란히 남아 있는 것이기도 했던 것이다. 그는 하천을 따라 걸으면서 아래로 흘러가는 물줄기의 잔잔한 외침과 부침 때문에 고요한 밤하늘 속으로 아리따운, 정감 있는 목소리로, 간단없이 촉촉하고 아련하게 노크하는 물소리를 들을 수 있었다. 그는 가볍게 걸으면서 하천가 억새 덤불 속에 생명이 곰지락거리며 깃들어 있는 소리를 들을 수도 있었다. 청둥오리 같기도 한 행복해 보이는 자연의 단순하고 청명하고 명쾌한 소리였다. 청둥오리 가족인 것 같은데 청둥오리는 아니었다. 청둥오리는 겨울을 나고 어디론가 좌표를 정하고 날아갔을 것이었다. 푸덕거려 수면을 박차고 오르는 소리를 내며 마지막 긴 울음소리를 남긴 채.

그는 단란한 가족을 보면 본능적으로 본의 아니게 짜증을 내는 자신을 들여다볼 수 있었다. 초등학교 때 충분한 상의도 없이 갑작스럽게 어디론가 영원히 떠나 버린 부모가 밉고 속상해서 그러는 거 같았다. 어쩌면 아리도 부모의 충분한 사랑과 보살핌을 받지 못해서 그러는 것이 아닐까 생각하지 않을 수 없었다. 그래서 어디론가 멀리, 그것이 안드로메다 은하에 가고 싶은 것인지도 모른다. 그곳에는 그런 무감각한 불행과 무신경한 아픔은 존재하지 않을 것이라 생각하고 있었던 것이리라. 아마도 망망한 우주에는 그런 안전한 피난처는 없을 것이다. 사람들이 살아가는 사회라는 울타리와 가족이라는 울타리가 있으면 엄연히 존재하는 삶의 마찰이고 부스러기 중에 하나이기 때문에. 그러나 막상 자신이 그런 상황에 처하면 애써 외면하며 받아들이지 않는 것이 사람들의 일반적인 모습이었다.

"아저씨, 난, 나 자신의 이익을 위해서 아저씨 곁에 머무는 것이 아니야. 아저씨는 아직 견고하게 자리 잡지 못한 불안한 나의 정체성을 이해해 줄 것 같아서."

그녀는 엉엉 우는 이모티콘을 날렸다. 그는 그럴 수도 있겠다는 생각을 했다. 그는 자신의 오해라고 생각했으나, 조금 더 지켜봐야 결론이 나올 것이라는 것을 경험으로 알고 있었던 것이다.

"미안, 아리에게 한 말이 아니었어. 보편적인 사람들의 사고방식이 그렇게 설정되고, 연계되어 나아가는 것이지. 나잇값을 못했지."

"부정하고 싶지는 않아."

"아리와 문자를 나누면, 아리가 이미 성숙한 어른이 된 것 같은 생각이 들어. 그게 정상은 아니야. 19세, 그 나이에 어울리는 철없는 모습을 봐야 하는데 말이야."

"나쁠 건 없어."

"아리를 둘러싼 불편하고 불안한 환경이 나쁜 것이지."

"아저씨, 난 그런 것 때문에 나 자신을 괴롭히거나 심각하게 방치하지 않아."

그는 아리의 카톡을 보고 곧바로 대답하지 않았다. 그의 시선에 기이하고 요상한 불빛인 반딧불이가 들어와서 머물렀기 때문이었다. 서울 근처에서는 볼 수 없었던, 강원도 화천에서 간혹 볼 수 있었던 점멸하는 아름다운 형형한 불빛이었다. 그는 그것을 있는 그대로의 모습, 즉 생생하고 날것의 모습으로 보기 위해서 오른손에 들고 있던 손전등을 껐다. 그러자 켜켜이 쌓인 어둠이 몇 발자국 뒤에서 어정쩡한 모습으로 주저주저하다가 턱밑까지 바짝 다가와 머물렀다. 그러자 그때까지 미미한 불빛을 던지던 반딧불이의 모습들이 소중한 것으로 주위의 이목을 끌고 집중시키는 것이었다. 어둠 깊숙이 갇힌 제한적이고 인공적인 손전등의 불빛 때문에 보이지 않았던 것이 서서히 형체를 드러내었다. 하천 너머 성리 마을의 가로등 불빛이 저만치 떨어져서 다가오던 불빛이 아니라 머물러 있었던 불빛이었다. 그래서 성리 들녘 안에 인위적인 불빛은 하나도 없었다. 그런 양태가 반딧불이의 진면목을 가장 잘 드러내는 것이기도 했다. 짙은 어둠의 장막이 반딧불이 본래의 모습을 더욱더 잘 조명하는 수단이 된다는 것이 아이러니하기도 했다. 그렇다. 우주의 암흑 물질 사이에서 무수한 별들은 저마다의 독특한 별빛을 던지며 자신의 가치와 정체성을 드러내기 위해서 안간힘을 다 하고 있었던 것이다. 무수한 별들의 표현할 수 없는 절실한 겉모습이 아마도 저런 아롱거리고 초롱초롱한 별빛으로 몽환적이고 아름답게 드러날 것이리라. 베텔게우스도 그렇고 안드로메다 은하도 그렇다. 우주의 팽창으로 지구에서 멀어져 가는 무수한 별들이 적색의 불빛을 던지며 끝 간 데 없는 곳으로 이탈하여 뻗어 나가는 것도 자신의 진솔한 가치와 정체성을 드러내기 위함일 것이다. 그러면 아리도 자신의 가치와 정체성을 드러내기 위해서 끊임없이 움직이고 자신만의 고유한 불빛을 영롱하게 던지는 것인지도 모른다는 생각이 들었다. 그것이 학생에게는 성적이고 서울대라는 학벌이고 배우에게는 자연스런 연기이고 가수에게는 호소력 짙은 노래이고 댄서에게는 절제된 춤으로 드러나는 것이리라. 그에게 아리는 청색 편이에 가까웠다. 멀어지는 적색 불빛이 아니라 가까워 지는 청색 불빛에 가까웠던 것이다.

"아저씨, 지금까지 살아온 것을 곰곰이 회상해 보니 나 또한 나 자신의 이익을 위해서 살아온 것 같아."

그는 아리의 카톡으로 반딧불이의 영롱한 불빛에서 시선을 거둘 수 있었다. 그녀는 자신이 살아온 삶을 반추하고 있었던 것 같았다.

"아리는 반딧불이의 영롱한 불빛을 봤어? 성리 들녘을 가로질러 하천을 따라 한 마리씩 날아올라 고요한 밤 속에서 소박한 꽃을 피우고 있어. 그 소박한 꽃이 마치 그윽하고 달콤한 향기를 발산하는 것 같아."

"예쁘겠다!"

"그 반딧불이의 예쁨도 사랑을 발산하고 있어 아름다운 거야."

"외부로부터의 충격으로 몹시 억눌린 사랑은 외출하는 것을 두려워해."

"아리도 격하고 때로는 둔한 고통과 상처로부터 많이 왜곡되었구나."

아리는 한동안 말이 없었다. 그녀는 자신의 침대 깊숙이 파묻혀 나지막이 흐느끼며 울고 있는 것인지도 모른다는 생각이 들었다. 그녀에게 자신이 모르는 드러내기 어려운 상처의 짙은 그늘 때문에, 지금까지 외면하고 도외시하면서 살아오던 그 상처를, 단단하게 굳어서 차가운 얼음의 감옥에 갇힌 그 상처를, 소음과 분진이 없는 고요한 밤하늘에 편안하고 무덤덤하게 던지는 그의 문자가 온기가 되어 천천히 녹이는 것인지도 모른다. 그녀는 절실하게 누군가에 의해서 따스한 사랑과 진지한 관심을 받고 싶었던 것인지도 모른다. 그래서 그 깊고 잔인하고 처참했던, 외롭고 고독했던 시절의 상처를 치유하고 싶었던 것인지도, 하지만 원죄 같은 소실된 부모의 사랑이 증오의 차가운 얼음 덩어리가 되어 굳건하게 앞을 가로막고 있었던 것이리라. 그는 더 이상 그녀의 개인적인 것에 대하여 상상력의 잰걸음으로 판단하거나 재단하거나 단정 짓지 않으려고, 서서히 짓누르는 상념을 떨쳐 버리기 위해서 고요한 밤하늘을 올려다보았다. 그때 우주에서 날아온 유성이 금성산 위쪽으로 길게 비스듬히 떨어지는 것을 볼 수 있었다. 그는 사위어 가는 그래서 소멸하는 유성의 찬란한 불꽃 속에서 영광스러운 상처를 보고, 잔인한 고통을 보았던 것이다. 그래서 아름답구나! 사람들의 인생도 저렇게 아름답고 찬란하게 보이고, 그렇게 만드는 것은 상처와 고통의 악역이 삶의 틈서리에 사이사이 스며들어 연극적 사실주의를 극적으로 진행시키고 있어서, 그것을 딛고 일어서는 과정에서 나오는 찬란한 불꽃이 아닐까 하는 생각에까지 이른 것이었다. 램브란트. 그러다가 그는 유성이 떨어진 금성산 정상을 올려다보았다. 적막한 짙은 어둠과 선명한 별빛의 배경 속에서 침착하고 당당하게 우뚝 솟아 있었다. 크고 작은 수많은 봉오리를 품고 있는, 자애롭고 넉넉하고 포근한 지리산의 위풍당당한 모습과 깊은 골짜기와 계곡은 볼 수 없었지만, 홑겹으로, 소박한 단아함과 절제된 멋으로 지표면에서 솟아올라 적당한 선에서 안정적으로 멈춘 모습을 오랫동안 유지하고 있었다. 주위 환경을 깨뜨리거나 해치지 않는 선에서 위엄과 조화를 잃지 않고 간섭현상으로 불편하게 부딪치지도 않았다. 인의를 최고의 선으로 생각하고 있었던 옛 선비의 근본이념과, 여유와 멋스러움을 엿볼 수도 있었다.

"아저씨, 난 나에게로 다가가고 싶어. 살아오면서 점점 더 멀어지고 있는 것 같아. 세상에서 가장 가까이 있는 존재 같지만 가장 멀리 있는, 육체 속에 깊숙이 침잠되어 있는 존재의 본성과 전 정신을 제대로 바라보고 느끼고 싶어. 본질적인 나와 껍데기인 나 사이의 거리감을 좁히기 위해서 늘 주위를 두리번거리며 불안해 하지 않을 수 없었어. 난 말이야, 나 자신이 궁금해. 늘 기와집에서 동거하는 아빠를 닮지 않았던 것이 의아하지 않을 수 없었어. 닮은 곳이 없는 아빠와 살고 있는 나 자신이 늘 궁금했어."

그는 정적이 감도는 고요한 밤하늘을 날카롭게 찢어 버리는 카톡 소리와 함께 도착하는 문자의 내용을 보고 놀라지 않을 수 없었다. 한동안 조용했다.

"가장 가깝고 때로는 먼 남과 북 사이와 마찬가지로 본질적인 나와 껍데기인 나 사이도 가장 가깝고 때로는 먼 사이인 것 같아. 그 벌어진 간격을 좁히는 것이 세상에 가장 어려운 것인지도 모르지."

그는 아리의 개인적인 역사에 대하여 대략적으로 판단할 수 있었다. 겉으로 내색하고 싶지는 않았다. 그녀의 인생에 직접 개입하여 조언하거나 자신의 인생의 가치관과 주안점을 피력하여 대안을 제시하고 마치 덕과 인격을 겸비한, 훌륭하고 현명한 사람처럼 충고를 하고 싶지도 않았다. 나이가 많든 적든 간에 그 나름 인생의 무게를 어떤 방식으로든지 짊어져야 되었기 때문이었다. 그는, 그녀에게 밀어닥친 그녀 자신과 연계되어 있었던 것을 외면하고 싶었던 것을 미세하게 느낄 수 있었다. 그 또한 자신 인생의 무게를 간과하고 도외시하며 살았다는 것을 그녀의 삶을 통해서 희미하게나마 느낄 수 있었다. 인생은 자신이 직접 체험하는 것보다 가까이에 있는 사람을 통해서 추체험하는 것이 더 진솔하게 다가올 때가 간혹 있었던 것이다. 그는 그녀의 짙은 그늘을 통해서 자신도 자신의 인생 무게를 응시하면서 뚜벅뚜벅 걸어 나아가지 않았다는 것을, 예사스럽고 아니꼽고 두려워서 직면하지 않았다는 것을 인식하지 않을 수 없었다. 그는 몸이 아파서 전차에 온몸이 두 동강 나고 남편 디에고에게 두 동강이 난 프리다칼로처럼 육체적인 고통에 내몰리지는 않았다. 그는 마음이 아팠던 것이다. 에드바르 뭉크처럼 말이다. 아리 또한 마음이 아팠던 것이 분명해 보였다. 마음의 번민으로 내몰린 자신을 온전하게 지키기 위해서 그녀는 자신을 만나서 따스한 위로를 받고 싶었던 것인지도 모른다. 그녀는 태권도 사범에게서 디젤 청바지를 입은 사내에게서 얻을 수 없었던 것을 자신에게 얻고 싶었던 것이 자명했다. 대체적으로 사람들은 이성을 만날 때 자신이 타고나지 않고 가지지 못한, 소실된 어떤 사소한 것을 가졌을 때 신비스런 호감의 날개를 조심스럽게 펼치는 것을 깨닫고 있었다.

그는 에드바르 뭉크처럼 어머니의 죽음을 어릴 적 가까이서 들여다보지 않았다. 그래서 그런지 부모의 죽음은 자신과 다른 세상에서 일어났던 것이라 생각하며 살아왔었다. 머지않아 자신의 부모는 크루즈 여행을 하고 돌아올 것이라 막연하게 생각하고 있었다. 그렇다고 설이나 추석에 성묘를 하지 않았던 것도 아니었다. 선산에 할아버지와 할머니 아래 나란히 안치되어 있었다. 그럼에도 그는 자신의 부모가 죽지 않았다고 생각하고 있었다. 언젠가 크루즈 여행을 다녀와서 자신을 반갑고 사랑스럽게 부둥켜안아 줄 것이라 생각하고 있었다. 그런 일은 일어나지 않을 것이란 것도 그는 미세하게 느낄 수 있었다. 그는 자신에게 밀어닥친 가혹한 현실을 두 눈 부릅뜨고 직면하지 않았다는 것을, 그때의 그 상처와 그 고통을 있는 그대로 순순히 직면하지 않았다는 것을 아리를 통해서 미약하게나마 느낄 수 있었다. 아리는 잠잠하게 가라앉아 있었던 그의 내면 깊이 속에 조그마한 파문을 일으켰다.

그는 이모의 행동도 자신이 현실을 직면하지 않아서 생긴 의외의 행동인 것을 이제야 깨달았다. 이모의 행동에 울타리를 만들어 주지 않은 것이 자신이 무덤덤하게 방관하고 외면하며 살아온 비정상적인 형태 때문이라는 것을 말이다.

만약에 어린 시절부터 현실을 직면하고 이모의 행동에 거칠게 저항을 하고 제약을 가했다면 이미 그는 선산에 부모 무덤 아래에 묻혀서 정처 없이 흘러가는 강물을 내려다보고 있을지도 모르는 일이었다. 평소 그녀의 치밀한 음모와 사악한 인품으로 미루어 짐작해 봐도, 그러고도 남을 위인이었다. 섬뜩한 일이었다. 금덩어리에 눈이 먼 그녀는 자신을 궁지에 빠뜨리거나 해하고도 남음이 충분했다. 천천히 말려 죽이든지 교통 사고로 위장하든지. 그녀는 인정사정없이 자신의 탐욕을 채우기 위해서 평범한 인간이 상상할 수 없는 곳으로 에둘러 천천히 전개해서 자신이 원하는 과육을 갈취하여 밀실에 숨어서 혼자 풍성하고 맛있게 먹어 치울 것임에 틀림없었다. 값지고 귀한 것은, 뭇 사람들의 시선 안에 오랫동안 머물러 있으면 언제 어떤 불순한 사람이 음흉한 마음을 품고 몰래 숨어들어서 훔쳐 가는 번거로운 일이 생길지도 모르기 때문이었다. 그녀는 이미 그런 걱정까지 하고 있었던 것인지도 모른다. 이미 금덩어리는 자신의 손아귀에 들어와 있고 머지않은 시일 내에 자신의 삶을 윤택하고 풍성하고 안온하게 해줄 것이라 생각하며 하루하루를 살아가고 있을 것이라 믿어 의심하지 않고 있을 것이다. 지금 생각해 보면 자신의 부모 죽음도 미심쩍은 것이 한두 가지가 아니었다. 평소에 기저 질환이 있는 것도 아니었고, 자연사라고 받아들이기에 그의 기억 속에 존재하는 부모는 늘 건강하고 유쾌하고 행복한 나날을 자신과 함께 보냈었다.

"아저씨, 안드로메다 은하를 갖고 싶어. 그럼 난 우리 은하를 넘어 안드로메다까지 뻗어 나가는 욕심쟁이가 되는 것이지."

"넌 갖고 싶은 게 많구나."

"그냥 그렇다는 말이야."

"어쩌면 갖고 싶은 것이 없다는 게 더 나쁜 일인지도 몰라. 욕심이 없다는 것은 유기적으로 돌아가는 사회의 활력을 빼앗고 병들게 하니까 말이야."

"그럼 어쩌지. 욕심을 부리라는 말이야?"

"아니, 아무리 달이 욕심을 부려도 지구를 손아귀에 넣을 수 없어. 행성 기조력에 찢어지게 되어 있어. 로슈 한계의 거리."

"로슈 한계의 거리?"

"그 거리를 유지하지 않으면 행성의 중력 때문에 달은 산산이 부서져."

"그럼 달과 지구는 연인 사이구나!"

"그럴지도 모르지."

"인간관계도 너무 가까이 가면 산산이 부서지고 말아."

"적당한 거리가 힘들어."

"그것이 우주의 심오한 진리이기도 해."

"노련한 복싱 선수가 타격의 거리를 유지하듯이."

아리에게서 한동안 카톡이 오지 않았다. 아직 달이 떠오르지 않아서 그런지 어두워서 그는 스미트폰의 전등을 켰다. 그는 단단한 콘크리트 도로를 걷다가 푸석푸석한 콘크리트 도로에 이르렀다. 그는 이런 도로를 처음 보았다. 콘크리트의 양생이 되어 가는 과정에 정상적이지 못한 부분이 있었던 것이다. 정상적인 공사였다면 몇 십 년 동안 농민들의 번거로운 일상의 이동의 순간들을 편리하고 안전하게 이동할 수 있게 도움을 주는 그런 공사였을 것이었다. 부실 공사의 원형을 보는 것 같았다. 그는 몇 주 전에 농부 조인성으로부터 들은 얘기가 떠올랐다. 쫓기듯이 12월의 끝자락에 성의 없이 아무렇게 공사한 것이라고 농부 조인성은 말했다. 양생 과정에 콘크리트가 얼어서 그렇다고 덧붙였다. 그는 아리도 정상적이지 못한 추운 날씨 속에서 인격의 양생 과정이 잘못되어 그렇게 되었다고 생각했다. 부실 공사. 그 나이에 어울리지 않는 어딘지 모르게 불편하고 난해한 구석이 있었다. 고3이라고 생각하기에 너무나 조숙한 것 같기도 하고 한편으로는 너무나 부실한 것 같기도 한 애매한 지점에서 홀로 외로이 성장하고 있었던 것이다. 겉으로는 단단해 보이지만 밟으면 푸석거리며 부서지는 그런 불안한 상태 말이다.

"안드로메다 은하를 갖고 싶다. 그걸 목에 걸고 다닐 수 있을까?"

별안간 아리의 카톡이 날아왔다. 그는 아리가 안드로메다 은하를 꺼낸 의도를 무심결에 느낄 수 있었다. 아리가 과거에 어떤 삶의 방식을 취사선택하고 살았는지를 가늠할 수 있었다.

"너의 목을 아름답게 치장할 목걸이가 필요하구나!"

묵묵부답이었다. 그녀는 자신이 간절히 원하는 것을 성취한 것에 대한 뿌듯함과 만족감을 느끼고 있었던 것 같았다. 그는 디젤 청바지 조그진을 입은 사내와 태권도 사범이 떠올랐다. 그러고 보니, 그도 그들과 마찬가지로 아리에게 필요한 것을 채워 주는 사내로서 존재하는, 아리의 생존에 필요한 도구로 존재하는 것이 명확하게 보였던 것이다. 그럼에도 그는 그들과 달리 생필품을 채워 주는, 인스턴트 사내가 아닌 것만은 확실한 것 같았다. 반영구적인 목걸이의 수명과 달리 샤넬의 향수 샹스 오 땅드르와 디젤 청바지 조그진의 수명은 극명하게 차이가 났기 때문이었다.

　그럴 즈음에 그는 농로를 따라 걷다가 최근에 공사한 큼직한 다리에 닿을 수 있었다. 하천에 물 흐르는 소리가 둔하고 묵직하게 깊은 밤을 거쳐 아리의 집으로 아련히 흐르고 있었다. 그때 느닷없이 카톡이 왔다. 동영상. 아리의 선물!

화가의 가출

　화가는 가출했다. 누구를 위한 가출인지 분명하지 않은 엉성한 가출이었다. 겉으로 뚜렷한 목적도, 이유도 없는 무모한 행동이었다. 예술에 대한 성취가 목표에 미치지 못해서 그런 것인지 세상에 대한 회의와 염증을 느껴 개인적인 일탈 때문에 그런 것인지 알 수 없는 엉성한 가출이었다. 죽음처럼 육체의 신진대사 기능이 완전히 멈춰 비활성 상태가 되고, 온기가 사라진 차가운 송장 같은 그런 참담한 상태는 아니었다. 먹음직하고 신선한 버거킹을 반쯤 먹다가 테이블 위에 남겨둔 애매한 상태인 것이었다. 그런 애매한 상태를 남겨 두고 애매한 메시지도 남기지 않고 노쇠한 육체만 홀연히 사라진 것이었다. 기와집 구석에 늘 처박혀 있는 연식이 오래된 빛바랜 하얀색 카니발과 함께 말이다. 그 연세에, 주위 사람들을 당혹스럽게 하는 그런 엉성한 가출이었다. 아리는 그런 상황에서도 심적 동요나 혼란도 받지 않은 아이처럼 태연하고 넉넉하게 자신의 일상의 요소들을 하나씩하나씩 빈틈없이 챙기면서 채워 나가고 있었던 것이다. 그 어느 때보다 정성어린 눈빛으로 일상을 은근하고 성실하게 받아들이고 있었던 것이다. 가까이서 아리의 그런 모습을 지켜보는 그가 더 혼란스러울 정도였다.

'본질적 자아를 찾으러.'

뒤늦게, 부제인지 알 수 없는 그의 메모지를 찾을 수 있었다. 작품 7월이 걸려 있는 미술관 한쪽 벽면에 작은 메모지였다. 화가 자신을 위해서나 아리를 위해서 그런 소략한 메모지를 남긴 것인지는 모를 일이었다. 그것도 아니면, 화가 자신의 의지를 메시지로 표명한 것 같았다. 아직까지 본질적 자아를 찾지 못하고 방황하고 있었다는 것이 의아하기도 했다. 그 나이에 그런 생각을 하다니! 어찌 보면, 그 자신도 화가와 다르지 않았다. 기와집을 떠나서 세상 속에 혼재되어 있는 이해와 몰이해, 조화와 부조화, 조리와 부조리, 상식과 비상식, 정상과 비정상의 삼엄한 경계 속에 개개인의 이해관계와 이기심에서 늘 자유롭지 못했던 자신을 들여다보며 참 외롭고 고달프다는 생각이 들었던 것이다. 그렇게 표류하면서 살아왔고 살아갈 자신도 왜 그렇게 살았는지 곰곰이 생각해 보지 않았던 것이다. 세상에 무엇을 성취하고, 무엇을 찾기 위해서 그렇게 헤매었는지. 그는 아직도 자신이 꿈꾸고 지향하는 인생의 목표가 뚜렷하게 드러나지 않는다는 것이 새삼스럽게 의아하기도 했던 것이다. 표면적으로 드러나는 40이라는 숫자도 만만치 않은 나이였던 것이다.

겉으로 보이는 숫자와 내면의 성찰을 통한 본질적 자아를 찾는 것은 상이한 것 같았다. 화가는 아직도 그것 때문에 방황을 하고 있었던 것이다. 그 자신도 화가와 다름이 없다는 것을 이제야 깨달은 것이다.

"아빠는 코끼리를 찾아서 떠난 것 같아. 그 본질이 코끼리인 것 같아."

"그럴지도."

그는 지난 한 달, 화가의 면면을 반추해 보았다. 그러고 보니, 8월은 화가가 티 나지 않게 주변을 나름대로 정리하고 있었던 달이었다. 시간이 허락하면 함께 삼겹살을 구워서 먹었을 때 화가의 비언어적 행동에서 평소의 면과 각을 달리하는 것을 볼 수 있었다. 자기도 모르는 사이에 마음이 들떠 있는 것 같기도 하고 다소 불안하고 쫓기는 것 같기도 했다. 그럼에도 비굴하거나 좀스럽지 않고 이상하게 만족스러운 표정을 지으며 득의양양했다. 평생 처음 크루즈 여행을 떠나기 전날 다소 흥분한 그런 모습이었다. 가끔씩 칠흑 같은 밤하늘에 참신하고 아롱거리는 별빛을 올려다보며 의미 있는 미소를 던지기도 했었다. 그러다가 신호수가 신호봉으로 방향을 설정해 주듯이, 거기에서 자신의 삶의 방향성을 다운 받는 것 같았다. 그러면서 누군가와 교신을 하는 것 같기도 하고 혼잣말을 하는 것 같기도 했다. 가끔씩 실없이 키득거리며 웃을 때도 있었다. 가까이에 있는 아리도 그것을 보고 의아하게 생각했는지 알 수 없는 기이한 표정을 지으며 삼겹살을 한 점 집어 먹고 코카콜라를 한 모금 마셨다. 그러면 그도 삼겹살을 한 점 집어 먹고 코카콜라를 한 모금 마셨다. 그도, 그런 면에서 괴테의 친화력에 나오는 오틸리에의 필체처럼 닮아 가고 있었다. 그러고는 오틸리에는 만족스러운 표정으로 에두아르트의 눈을 들여다보듯이 그도 비스듬히 아리의 눈을 그윽하게 들여다보았다.

그런 상황에, 화가가 그에게 그림 한 점을 주었다. 프레디 머큐리. 거칠고 투박한 목탄으로 그린, 가슴으로 안을 수 있는 조그맣게 그린, 서늘하고 음산한 죽음이 가까이 다가와서 엄습하며 짓누르는 희망을 찾을 수 없는 상태, 카오스. 생생하고 혼란스럽고 불안한 슬픈 감정이 눈가에 중첩되어 있었다. 늘 무대 위에서 도발적이고 요상한 옷을 있고 충만한 자신감과 압도하는 퍼포먼스를 어디에서도 찾아볼 수 없는, 검게 타다 남은 심지처럼 공허한, 절망적인 상황에 수심이 가득 차고 병약하고 비참하고 초라한, 내일이라는 단어를 도저히 생각할 수도 없고 꺼낼 수도 없을 정도로 파리하고 음울하고 초췌한, 그렇게 노골적으로 드러났다. 무덤덤하고 막연하게 죽음을 기다리는 에이즈 환자의 암담한 표정, 그것이었다.

아리가 왜 아빠의 가출에, 근심 걱정 없이 쾌활하고 즐거운지, 느긋하고 사랑스러운 표정으로 변했는지 그로선 도무지 이해가 되지 않았다. 평범한 사람들의 사고방식이라면 그 자리에서 쓰러지거나 정신이 혼미하거나 아득한 내일에 대한 곤궁과 불안으로 이불 속에서 하염없이 눈물을 흘렸을 것이리라. 하지만 아리는 그런 일반적인 패턴과 달리했다. 그녀는 가혹한 멍에에서 풀려난 마소처럼 형언할 수 없는 무한한 자유로움과 다소 위축된 즐거움과 기쁨을 누리고 있었던 것이다. 흥이 나서 흥얼거리며 콧노래를 부르지 않은 것이 다행한 일이었다.

아리의 표정은 프레디 머큐리와 상이했다. 엄습한 죽음의 거친 숨결과는 거리를 두는 편안하고 느긋하고 안정적인 표정이었다. 그녀는 누구에게도 간섭 받지 않는 자유를 누리고 있었던 것이다. 그녀가 가끔씩 의미 없이 미소를 지을 때는 4월의 봄바람처럼 상냥하게 다가와서 가볍게 터치하는 것이었다. 키가 작은 풀들이 촘촘하게 어우러진 초원을 멀리서 밀착해서 불어오고 가는, 구속 받지 않고 경직되지 않은, 그런 상냥한 바람이었다. 더욱이 그녀의 눈빛에서 이상한 광채가 흘러나오고 있었다. 기괴하거나 음산하지는 않은, 선하고 다정다감한 눈빛 또한 아니었다. 처음 보는 알 수 없는 오묘한 광채, 그녀의 광채가 그랬다. 사방을 겹겹이 에워싸고 있는 세상의 방벽에서 온전히 벗어난 충만한 사람의 눈빛, 아마도 그런 것이리라. 그녀는 아빠가 자신에게 감당할 수 없는 강한 적으로 여겼던 것이다. 그 강한 적이 눈앞에서 사라지자 자기도 모르게 스스럼없이 내면에 꼭꼭 숨기고 있었던 그런 감정들이 환호성을 지르며 심하게 동요하고 있었던 것이리라.

화가의 가출은 아리에게 삶의 변화를 가져다주었다. 집에서 늘 시니컬한 표정으로 아빠가 묻는 말에도 잘 대답하지 않는, 사회성이 좀 결여된 그런 퉁명스러운 학생으로만 보였던 그녀였다. 그러던 아리가 자신의 정체성을 찾은 것처럼 흥에 겨워 천진난만하고 쾌활하고 즐겁게 행동하고 있었다. 유튜브에서 배운 해물 파스타를 손수 요리해서 자신을 초청하기도 했다. 그러면 그는 합천 꽃 가게에 들러서 블랙로즈 한 다발을 들고 갔다. 앞치마를 두른 꽃 가게 아주머니가 꽃말이 좋다며 추천해서 샀던 것도 있었지만, 그는 본래 장미의 종류 중에 유독 블랙로즈를 좋아했다. 언제부터인지는 알 수 없었지만 가끔씩 블랙로즈를 사서 책상 위 꽃병에 꽂아 놓곤 했다. 검은 것이 화려하지는 않았지만 내면적인 화려함이 묻어나는, 아름답지는 않았지만 내면적인 아름다움이 묻어나는, 그래서 그런지 블랙로즈의 가지런한 자태와 고혹적인 향기는 서서히 그리고 열정적으로 자신을 빨아들이는 것을 느낄 수 있었던 것이다.

"아저씨 선물 잘 받았지?"

그는 부끄러움을 감출 수 없었다. 곧바로 대답할 수 없었고 흐뭇한 미소만 던질 뿐이었다. 예전에 보낸 아리의 선물 동영상을 말하는 것이었다. 그 동영상에 아리가 얼굴은 노출하지 않은 채 섹시하게 자위하는 모습이 담겨져 있었다. 가늘고 긴 다리 사이에 가늘고 긴 손가락을 조심스럽게 치골 깊숙이 움직이며 욕구를 찾아가고 채워 가고 있는, 그 나이에 흔히 할 수 있는 자연스럽고 당당하고 아름다운 모습이었다. 그녀는 가늘고 긴 신음 소리를 내뱉었고, 그 신음 소리에 그는 자신의 욕구를 채우기 위해 자위를 했다.

그날 이후 그는 '블랙로즈'라는 이름을 얻게 되었다. 아리는 다음부터 아저씨 대신 블랙로즈로 부르겠다고 말했다. 그래서 그는 블랙로즈가 되었다. 적어도 그녀에게서 벗어날 수 없는 이름으로 고착될 것 같았다. 그는 명확하게 특정지어지지 않은 자신보다, 그것이 나쁘지 않았다. 블랙로즈.

어느 날부터인가, 아리는 블랙로즈를 가족으로 생각하고 있었던 것인지 경계의 끈을 늦추었다. 그를 오래 사귄 연인처럼 사랑스럽고 상냥하고 친절하게 맞이했다. 그녀는 그를 만날 때 아빠의 가출에 대하여 일언반구도 하지 않았다. 그녀의 내면에 똬리를 틀고 있었던 불편하던 아빠를 온전히 밀어내고 화강암으로 두터운 방벽을 높이 쌓아 놓은 것 같았다. 그

래서 그런지 그녀의 아빠가 사용하던 물건들이 하나둘씩 시
야에서 사라지는 것을 알 수 있었다. 그녀는 두 번 다시 아빠
가 돌아오지 않을 것이라는 확신을 하고 있었던 것 같았다.
여자의 섬세한 감각으로.

　아리는 아빠가 가출한 지 한 달 정도 지나자, 작업실 뒤꼍
소각장에서 무언가를 태우고 있었다. 블랙로즈는 주차를 하
고 연기가 음산하게 올라오는 곳으로 찾아가자 그녀는 침착
하고 말갛게 미소를 띠울 뿐 따스한 시선을 던지지는 않았다.
그렇게 많지는 않았지만 어릴 적 아빠와 함께 찍은 사진부터
태우고 있었고 평소에 아빠가 걸치고 다니던 옷가지들을 소
각장 주위에 소복하게 쌓아 놓고 있었다. 그녀는 비장하고 경
건한 마음을 먹고 예식을 대하듯이 정성을 다하고 있었다. 옷
도 정장을 입고 긴 머리카락도 단정하게 묶고 있었다. 화장도
차분함과 수수함을 잃지 않을 정도로 과하지도 않았고 얼마
남지 않은 고등학생의 신분을 유지할 수 있을 정도의 엷은 두
께였다. 입술도 립글로스로 분홍색의 우아함과 촉촉함을 잃
지 않았고, 핑크 다이아몬드를 머금은 듯이 찬란하고 그윽한
빛깔을 드러내고 있었다. 검은 정장의 칼라 속에서, 가늘고
긴 목에 걸린 목걸이가, 자취를 감추었다가 드러냈다를 반복
하며 숨바꼭질을 하고 있었다. 밤하늘에서 오묘하게 명멸하
는 별빛 같았다. 블랙로즈가 선물한 다이아몬드 목걸이. 그것

을 보자 그는 한층 더, 그녀에 대한 진지한 애정과 절제되지 않은 열정이 갑자기 샘솟는 것을 온몸으로 느낄 수 있었다. 그녀가 예전과 다른, 좀 더 은밀하고 밀접한 관계로, 소위 말하는 특별하고 우월한 관계로 향상되고 발전한, 그런 돈독하고 사랑스런 관계가 오랫동안 지속될 것 같았던 것이다. 그녀가 여리고 다정다감하게 다가왔고 아름답고 우아하게 다가왔던 것이다. 그는 한참 동안 자신이 직접 선물한 목걸이를 진지하고 대견하게 내려다보고 있었다.

"몇 날 며칠을 태워야 할 것 같아."

아리는 혼잣말처럼 말했다. 블랙로즈는 영문을 알 수는 없었지만 그녀가 하는 것을 지켜볼 뿐이었다.

"당신이 없어 얼마나 홀가분한지 몰라. 당신은 당신의 코끼리를 찾고 난 나의 코끼리를 찾으면 되는 것이지."

"사람들은 저마다 자신의 코끼리를 찾으며 떠나는 것이지."

아리는 옷가지를 하나씩 소각장에 던져 넣어 태우면서 아빠와의 기억들을 한 꺼풀씩 벗겨 내고 있었던 것 같았다. 그녀의 눈빛은 깊고 맑고 또렷하게 지향하는 곳으로 쉼 없이 향하고 있었고 오똑하게 선 콧날은 무수히 다가오는 현실의 냉혹한 시선과 무신경한 편견을 강하게 저항하며 밀쳐 내고 있었던 것 같았다. 그럼에도 그녀는 자신의 불편한 감정을 드러내지 않았다. 행동이나 표정이나 말투 속에서 말이다.

블랙로즈는 더 이상 비정상적인 아리의 행동에 대해 궁금해 하지 않으려 했다. 그것이 그녀를 위한 길인 것 같았다. 사람들의 일부분은 그런 비정상적인 행동을 이끄는 사건들이 있었던 것을 알기 때문이었다. 더욱이 가족의 울타리 속에 존재하는 독한 가시는 간혹 존재하기 마련인 것이다. 그의 가족도 겉으로 볼 때 아무렇지 않게 보일지도 모른다. 어릴 적 부모와 영원히 헤어진 것만 빼고 말이다. 세상의 시선에 노출된 이모는 친절하고 성실하고 이타적인 사람으로 존재하고 있었기 때문에 그렇다. 언제나처럼. 그녀는 자기가 원하는 방향과 모습으로 현실을 조작하고 가장하는 탁월한 능력과 재주가 있었고, 아주 능수능란했었다. 친척들이 그 조작된 현실을 곧이곧대로 믿고 있었을 정도이니까 말이다.

메케한 연기가 올라갔다. 아리는 자신도 의식하지 못한 채 피식 미소를 띠는 것을 블랙로즈는 곁에서 엿볼 수 있었다. 그러고는 언제 그랬냐는 듯이 포커페이스를 유지했다. 상대방을 무시하는 웃음 같기도 하고 일시에 닥친 불안한 감정을 짓누르는 것 같기도 했다. 그것도 아니면 아빠에 대한 격한 증오와 치밀어 오르는 분노가 본성에 눌려 있었고, 그것이 일시에 터져 나오려는 찰나에 그것을 간신이 억눌렀다는, 그런 자기 만족의 미소 같은 것이었다. 어쩌면 꼴도 보기 싫은 존재가 눈앞에서 사라졌다는 안도의 한숨 같기도 했다. 그것이 그녀를 비정상적인 행위와 말투로 이끌었던 것 같았다.

사람들이 어떻게 살았는지를 제대로 파악할 수 있는 가장 손쉬운 방법은, 그 사람이 사라지거나 영면했을 때 주위 사람들의 자연스런 반응일 것이다. 슬퍼서 울거나 괴로워서 기절하는 정상적인 반응이 나오면 그 사람은 그런대로 까다롭지 않은 일반적인 삶을 살며 일반적인 형태의 사고와 행위를 드러내며 산 사람일 것이다. 그렇지 않을 경우, 즉 짙게 화장을 하거나 이상하게 얼굴에 화사한 기운이 도는, 애써 감추려 해도 기쁨과 환희가 얼굴 전체에서 미약하게 배어 나오면 그 사람은 독특하고 기이한 삶을, 비정상적이고 부자연스러운 삶을 산 것이다. 아마도 어릴 적부터 그런 반복적인 삶에 노출된 사람들은 자기도 모르는 사이에, 육체라는 껍데기는 스스럼없이 반응하고 있었던 것이다. 어쩌면 육체는 격한 고뇌와 회의를 하며 지금까지 기다려온 것인지도 모른다.

블랙로즈는 화가의 가출과 부모의 죽음이 표면적으로 별로 다른 것이 없어 보였다. 하지만 자세히 들여다보면 완전히 색깔을 달리했다. 아리에게는 무한한 자유와 기쁨을 선사하는 것 같고 자신에게는 무감각한 슬픔과 무기력한 고통을 선사하고 있었던 것 같았다. 양쪽 부모는 그들 주위에서 자취를 감추고 온전히 사라졌지만 그녀에게는 불행의 시초이자 재앙의 수준으로 남아 그녀의 영혼을 조금씩 갉아먹고 심하게 괴롭혔고 그에게는 애달픈, 잔잔한 그리움의 대상이고 사랑의 근원으로 자신의 전 존재를 온전히 지배하고 있었다. 그래서 그녀와 상반된, 그런 연유로 그녀에 대한 마음과 감정이 남달랐다는 것을 이제야 안 것이다. 사람들은 저마다의 마음과 감정을 가지고, 이성을 향해 더듬이를 펼치는 것을, 보통 그것을 애정 어린 호기심이라는 단어로 귀결시키지만, 그것이 사랑의 첫걸음이라는 것도 이제야 깨달은 것이다. 유사한 다름으로 그녀는 이미 자신의 심중 한가운데에 점진적으로 있는 듯 없는 듯 자리를 잡고 있었다는 것을 깨달은 것이다.

아리는 옷가지를 소각장에 태우고, 타들어 가는 옷가지들의 일렁거리는 불길을 보면서 한참을 있다가 기와집으로 들어가자고 했다. 블랙로즈는 한 번도 기와집에 들어가 본 적이 없었다. 혼자 사는 그녀만 있어 부담스러운 면도 없지 않았다. 그럼에도 그는 그녀가 인도하는 기와집으로 들어갔다. 그는 자신의 집 구조와 같은 기와집에서 오는 친숙감과 안도감으로 낯선 환경에서 오는 경계의 촉각을 세우지 않아도 되는 것이 참으로 반가운 일이라 생각하지 않을 수 없었다. 그는 새로운 환경을 잘 적응하지 못하는 부류였다. 그는 아빠의 손길이 묻어 있는, 굵은 땀방울과 고상한 성취가 고스란히 배어 있는 기와집에 들어가자 자신의 집에 들어온 것 같은 푸근하고 안온한 마음이 들었다. 속으로는 벅찬 감정이 치밀어 올랐다. 이곳이 내 집이었구나! 컨테이너 하우스가 내 집이 아니라 할아버지의 정통성과 철학이 고스란히 남아 있는 이 집과 닮은 관산동의 집이 정말로 나의 집이었구나. 그런 생각이 들자 이모가 자신의 기와집에 처음 들어왔을 때 느끼는 감정도 자신과는 조금은 달리했을 것이리라. 이곳을 내 집으로 만들어야겠구나. 이 집을 빼앗아야겠다! 육중한 코끼리에게서 상아를 빼앗듯이.

넓고 푹신한 고동색 소파가 있는, 한쪽 벽면에 65인치 TV가 걸려 있고 그 위쪽 가장자리에 디지털 벽걸이 시계가 영롱한 붉은 빛을 던지며 초침 소리도 내지 않고 태연하게 움직이고 있었다. 시계는 벙어리처럼 침묵하고 있고, 그래서 흔들림 없이 조용했다. 그녀는 그를 거실로 안내하고 자신은 부엌으로 갔다.

"블랙로즈 처음이야. 기와집 안속까지 들어온 사람이."

공허할 정도로 괴괴한 거실을 가로질러서 들려온 아리의 말, 뜻밖이었다. 과거에 만났던 사내들을 말끔히 정리하는 정갈한 말이었고, 하나의 경계를 뛰어 넘어서 오는 굴절된 말이었다. 갑자기 아리가 그런 얘기를 하자 태권도 사범과 디젤 청바지 조그진을 입은 사내가 떠올랐다가 사라졌다. 그들은 거친 파도가 끊임없이 기어오르는 위험천만하고 위태롭고 깎

아지른 절벽에서 떨어지고 있었고, 더 이상 세상에 얼굴을 내밀지 못하는 그런 위급한 상황에 처해 있었던 것이다. 이상하게 그는 아리에 대한 무한한 책임과 진지한 의무가 생기는 것을 느꼈고, 내면 깊숙한 곳부터 충일해 지고 따스해지는 자신을 발견하고는, 한층 더 그녀가 아름다워지고 여성스러워지는 것을, 그렇게 다정다감하게 다가와서 오랫동안 머물고 있었던 것이었다. 아리는 그런 여인이었다.

아리는 치즈 케이크를 테이블 위에 내려놓았다. 달가닥거리는 소리와 함께 유독 사이즈가 큰 치즈 케이크는 블랙로즈 앞에 놓았다. 그녀는 블랙로즈 곁에 앉아서 왼손에 접시를 받치고 오른손에 포크를 들고 가볍게 케이크의 부드러운 표면을 도려내며 입술 가까이로 가져가서 혓바닥 위에 올려놓았다. 그러는 사이 그녀의 입술에 치즈가 묻어 있었다. 그녀는 긴 혀를 말아서 입술을 골고루 핥았다. 그는 그런 관능적인 모습을 지켜보고 자기도 모르는 사이에 그녀에게로 기울면서 자신의 입술을 포개었다. 순간 거실의 모든 공기가 빠져나가 수축하고 있었다. 진공상태. 그녀의 입술은 촉촉하고 달콤했다. 상냥하고 풋풋하고 신선했다. 그러자 그녀는 온몸을 그에게 의탁하고, 눈을 감은 채 조심스럽게 그와 연동했다.

벌써 그들은 벌써 많은 것을 의지하고 있었다. 그들은 삶의 패턴을 달리하면서 각자의 일반성과 특수성을 채우면서 살아왔지만 서로의 입술을 포재자 개별적인 삶이 복합적인 하나의 덩어리로 꿈틀거리는 것을 각자 느낄 수 있었던 것이다. 아리는 블랙로즈의 품속으로 깊숙이 파고들었다. 새끼 고양이가 따스한 어미의 품속으로 파고들어 달달한 젖을 찾는 것과 다르지 않은 사랑스러움과 치열함이 있었다. 그녀는 그의 유두를 찾는 것인지도 모른다. 겉으로 요조숙녀로 성장했지만 마음속으로 어리광을 부리며 칭얼거리고 싶은 여리고 순한 마음을 가지고 있었던 것이 분명했다. 의지가지없는 그녀는 믿음직한 부모와 같은 존재로 남아 주기를 바라는 마음에서 스스럼없이 우러나오는 배려와 사랑이 고스란히 남아 있었던 것이다. 그를 숭배하는 것처럼.

"블랙로즈, 힘차게 깨물어. 사정 두지 말고."

아리가 블랙로즈의 품속에서 살며시 나오자 그는 길고 가는 머리카락을 쓰다듬고 달아오른 양쪽 귀를 두 손으로 잡아 보았다. 그러고는 그는 부드럽게 그녀의 검은색 정장을 벗기고 조심스럽게 블라우스의 단추를 풀었다. 일시적으로 잠시 멈춘 채 적지 않은 시간 동안 그녀를 빤히 쳐다보았다. 그녀는 부끄러운 시선을 떨군 채 응시하고 있었다. 요염하고 사랑스러웠다. 눈동자는 초조한 것 같기도 하고 불안한 것 같기도 했다. 그는 아까부터 가슴이 두근거리며 벅차오르는 것을 간신히 참고 있었다. 뜨거운 김이 목구멍까지 차오르고 있었다.

온도계의 눈금은 보이지 않았지만 붉은 수은주는 으르렁거리며 포효하고 있을 것이었다.

꽃봉오리를 꼭 다문 분홍색 튤립처럼 브라는 봉긋했다. 햇살이 눈부신 아침나절까지 깊고 긴 잠을 자고 깨어난 것 같았다. 아직 세상의 편견 속에 존재하는 신비스러운 것에 불과한 것이었다. 유두가 분홍빛을 은근하게 머금고 있어 탐스럽고 풍성하고 아름다운지 갈급하고 빈약하고 추한지 알 수 없는 것이었다. 이젠 그런 편견의 모호성과 호기심에 도취되지 않아도 되는 순간이었다. 튤립은 정연하고 단아하고 정갈했다. 무분별한 꿀벌들이 날아들어 선명하게 곡선을 이루는 꽃잎 사이를 비집고 들어가게 내버려두지 않을 정도로 철두철미했다. 순수한 그리고 거룩한 맵시! 그대로 있으면 설레는 아름다움이고 신비로운 호기심으로 넋을 잃게 만드는 존재로 남아 있을 것 같았다. 하지만 사랑의 행위는 바라만 보거나 멈춰 있으면 그 즐거움과 쾌락을 탐닉할 수 없다는 것을 아리도 블랙로즈도 알고 있었기 때문에 서서히 그리고 점진적으로 억세지 아니하고 우아하게 행위를 옮길 뿐이었다. 아마도 이 시점에서 타오르는 불꽃이 서로를 애틋하게 밝혀 주는, 이 시점에서 서로의 내려놓음이 서로의 관용과 사랑을 더 끌어낼 수 있다는 것을 너무나도 잘 알고 있었던 것이다.

블랙로즈는 브라의 매듭을 풀자 쏟아질 듯 출렁거리는 뭔가를 미세하게 느낄 수 있었다. 그는 손가락으로 탄력 있는 유방을 받치고 쓰다듬었다.

"블랙로즈, 힘차게 깨물어. 사정 두지 말고."

블랙로즈는 아리의 유두를 신중하게 깨물었다. 아리는 온몸이 자지러지듯이 전율을 했다. 그녀의 쾌락은 단순한 고통에서 오는 것 같았다. 그 고통은 자신을 버리고 간 어머니를 잠시나마 잊을 수 있는, 꼭 필요한 자양분이 되었던 것 같았다.

"처음이야."

블랙로즈의 행위를 채찍질하는 아리의 상냥한 말이었다. 어깨 위를 내리치는 짜릿한 욕구의 채찍질! 블랙로즈는 놀라지 않을 수 없었다. 그는 태권도 사범과 디젤 청바지 조그진을 입은 사내의 얼굴이 아련하게 떠올랐다가 사라졌다. 그들을 떠올릴 때마다 어떤 출처 없는 강한 적의가 불타올랐었다. 하지만 아리의 친근한 말을 듣자, 순간 어깨에 힘이 들어갔다. 그가 그녀의 전부를 얻고 완전히 차지했다는 공간의 지배력과 성취감과 자긍심을 온몸으로 느낄 수 있었다. 그는 자신이 선택받은, 가장 축복받은, 가장 행복한 사내라고 생각했다. 그러면서도 불안한 생각이 몰려들었다. 그래서 조심스럽게 확인해 보고 싶은 마음으로 격하게 안았다. 무겁게 짓누르고 당겼다. 치열하게 빨고 거침없이 핥았다.

아리는 팬티만 입은 채 소파에 누워서 블랙로즈가 원하는 방향과 질감으로 나아갔다. 그는 그녀의 길고 가는 손가락을 깊숙이 빨고 핥고, 손등을 따라 어깨와 목덜미에 닿을 수 있었다. 그곳은 신체의 사거리에 해당하는 곳이라 오랫동안 머물러 느긋하게 기다릴 수 있는 아늑한 정류장 같은 공간이기도 했다. 그는 교복을 입고 드러나는 가늘고 긴 목덜미를 볼 때마다 그녀가 모딜리아니의 초상화가 연상되었었다. 엄마가 스피노자의 후손인 모딜리아니는 인문주의에 영향을 받아 비율과 비례, 균형과 조화에 주안점을 두고 자신만의 클래식을 완성한 화가였다. '창조는 혼돈 가운데 나온다.'는 니체의 말을 좋아해서 모딜리아니는 병약한 가운데 술과 마약을 했는지도 모른다. 아리는 모딜리아니가 그린 여인처럼 기이한 초상화의 주인공은 아니었지만 그는 아리의 가늘고 긴 목을 볼 때마다 초상화의 이미지가 떠올랐다. 큰 모자를 쓴 잔 에뷔테른. 부드러운 선과 인체의 단순화, 길고 가느다란 목. 그는 평소에 상상하고 있었던 것을 직접 확인하자 아리의 목덜미가 더욱 가늘고 긴, 그래서 거짓이 없고 순수하고 세련되고 아름답다는 것을 재확인할 수 있었다.

그는 목덜미를 한없이 핥고 빨다가 두 손이 부드럽게 누르고 잡고 있는 유방으로 내려가 한없이 핥고 빨았다.

"블랙로즈, 힘차게 깨물어. 사정 두지 말고."

블랙로즈는 유두를 힘차게 깨물었다. 그는 아리의 말에 진실로 순종하고 싶었다. 그녀가 원하면 목줄을 차고 도그처럼 걸으며 채찍질을 당하는 상황도 연출하고 싶었다. 하지만 아리는 복잡한 쾌감을 원하지 않았다. 단순하면서도 그윽하게 침투하는, 유두가 끊어져 나갈 것 같은 그런 욱신거리는 달콤한 고통을 원하고 있었다.

블랙로즈는 아리의 팬티 속에 손가락을 조심스럽게 밀어넣었다. 거웃이 어수선하고 거추장스럽지 않은, 말끔했다. 거웃이 없는 여자, 멈칫했다. 그는 미소를 머금은 채 하고 있었던 섹스 놀이에 전심전력을 다했다. 이미 그녀의 치골 안속 신비스럽고 성스러운 곳은 축축하게 젖어 있었다. 그는 손가락으로 민둥산인 그곳을 가볍게 쓰다듬으며 검지를 조심스럽게 밀어 넣어 보았다. 빈틈이 없이 빡빡했다. 그래서 그는 떨리는 마음으로 그녀의 팬티를 내렸고, 입술을 가져가 냄새를 맡았다. 그윽하고 달콤한 향기. 연분홍 찔레꽃의 향기가 자신의 폐부 깊숙한 곳을 파고들었다. 그는 맑고 고요한 종소리를 들을 수 있었다. 경박하지 않은 아늑한 종소리였다.

블랙로즈의 열정적인 오럴이 아리를 강하게 요동치게 했다. 그는 집요하게 치골의 골짜기를 파고들어 섬김과 애씀의 자세로 나아갔고, 그곳에서 깨달음을 얻고 있는 수행자처럼 반복적인 행위로 이어 나갔다. 빨고 핥았다. 터치하며 핥았다. 한동안 그런 단순하고 성실한 행위만으로 그는 만족했고, 자제력을 잃지 않았다. 그는 서서히 삽입했다. 중지가 들어가서 확장을 하고, 연이어 페니스가 그 뒤를 이어 문질렀다. 그녀는 온몸을 오그라뜨렸고 격한 신음과 격한 경련을 일으켰다.

반복적인 삽입의 종착역은 사정이었다. 섹스의 완성이 사정이었고 새로운 시작이기도 했다. 그는 그녀의 유방 위에 사정을 하고 새롭게 시작하기 위해서 그녀의 육체 위에 가볍게 몸을 의탁하고 맑고 투명한 눈동자 위를 키스하고 혓바닥으로 성실하게 핥았다.

"블랙로즈, 씻자. 씻으면서 하자."

그들은 소파에서 일어나 나체로 화장실에 있는 샤워장으로 갔다. 그들은 새로운 장소에서의 전위는 아까와 다른 신선한 행위로 다가와서 머물렀다. 보일러의 온수는 이미 데워져 있어 그녀의 가슴골에 묻은 정액을 말끔히 씻고 새로운 섹스 놀이를 향한 첫걸음을 내딛는 초입에 있었다.

"아마, 아빠는 영원히 코끼리를 찾지 못할지도 몰라."

"그럴지도. 그럼 코끼리 목욕을 해 볼까."

블랙로즈는 따스한 온수를 틀어 놓은 샤워기를 들고 코끼리처럼 네발로 서서 코를 들어 물을 내뿜듯이 샤워기를 치켜세웠다. 온수는 분수처럼 솟구쳐서 아리의 가슴 부위에 포물선을 그리며 떨어졌다. 여름에 소나기를 맞은 복숭아처럼 윤기가 나고 반질거렸다. 그러고는 앞발을 들듯이 두 손을 들어 울부짖으며 달려들었다. 아까부터 그녀는 그가 하는 양을 보며 고양이가 재주를 부리며 뒹구는 모습을 내려다보듯이 환하게 웃으며 즐거움과 기쁨을 만끽하고 있었다.

그들은 어우러졌다. 육체가 하나로 만난다는 것은 영혼의 풍성함과 견고함을 배가시키는 것이었다. 그들은 충분한 교제와 대화를 가지며 서로에 대해서 모르는 게 없을 정도로 여겨졌지만 정작 아는 것이 없었다. 섹스의 탐닉에 빠져 허우적거리고 있어 모든 현상과 사물들이 느슨하고 관대하게 부드럽고 아름답게 보이고 있을 뿐이었다. 그들은 아마도 지구를 향해 무서운 속도로 다가오는 특정 불가한 소행성도, 지구의 자전과 공전도 자신들을 위해서 움직이고 진행된다고 생각하고 있을 것이었다.

"블랙로즈, 아빠가 보고 있을 거야. 아빠에게 주는 마지막 선물이야."

블랙로즈는 처음에 잘 이해가 되지 않았다. 그는 몰래카메라가 집 안 구석구석 있었던 것을 깜빡 잊고 있었다. 아리가 손짓을 할 때는 다른 생각을 하고 있었는데 자세히 들여다보니 샤워장에도 달려 있었다. 그런데 아리는 왜 아직 그 몰래카메라를 철거하지 않은 것인지, 그는 궁금하지 않을 수 없었다. 이런 다급한 상황에 묻지도, 묻고 싶지도 않았다. 그는 화가가 자신의 나체를 본다는 생각이 들자 다소 쪼그라드는, 소극적인 흥분이 되는 것을 온몸으로 느낄 수 있었다. 오싹했다. 그래서 그런지, 그녀를 더욱 억세게 안았고, 애무했고, 사랑했다. 기대에 찬 내일이 없고 오늘만 있는 그런 갈급한 인생처럼.

"아빠에게 주는 마지막 선물이야."

농부 조인성 친구 태열

10월 중순, 블랙로즈는 일과를 마치고 농부 조인성 집에 놀러 갔다. 그의 집은 길가에 있는 오래된 낡은 양옥집이었다. 그는 그 시간 즈음에 집에서 축사로 향하는 시간이었다. 축사에 사육하고 있는 소들에게 사료와 짚을 줬다. 그는 아직 축사에 도착하지 않았다. 그때, 한가로운 1차선 도로를 서흥여객이 지나가고 있었다. 손님은 두 명뿐이었다. 한 명은 운전사 뒷자리에서 앉아 앞을 멍하니 초점 없이 흐릿하게 응시하고 있는 초라한 노파였고 한 명은 맞은편 뒷바퀴 앞에 앉아 있는, 자신과 눈이 마주친 태열이라는 사내였다. 태열은 반가운지 잇몸을 드러낸 채 환한 미소를 드러내었고, 연이어 손을 흔들었다. 그의 행동과 표정은 삶의 확고한 믿음이 없어서 그런지 엉거주춤하고 모호하고 난해했다. 몇 달 전에 조인성이 길가에서 소개해 준 낯익은 사람이었다. 그 이후 신호수를 볼 때 여지없이 태열은 손을 흔들어 주며 반갑게 아는 척 했다. 그러면서도 민망하고 부끄러운지 그는 경운기를 몰고 시커먼 매연을 내뿜고 요란하게 내달렸다. 그는 태열의 그런 부자연스럽고, 보통 사람들이 가늠할 수 없는 의외의 행동으로, 오히려 친근감과 호감이 가기도 했다. 그래서 자전거를 타고, 그 동네 앞에서 산책을 하는 태열을 만나면 자전거를 세워서 정겹게 인사를 했었다.

태열은 정상적인 사회 구성원은 아니었고, 소외된 사람이었다. 그는 보통 사람들이 예사롭게 지켜봤을 때는 좀 덜떨어진 바보스러운 행동으로 보였다. 블랙로즈는 그런 태열의 모습들이 예측할 수 없는 모습 같아 싫지 않았다. 늘 상대방을 속여서 자기 이익을 취하는 표리부동한 이모와 판이했고 질적으로 달랐다. 상대방의 호주머니에 들어 있는 소중한 보물을 빼앗기 위해서 늘 거짓말과 선동으로 주위 사람들을 수단으로 삼고 있었던 얄팍한, 그런 이모가 왜 떠오르는지 알 수 없었다.

태열의 베트남에서 온 아내는 이미 어디론가 떠났고 예쁜 딸만이 남아서 함께 살아가고 있었다. 그 아내는 자신의 이익을 위해서 떠났고 대도시에서 돈을 벌고 있었다. 아마도 그녀는 베트남에서 손가락을 걸고 미래를 설계한 사내가 입국해서 빌라를 얻어 참아 오던 열렬한 섹스를 즐기며 행복하게 살아갈지도 모른다. 그런 상황에서도, 그의 아내는 딸을 생각하는 마음으로 짠하게 혼자 울지도 모른다. 딸은 초등학교 3학년이었다. 그는 딸을 유심히 사랑스러운 눈빛으로 바라보면서 자신과 닮은, 잘난 구석을 찾는 것이 삶의 흥미이고 재미라고 말하기도 했다. 하지만 자신의 신체 부위 중에 불만족스러운 부분을, 닮지 말아야 하는, 가혹한 유전적인 굴레에서 못 벗어난 부위를 스치면 온몸을 부르르 떨며 병적으로 싫어했다. 외면했고, 분노했고, 증오했다.

태열은 여느 시골 사람들보다 많이 그을려 있었다. 원래 태생적으로 얼굴에 구릿빛이 많이 돌았고, 노동으로 많이 노출되어 거친 햇살을 온전히 받아 낸 흔적이 목덜미까지 파고들어, 그 자리에 오랫동안 서식하고 있었다. 그래서 피부에 짙은 그늘처럼 라인을 뚜렷하게 형성하고 있었다. 그것이 목둘레를 한 바퀴 도는 타원형에 가까웠다. 더욱이 그의 치아는 가지런하지 못하고 돌출되어 한쪽 입술을 앞으로 밀어내었고, 백옥이 아니라 누르무레한 탁한 빛깔을 연신 뿜어내었다. 가까이서 담소를 나눌 때 처음 접하는 사람들은 태생을 알 수 없는 고린내와 구린내가 풍겨 역겨울 정도였다. 두터운 입술은 창백하고 다소 푸른빛이 감돌았다. 코는 도드라지게 솟아 남성미로 여자들을 현혹시킬 수 있는 세련된 모습은 아니었다. 눈썹은 아치를 만들면서 처져 있었고 그 안으로 게슴츠레한 눈동자가 자기만의 방식으로 세상을 흐릿하게 투영시키고 있었다. 그의 눈빛은 맑고 투명하지는 않았지만 선량하고 따스한 눈빛이었다. 먼 지평선을 바라볼 때나 곁에서 담소를 나

눌 때 그의 눈빛은 미지의 세계를 뛰어들어 자기만의 독자적
인 세계를 구축하고 싶은 그런 욕망은 없어 보였고 오직 소박
한 행복을 바라는, 딸의 장래를 걱정하는 그런 조심스럽고 안
쓰러운 눈빛이었다. 그래서 그런지 오직 세상을 경계하는 눈
빛인 것 같기도 하고 세상을 포용하는 눈빛인 것 같기도 했
다. 지킬 것이 있는, 지켜야만 하는 간절한 눈빛이기도 했다.
자신의 딸이, 늘 사람들의 편견과 무시의 경계 안에서 자유롭
지 못하던 자신보다 탁월한 삶을 살기를 바라는, 세상을 원
없이 사랑하고 세상을 원 없이 미워도 할 수 있는, 눈치 봐야
하는 일에 눈치 보지 않고 좌중의 흐름에 이리저리 휩쓸리지
않는 강단 있는 그런 당당하고 떳떳한 삶을 살기를 바라는 눈
빛이기도 했다.

태열의 아내가 홀연히 떠났고 그 공허한 빈자리를 채우기
위해서 술을 마셨다. 그는 그 공허함과 헛헛함에 함몰되어 헤
어나지 못하고 있었다. 아직도 그때의 후유증이 남아서 그를
둔중하게 괴롭히고 있었다. 가끔씩 꿈속에서 흉측한 괴물이
트라우마의 짙은 그늘처럼 자신을 짓누르면서 쫓아와 압도하
는 것을 볼 수 있었다. 여기저기 쫓기다가 그는 꿈속에서 깨
어나지 않을 수 없었고 그땐 이불이 축축하게 젖어 찝찝한 느
낌을 감출 수 없었다.

기우는 태양으로 밤은 여지없이 다가왔다. 블랙로즈는 어

둠이 본격적으로 깔리는 시간이 되기 전에 성리 들녘을 지나 장단 들녘으로 자전거를 타고 싶다는 생각이 문득 들었다. 그래서 제시간에 조인성이 축사에 오지 않자 그는 조인성에게 개인적인 특수한 일이 일어난 것이라 단정 짓지 않을 수 없다. 그래서 자전거를 타고 축사 앞을 한 바퀴 돌자, 소들이 그의 움직임을 주시하고 있었다. 누워 있던 소들도 일어나서 주위를 두리번거리며 먹이를 기다리고 있었다. 이 시간 때 조인성이 소들에게 먹이를 주었기 때문에 소들은 조인성을 기다리는 것이 아니라 먹이를 기다리고 있었다. 소들에게 조인성이 오든 안 오든 상관이 없는 것인지도 모른다. 맛있는 먹이를 제시간에 공급해 주는 사람만 있으면 되었던 것이다. 깨끗한 물과 신선한 먹이만이 소들에게 소중하고 귀한 것이었다. 아리에게 화가는, 그녀에게 먹이를 주고 울타리를 제공해 줘서 지금까지 살아온 것인 것 같았다. 블랙로즈라는 울타리를 얻자 홀가분하게 떠나보낸 것 같기도 했다. 목걸이도 사 주고 아리가 성인이 될 때까지 보살펴 줄 수 있을 것이라 신뢰하고 있었던 것이리라. 어찌 보면 화가도 아리와 유전자를 공유하지는 않았지만 초소한의 어른의 책임과 의무를, 자신을 버린 아내와 차별화를 시키기 위해서 지금까지 기다리고 있었던 것 같았다. 그러고는 자신이 살고자 했던 삶을 살기 위해서 흔적도 없이, 본질적인 자아를 찾기 위해서인지 코끼리를 찾기 위해서인지 도무지 알 수 없는, 난해한 삶의 실타래를 풀기 위해서 담대하게 떠난 것 같았다. 어쩌면 그것보다도 화가는 블랙로즈와 아리의 리얼한 섹스 놀이를 몰래카메라로 생생하게 들여다보기 위해서, 그것으로 자위의 도구로 사용하기 위해서 그런 무모하면서도 대범한 행동을 한 것인지도 모르는 것이었다. 별로 현실성은 없어 보여도, 화가의 변태적 성적 욕구를 감안하면 충분히 설득력은 있어 보였다. 예술가들은 대개 자기만의 독특한 패턴을 가지고 살아가기 때문에.

블랙로즈는 성리 들녘으로 길을 잡았다. 소들은 그를 한 없이 바라보고 있었다. 그러다가 한 마리씩 연이어 거칠게 울기 시작했다. 먹이에 대한 애착과 미련이 남아 있었던 것이다. 조인성이 오지 않자 주인에 대한 걱정보다는 한 끼를 굶어야 하는 막연한 두려움과 서글픔 때문에 울음으로 강하게 의사를 전달하고 있었던 것 같았다. 냉정한 현실은 늘 그랬다. 이모가 그를 걱정하는 마음 이면에는 상상도 못할 엉큼한 속셈이 있었고, 그것으로 막대한 금전적 보상을 꿈꾸고 있었던 것을 말이다. 그녀에게서 호의와 친절은 지신의 이익을 극대화하기 위한 수단이었다. 그것이 그녀의 전 인생의 수미일관한 패턴이었다.

블랙로즈는 농로를 따라 천천히 자전거를 운전했다. 태양은 이미 금성산 꼭대기에 걸려서 가까스로 농익은 길고 가는 황금 머리카락을 나풀거리며 황금 들녘 위에 사뿐히 주저앉고 있었다. 그는 나락이 익어 군데군데 타작을 한 텅 빈 논을 보자 한편으로 공허한 생각이 들었던 것이다. 풍성하게 익은 나락이 그렇듯이 인생도 충일한 나날이 지나면 저렇게 텅 빈 채 죽음을 맞이하고 기다려야 하는 것 같아서 씁쓸한 생각이 들지 않을 수 없었다. 그럼에도 그는 의기 소침하지 않고 자전거 페달을 밟았다. 풍성한 나락이든지 충일한 사람이든지 시간의 영원성 속에 놓인 초라한 껍질에 불과하다는 것을 알기 때문에 말이다. 그것은 반드시 생멸하는 것들이 겪어야 하는 통과의례.

태양이 금성산 뒤로 사라지자 성리 들녘은 어둠살이 곱게 내려앉고 있었다. 블랙로즈는 이런 시간대를 무척이나 좋아했다. 자연의 모습과 흐름을 들여다보며 산책하는 것도 나쁘지 않았고 자전거를 타고 이곳저곳 구석구석을 누비는 것도 나쁘지 않았다. 일상의 짜인 긴박함 속에서 가끔씩 찾아오는 느슨한 여유를 자유롭고 느긋하게 받아들이는 편이었다. 반복적으로 페달을 밟고 앞으로 나아갈 때는 잔망스런 번민과 자잘한 군걱정에서 벗어날 수 있었던 것이기 때문이기도 했다. 지칠 줄 모르는 치밀한 이모의 약은 꾀, 화가의 가출과 아리의 태연한 모습, 아리와의 긴밀한 관계.

블랙로즈는 페달을 밟으면서 자신과 얽힌 일상에서 벗어나

구경꾼의 위치에 설 수도 있어 좋았다. 일상의 잡다하고 난해한 문제들을 먼발치에 쫓아낼 수도 있었고 나직하게 바라볼 수도 있었다. 그러면 복잡하게 얽힌 상념의 덩어리를 헐겁게 풀어지고 녹아내리는 것을 느낄 수 있었던 것이다. 그러자, 일상의 사슬에서 벗어나 새로운 공기를 마음껏 마실 수 있었다. 페달을 힘차게 밟으며 갈지자로 급경사를 오를 때에 더 맑고 투명한 공기가 뇌의 신경을 신선한 곳으로 인도하는 것이었다.

블랙로즈가 상념에서 벗어날 수 있는, 어렵사리 터득한 삶의 지혜이었다. 그러면 이모의 간교함과 혐오스러움도 강 건너에서 일어날 수 있는 농부들끼리의 무의미한 말싸움일 뿐이었다. 자신과 무관하게 일어나고 그러다가 사라지는 보잘 것없는 일로 치부되었던 것이다. 페달을 멈추고 자전거에서 내려 경사가 없는 평탄한 길을 걸으면 먼발치에서 다가오지 못하고 서성거리고 있었던 상념의 입자들이 미세하게 부서져서 모여드는 것이었다. 그러나 아까보다는 한층 내면의 근육이 성장한 모습으로 상념의 입자들을 받아들이고 있었던 것이다.

블랙로즈는 자전거를 타고 스님이 풀을 뽑고 있는 것을 보고 지나쳤다. 스님도 그가 자전거를 타고 가는 것을 보지 못했는지 여전히 아무렇게나 잡초를 뽑고 있었다. 그는 절을 지나치자 새끼 고양이의 재롱이 떠올랐다. 스님이 몰인정하게 밀어낸 새끼 고양이는 이미 벌써 훌쩍 커버린 상태였다. 자신의 울타리에 들어와서 안정적으로 먹이를 공급 받자 털에 윤기도 나고 근육도 많이 붙어 있었다. 넓은 어깨로 땅을 지탱하고 제자리에서 뛰어올라 나무를 오르는 것이 치타를 보는 것과 같은, 기민하고 날렵했다. 초라해 보이는 외눈박이임에도 눈이 부실 정도로 안광이 빛났고 부리부리했다. 울음소리도 기어들어가는 울음소리가 아니라 세상을 향해 포효하는 지배자의 울음소리였다. 크지 않은 몸을 활시위를 당기듯이 타원을 이루면 용맹스럽기까지 했다. 밸런스를 잃지 않는 선에서 자제력으로 통제할 수 있었던 것이다.

블랙로즈는 스님을 애써 피하지는 않았다. 하지만 시간이 허락하며 절을 손수 찾아가서 보이차를 마시며 이런저런 담소를 나누는 일은 없었다. 스님과는 인간관계 형성이 이미 멈춘 상태인 것이다. 사람과 사람을 이어 주는 인연의 관계가 이용 가치로만 보는 것을, 불쌍한 새끼 고양이를 밀쳐 낼 때, 그 짧은 상황에 스님의 눈동자 속에 깃든 손해 보지 않으려는 야비함과 비루함을, 그 찰나에 진실로 보았던 것이다. 스님은 아직 모르고 있을 것이다. 자신이 어떤 상황을 민감하게 받아들이는 감각과, 예지의 영역에서 보통 사람들보다 더 예리하고 그리고 확실하게 파고든다는 사실을 말이다.

블랙로즈는 가파른 경사를 자전거를 타고 기어오르듯이 올랐다. 돼지 농장을 지나자, 문득 사람은 돼지와 다르지 않은 삶을 사는 것 같았다. 역한 냄새를 풍기며 똥을 싸고 발로 짓이겨 밟고 자신은 선택받은 존재인양 고귀하고 소중한 척 모가지를 쳐들고 꿀꿀꿀 꽥꽥거리는 것과 다르지 않았던 것이다. 그럼에도 돼지는 사람에게 영양소의 밸런스를 유지하기 위해 목숨을 바치지만 정작 사람은 아무짝에도 쓸모 없는 위인인 것이었다. 돼지가 인류의 삶을 풍족하고 여유롭게 만드는 반면에 사람은 억지스런 이해 관계로 만나서 타인을 이용해서 돈을 벌려는, 심지어 사이 좋게 지내는 친구도 팔고 형제도 파는, 그럼에도 염치도 없고 부끄러움도 모르는 위인으로 살아가고 있었던 것이다.

블랙로즈는 닭 농장 쪽으로 방향을 잡았다. 벌터 마을을 뒤로 돌아 가파른 경사를 오르자 오른편에 원래 논이었던 곳을 시멘트를 골고루 들이부어 태양광 패널이 촘촘하게 설치되어 있었다. 큰 논에 누런 나락이 풍성하게 자라서 추수의 넉넉함으로 지나치는 사람들에게 기쁨과 즐거움을 줘야 하는데, 쇳덩어리처럼 차가운, 여기에 있어서는 안 될 물건이 있는 것처럼 볼썽사나운 이질적인 모습으로 존재하고 있었다. 태양광은 지구의 궤도를 일정하게 도는 인공위성에 있어야 어울리는 물건이었다. 아니면, 황량하고 뜨겁고 건조한, 애리조나의 사막에서 터를 잡았으면 좋았을 것이었다. 전 정부의 패착이었다. 전 정부는 그들 패거리들의 이익을 최대한 보장하기 위해서 안전하고 멀쩡한 원전을 억지로 멈춰 세워서, 이런 한적한 시골에 어울리지 않는 흉물스러운 물건들을 설치해 둔 것이다. 심지어 검증되지 않은, 빗물을 타고 내려 토양을 오염시키는 중금속 덩어리들이 청정 지역을 오염시켜 사람들에게 어떤 악영향을 끼칠지 모르는 것이었다. 하천으로 흘러들어 붕어의 허리를 휘게 한다든지 왜가리의 한쪽 다리를 짧게 한다든지, 예측할 수 없는 곳으로 생태계가 파괴되고 사람들에도 심대한 영향을 미칠 것이 자명한 사실이었다. 그들은 그들의 이익만 최대한 보장하면 뭐든지 할 수 있는 무리들이었다. 자유민주주의를 표방하는 대한민국의 정체성도 바꿔 버릴 수 있는 무도한 자들이었다. 대통령이나 되었던 자가 의사와 간호사의 편을 가르고 대법원장이나 된 자가 거짓과 위선으로 점철된 삶을 일삼고 있었다. 자유를 찾아 귀순한 어민들을 강제 북송시켜 사살 당하게 만들고 멀쩡한 공무원을 월북으로 조작해서 희생시키는 간악무도한 자들이었다. 국민의 마지막 보루인 대법원장의 도덕성이 어정쩡한 위치에서 자신을 추종하는 판사들만 좋은 보직에 앉히고, 자신들의 무리들을 키우고 보호하고 있었다. 그들에게는 국가와 국민은 없고 오직 그들의 집단적 이익만 존재하고 있었다. 땅속에서 살아가는 개미의 집단성과 다르지 않는, 그러면서도 사람이 되기를 바라는 족속이었다.

블랙로즈는 닭 농장 쪽으로 올라갔다. 가까이 가자 닭똥 냄새가 훅 끼쳤다. 김일성주의자들이 추종하는 사람들 근처에 가도 이런 역겨운 닭똥 냄새를 풍기며 주위를 오염시킬 것이 자명하다고 생각되었다. 그 오염된 사람들은 처음에는 적응을 못하다가 하루가 지나고 이틀이 지나면서, 쌓이고 쌓여, 그러다가 닭똥 냄새도 인식하지 못하는 지경에까지 이르게 되는 것이리라. 그들은 맑고 신선한 공기가 원래 역겨운 닭똥 냄새였다고 착각을 하고, 아마도, 반복적인 세뇌를 통해서 그것을 당연하다고 생각하게 만드는 것인지도 모른다. 마치 사이비 종교의 반복적인 세뇌처럼. 그래야 대한민국을 김일성주의자들이 점령하고, 대대손손, 권력의 중심부에서 달콤한 육즙과 과육을 탐할 수 있을 것이기 때문이었다. 평등을 주장하면서, 대부분, 그들의 자식들은 거의 다 미국으로 유학을 보내면서 말이다. 그것이 위대한 김일성 원수님을 칭송하는 대가인지도 모른다.

블랙로즈는 대병면과 용주면의 경계 지점에서 자전거를 세웠다. 아래로 내려가면 용주면이었고 되돌아가면 대병면이었다. 아까부터 어둠살이 허공을 조심조심 깊숙이 침투하고 있었지만, 먼 곳까지 시인성이 뛰어났고 이색적인 경치는 아름답고 수려했다. 군더더기 없이 흘러가는 강물처럼 어디론가 길게 뻗어 나가고 있었다. 그때 닭 농장 쪽에서 바람이 훅 불어와서 멈췄다. 연못에서 응축된 수증기처럼 닭똥 냄새가 진동했다. 그러다가 닭똥 냄새가 공기의 대류와 확산으로 신선한 공기 속으로 조직적으로 신분을 숨기고 침투하는 것이었다. 국가와 사회를 전복시킬 의도를 숨기고 있는, 불순한 무리들이 각계각층에 침투하듯이.

블랙로즈는 경계에서 멈추자, 이상한 감회가 몰려들었다. 그 경계에 서면 사람들은 어느 한쪽을 선택해야만 했다. 그 경계에 무작정 서 있을 수만은 없었다. 합리적인 보수라든지 따스한 보수라든지, 보수 아니면 진보 어느 한쪽을 선택해서 국가와 국민이 잘살고 행복한 삶을 누릴 수 있는 쪽으로 정책과 리더십을 선명하게 보여야 했다. 경계에서 머물면서 이쪽 저쪽의 단물만 빨아먹으려고 들면 어정쩡한 정치 행위로 사람들만 혼란스럽게 만들었다. 그는 삶과 죽음도 다르지 않을 것이라고 생각하고 있었다. 삶과 죽음의 경계에서 오랫동안 머물면 사람도 아니고 좀비도 아닌 어떤 새로운 생명체로 생존할 것이 분명해 보였다. 그는 살아오면서 경계에 서서 자의 든지 타의든지 적절한 선택을 하면서 살아왔다는 것을 알 수 있었다. 생존을 위해서 필수 불가결한 덕목인지도 모른다. 어쩌면 이모도 선악을 선택했는지도 모른다. 돌아가신 할아버지의 유산인 금덩어리를 취할 것인지 취하지 않을 것인지, 몇 날 며칠 밤잠을 설쳐 가며 고민을 했는지도 모를 일이었다. 태열의 아내도 짧은 시간이나마 딸을 버리고 떠날 것인지 머물 것인지 깊은 번민에 빠져 헛바늘이 생겼는지도 모른다. 그는 2년 전에 구입한 아우디 A4를 중고로 살 때에도 자동차에 대한 지식이 없었기에, 순간적으로 많은 고민과 걱정의 반복적인 격한 움직임에 주저주저했던 생각이 들었었다. 아마 자동차가 주행을 하다가 고속도로에서 정지해 버리면 그때도 짧지 않은 시간 동안 폐차를 해야 할지 수리를 해야 할지, 경계의 기로에 서서 선택을 해야 하는 것이었다. 연식에 어울리는 대접을 해야, 수리비가 적게 들고 사람도 고생하지 않는 것을 알기 때문이었다.

블랙로즈는 고요하게 다가오는 밤을 의식했다. 오늘은 태열이 동네 앞을 지나서 황룡사 쪽으로 가고 싶었다. 아직 어둠침침한 밤의 경계를 넘어서지는 않은 안정적인 시간대였다. 그 길지 않은 시간 동안 그는 자전거를 타며 근육을 압박해서 키웠고, 이 마을 저 마을을 오가며 사람들의 살아가는 방식과 형태적인 참모습을 지켜보며 자신의 삶을 곧잘 투영해 보곤 했다. 젊은이들이 거의 없는, 태열이가 젊은이로 분류되는 시골의 문화는 단절된 듯하고, 소박하고 간소하기만 했다. 90년대에 흔히 볼 수 있었던, 노파의 자녀들이 중고등학교를 다니던 시절의 시끌벅적한 모습은 볼 수 없었다. 집집마다 하늘거리는 연기가 올라가는 굴뚝에서 아련하게 개 짖는 소리가 나고 송아지 울음소리도 날 것이었고, 그 사이를 비집고 드는 투박하고 거친 엄마의 목소리가 작은 마을을 쩌렁쩌렁하게 울릴 정도였을 것이었다. 이젠 그런 애틋하고 정겨운 모습들을 볼 수 없었다. 낯설었고, 서글펐고, 아련했다. 시나브로 시골 마을과 어른들은 늙어 갔고, 그 자녀들은 성장해서 도시로 진출해서 대학교를 다녔고, 적당한 곳에 취직을 해서 새로운 가정을 이루며 새로운 삶을 살고 있었던 것이었다.

장단 앞 농로를 따라 자전거를 운행했다. 블랙로즈는 금성산 언저리에 자리 잡은 마을을 바라보았다. 황금 들판에서 저마다의 일을 하던 농부들은 하나둘씩 집으로 향하고 있었다. 그는 여름철의 강렬한 햇살과 충분한 물을 공급 받고, 가끔씩 일본을 관통해서 찾아오는 한풀 꺾인 태풍의 포악스러움과 잔인함에서 벗어나 알차게 익은, 이삭의 바쁜 일상의 충일함으로 늘어뜨린 나락을 보다가, 날개를 펼치며 멀리까지 날거나 뛰어다니는 메뚜기들을 볼 수 있었다. 온몸이 누렇게 익어가는 것이 나락의 빛깔과 닮아 있었다. 사람들의 삶의 궤적과 유사한 점이 없다고는 볼 수 없는, 그런 일상의 순간순간이고 연속이었던 것이었다. 그런 메뚜기들 사이로 교미하는 메뚜기들이 즐비했다. 덩치 큰 메뚜기 등에 올라탄 얌전한 메뚜기가 한 몸이 되어 둔하고 느릿하게 움직이고 있었다. 추운 겨울을 맞이하는 그들만의 경건한 의식인 것 같았다. 그런 행위는 밤이 되어도 멈추지 않고 쉼 없이 진행될 것이었다. 그때 그는 아리가 상위에서 현란한 몸놀림과 격한 신음 소리로 자신을 누르며 주도하던 생각이 떠올라 미소를 머금었던 것이다. 처음에 그녀는 의식적으로 시선을 마주치지 못하고 외면하던 가냘프고 순수한 그녀였기에, 얌전한 메뚜기의 조신한 행위를 보자 흐뭇하고 대견하다는 생각이 들었다.

어둠살은 밀도를 높이며 밤의 권리를 인정하고 점차적으로 용인하고 있었다. 낮의 틈서리에 서성거리고 있었지만, 아직도 밤의 탁월한 권위와 권능을 인정하기는 일렀다. 어둠살이 창의적인 궁리를 해도 쉽게 이런 아늑하고 넉넉한 시간을 한없이 보내고, 지연시킬 수는 없었다. 위태위태할 뿐. 낮과 밤이 교차하는 곳에서 알게 모르게 살아가는 어둠살이 아무리 탐욕을 부려도 정해진 시간 속에서만 이타적인 자유와 평화를 누릴 뿐이었다. 그 어둠살은 저녁노을을 찬란한 등불로 삼아 경건한 마음으로 밤으로의 진화를 연이어 하고, 심지어 흑화를 하는 것 같았다. 그것이 어둠살이 절대적인 권력을 가진 밤의 섭리에 완강하게 때로는 소심하게 저항할 수 있는, 그래서 극도로 예민한 모습이 그런 모습. 그런 숨 막히는 상황이 우아하고 아름다운 모습으로 사람들의 시선을 오랫동안 잡아 두었던 것이었다.

블랙로즈는 허굴산 안속에 있는 황룡사 쪽으로 갔다. 완만한 곳은 없고 경사가 급한 곳만 있었다. 기어를 바꾸고 올라가곤 해도 힘들긴 마찬가지였다. 그런 고단한 상황에서도 떨어진 밤송이를 조심해야 했다. 펑크가 우려되었다. 날카로운 것이 비수와 같았다. 틈틈이 농부 조인성과 몇 번 오긴 해도 근육의 경직성과 압력을 참아 내기가 쉽지 않았다. 차오르는 숨소리가 공간을 찔러들어 산속에 갇힌 어둠살을 격동시켜서 마을 아래쪽으로 내려와 촘촘하게 어둠의 그물을 치게 하고 있었다. 그는 황룡사로 가지 않고 삼거리를 지나자 벽돌로 지은 집 앞에서 산두 마을로 넘어가는 쪽으로 길을 잡았다. 100미터 전 즈음에 태열이 한가롭게 산책을 하고 있는 것을 본 것이었다. 허리가 다소 굽었고 어깨가 쪼그라들어 보이는 사람은 분명히 태열이라는 사내였다.

블랙로즈는 태열 바로 뒤에서 브레이크를 잡았다. 태열은 청력이 좀 떨어지는 것 같았다. 그래서 자전거에서 내려 태열과 나란히 걸었다. 그제야 태열은 자신 곁에 누군가가 다가와서 걷고 있는 것을 의식하고 있었는지, 시선을 그에게 던졌다.

"안녕, 태열."

"저기 저 논은 내 논이야. 누렇게 익은 나락은 모레 즈음에 타작을 해야 할 것 같아."

태열은 화들짝 놀란 표정을 지으며 횡설수설했다. 우두망찰한 것 같기도 했다. 그는 진실로 놀란 것 같았다. 그러는 사이에 자신의 논을 내세우며 자랑을 하고 있었다. 그는 자신의 변변치 않은 초라한 모습을, 지금까지 살아온 삶이 보잘것없지 않고 누런 논을 통해서 말하고 싶었던 것 같았다. 그는 정직하고 성실하고 근면하게 일을 하면 가을에는 풍성한 열매로 보답한다는 진리를 블랙로즈에게 간접적으로 얘기하고 있었던 것 같기도 했다. 심지어 그는 나란히 걷는 것이 어색한지 자꾸 곁눈질을 하면서 걷고 있었다. 그는 자신 곁에서 이렇게 친절하고 따스하게 담소를 나누며 걸어 주는 사람이 지금까지 없었던 것 같았다. 집을 나간 아내가 있을 때 같이 걸었던 것이 다인 것 같았다. 그래서 어색한 것 같았으나, 속으로는 기쁘고 반가웠던 것이다. 그런 감정을 겉으로 드러내지는 않았다. 또 잠시 후에 헤어진다는 것을 알기 때문에 차가워진 커피를 대하듯이 이내 냉담해 지는 것을 볼 수 있었던 것이다. 태열은 자신과 이렇게 나란히 허심탄회하게 격의 없이 걸어가는 것이, 자신의 오랜 친구들도 이렇게 걸어 주지 않았던 것을 기억하고 있었던 것이었다. 동창회에 가도 늘 타인처럼 참석했다가 그냥 되돌아오기가 다반사였다.

태열은 외로움의 무게에 짓눌려 있었다. 아내가 도시로 떠난 그 빈자리는 단단한 대리석 같이 차가웠던 것이었다. 야들야들한 부드러운, 아리따운 딸이 있어도 그 외로움은 어찌할 수 없는 것이었다. 그 외로움 떨쳐 버리기 위해서 그는 한때 알코올에 중독이 되었던 시기도 있었다. 그 암울한 시기에도 아내의 빈자리에서 오는 외로움이 있었던 것이다. 공허하고 막막하고 밋밋했다. 그의 주위 사람들이 왜 술을 마시는지 물어 보기도 했었다. 그럴 때면 으레 혼잣말처럼 하는 말이 있었다.

"심심해서."

블랙로즈는 그 말을 들었을 때 의구심이 들었다. 겉모습이 보통 사람들과 다른 태열도 마음을 제대로 표현하지 않았고 두루뭉술하게 말했다. 그는 머리가 비상하지 않고 지력이 떨어져 생기는 일반적인 현상은 아니었다. 태열은 외로움을 숨기고 있었다. 그것이 수치스러움이고 부끄러움이라고 생각하고 있었던 것이 분명했다. 왜 그런 생각을 하고 있을까. 제사를 지내는 유교 문화권이라서 그러는 것이 아닐까. 장남으로서 외로움에 못 이겨 술에 취해서 울적거리는 것이 초라하고 비굴하게 보여서 그러는 것인지도 모른다. 대장부답지 못해서 그럴 것이리라. 유교의 울타리에서 자란, 어른들이 던지는 충고와 꾸중의 학습 효과로, 그것으로 자심하게 영향을 준 것이리라.

"외롭지?"

태열은 대답 없이 고개를 비스듬히 돌려서 누런 이를 드러내며 애써 미소를 지었다. 그 입아귀에, 하얀 침의 흔적이 있는 그곳에서, 무겁게 짓누르는 낯선 슬픔이 포도송이처럼 매달려 있었던 것이다.

"태열, 외롭지 않아?"

"심심해."

태열은 그런 말만 하고 재빠른 걸음걸이로 그 자리를 회피하며 걸어갔다. 블랙로즈는 태열의 뒷모습을 볼 수 있었다. 그을린 목덜미가 야위고 처량해 보였다. 태열에게 더 이상 다가가서 묻지 않았다. 블랙로즈는 농로를 벗어나 도로변으로 향했다. 그는 이젠 집으로 향해야 할 것 같았다.

보물찾기

  새벽 즈음에, 블랙로즈는 모호하고 달콤한 잠에서 깨어났
다. 그는 그런 풀어진 달콤함에서 오랫동안 머물러 있기 위해
서 사지를 바닥에 밀착한 채 미동도 없이 천장을 보며 차가운
새벽을 맞이하고 있었다. 고요하고 상냥하고 차분하게 다가
왔다. 그는 요사이 성리 들녘을 온통 황금 물결로 채우고 있
었던 규격화되고 반듯한 여러 논의 안속이 하나씩 둘씩 알몸
을 유감없이 드러내는 것을 볼 수 있었다. 이런 변화가, 어느
덧 다가오자 그는 농부의 진귀한 보물은 무엇일까, 그런 엉뚱
한 생각에까지 닿을 수 있었던 것이다. 사람들은 저마다의 진
귀한 보물을 찾기 위해서 인생의 뜰 안쪽 깊숙한 곳에 고랑과
이랑을 만들어 곡식을 심기도 하고 예쁜 불두화를 심기도 하
는 것이다. 물샐틈없이 치밀하게 준비하고 어이없이 소모하
기도 할 것이다. 때로는 분주하게 때로는 느리게, 위험을 감
수하며 살벌하게 행동하고 있었던 것이다. 그는 농부들은 짚
단에서 분리된 알맹이를 얻기 위해서 밤낮으로 노심초사 열
심히 성실하게 행동하고 있었던 것 같지 않았다. 그런 행위는

1년마다 반복되는 권태로운 느슨한 일상 속에서 사소한 의미일 뿐이었다. 그는 알맹이를 얻기 위해서 흘리는 땀방울이 진귀한 보물이 아닐까, 하는 생각도 해 보았다. 상식적으로 진귀한 보물은 아름답고 영롱한 빛깔을 화사하게 드러내며 사람들을 강하게 흡입하고 현혹시키는 것이리라. 땀방울은 겉으로 아름답고 영롱하지만 흡입력이 없었다. 무색무취하고 번들거리는, 심지어 경사를 오르면 피부의 깊숙하고 은밀한 곳부터 서서히 배어 나와 촉촉하게 맺히는 것이다. 매시간, 불쾌할 정도로 끈적거리는 찜찜함을 잃지 않았던 것이다.

어쩌면 땀방울이 송골송골 피부에 맺히는 순간까지의 적당한 노동이 진귀한 보물이 아닐까 하는 생각도 해 보았다. 육체적으로 괴로울 땐 번뇌와 망상에서 자유로울 수 있기 때문에 그렇다. 인생의 골짜기를 오를 때 누구나 자신의 영혼을 억누르고 괴롭히는 것들에서 자유로이 해방될 수 없는 것이었다. 많이 가지든지 적게 가지든지. 그것이 밥벌이에 대한 외부적인 요인에서인지 내부적인 요인에서인지 분명하게 단정 지을 수는 없었지만, 어쨌든지, 아무런 걱정 없이 느긋하게 세상을 바라보며 살 수 있는 사람이 몇이나 되겠는가. 땀방울이 맺힐 그 순간만은 세상의 어떤 굴레에서도 벗어날 수 있기 때문이었다.

요즘 왕래하지 않는 스님도 자신의 인생 깊숙한 곳에 숨겨진 진귀한 보물을 찾기 위해서, 그런 자기만의 방식으로 깊은 내면의 골짜기를 등산하면서 은근하게 수행하고 있었던 것 같았다. 원래 논바닥이었던 뜰에 어수선하게 난 잡풀들을 뽑으면서 자신의 심저에서 불쑥불쑥 치솟아 올라서 뾰족한 창으로 영혼의 거룩함에 보이지 않은 상처를 내는 것을 오랜 경험을 통해서 알고 있었기에, 그런 무의미한 번뇌와 망집을, 그런 행위로 저만치 밀어내고 차분한 마음가짐과 끈기로 진귀한 보물을 찾기 위함인 것이리라. 스님은 내면의 깊숙한 골짜기를 등산하며 진귀한 보물을 찾고 있었던 것이다. 그 진귀한 보물이, 더 높은 경지의 깨달음과 성취를 얻기 위해서 꼭 필요한 매개체인지도 모른다. 가출한 화가도 코끼리라는 진귀한 보물을 찾기 위해서 떠나지 않았던가. 화가의 꿍꿍이속이 무엇인지 정확하게 판단할 수는 없었지만, 외견으로 자기만의 진귀한 보물을 찾기 위함인 것이다. 아마도 화가의 딸아리도 자기의 인생 깊숙한 곳에서 진귀한 보물을 찾기 위해서 여념이 없을 것이리라.

블랙로즈는 이모의 이미지가 떠올랐다. 그럴 때마다 좌충우돌 호전적이고 까다롭고 별난 성격과 행동을 소유한 벌꿀오소리가 떠올랐다. 둥글고 큰 머리, 백색인 등쪽. 사냥 난이도에 비해 먹을 것이 없고 분비샘에서 악취를 풍기기 때문에 가성비가 떨어져 하이에나나 사자들도 건드리지 않고 피하는, 성가시고 귀찮은 존재인 것이다. 이모가 그랬던 것이다.

이모도 평생 진귀한 보물을 찾기 위해서 블랙로즈 주위에서 맴돌고 있었던 것이다. 벌꿀오소리가 벌집 주위에서 달콤한 꿀을 탐하듯이 말이다. 그녀는 벌꿀오소리처럼 겁 없이 덤벼들지는 않았다. 침착하고 지혜롭기까지 했다.

사람들은 짧지 않은 긴 인생 속에서 저마다의 진귀한 보물을 찾기 위해서 혈안이 되어 있었다. 평생 그것을 찾지 못하고 허망하게 죽어 나가는 사람들도 있고 젊은 나이에 쉽게 성취하는 사람들도 있었다. 진귀한 보물 코앞에서, 그 진귀한 보물의 혜택을 넉넉하고 풍성하게 누려 보지도 못하고 그 다음날 새벽에 싸늘한 주검으로 발견되기도 하는 것이다. 그 진귀한 보물을, 쉽게 찾은 어떤 사람은 세상이 자기가 원하는 방향과 질감으로 변하고 흘러가는 것으로 착각하고 마는 것이다. 마치 자신이 권력자라도 된 양 취해서 아무렇게나 행동을 해서 사람들의 마음을 상하게 하고 불편하게 만들고 불신과 편견의 씨앗을 마구 뿌렸던 것이다.

블랙로즈는 이모가 찾고 있었던 진귀한 보물을 찾아야겠다는 확고한 신념과 투지가 생겼다. 그는 이모가 인생의 대부분을 걸고 찾고 있었던 것에 대하여 호기심이 발동하는 것으로만 머물러 있었다. 이젠 그런 단계를 뛰어넘어 어떤 이가 꿈꾸고 있었던 것의 실체를 확인하고 싶은 강한 욕구가 생겨났다. 그 진귀한 보물의 원래 주인인 자신의 허락도 없이 몇 십 년을 흠모하고 갈망한 것에 대한 반동적 성향이 발현된 것인지, 정확하게 말할 수는 없었다. 우선 그는 돌아가신 할아버지와 돌아가신 부모의 생활 공간이었던 기와집으로 가 봐야겠다고 생각했다. 그곳에 가면 실마리를 찾을 수 있을 것 같은 예감이 들었다.

그러다가 블랙로즈는 눈을 감았다. 한동안 고요한 새벽의 침묵 속에 갇힌 불가피한 상태를 유지하고 있었다. 늦가을로 접어드는 요즘은 아침저녁으로 기온이 내려가고 하얀 서리가 내리곤 했다. 아직 새벽을 깨우는 어수선한 새소리와 닭 울음소리가 들리지 않았다. 밤을 지탱하는 어둠의 견고한 장막은 어느 찰나에 무너지고 깨지기 마련인 것이다. 무너지고 깨지는 그 찰나의 순간, 그 찰나의 순간이 엄숙함과 경건함의 짙은 농도로 자신을 서서히 억누르고 지배하는 것을 느낄 수 있었다. 그러다가 그는 순식간에 주체할 수 없는 혼란 속으로 깊고 무겁게 가라앉는 것을 느낄 수 있었던 것이다. 의식의 착종. 그는 이모의 출현과 화가의 가출, 그리고 아리와의 뜨거운 섹스. 이런 일련의 일들이 이모의 출현과 함께 연이어 일어난 것이다. 그는 마음이 서늘해지는 것을 느낄 수 있었고 뭔가 섬뜩한 진실을 직면해야 할 것 같았다. 이미 가까이에 다가와서 자신의 주위에서 기웃거리고 있을 것 같았다. 치밀하게 설계한 판이라는 생각이 한쪽으로 무겁게 기우는 것을 느낄 수 있었던 것이다.

블랙로즈는 눈을 뜨고 상체를 세웠다. 이모가 생의 마지막으로 던진 덫이자 계책이라는 생각이 드는 것이었다. 더 이상 기다릴 수 없는, 그녀의 초조함과 조바심이 그런 불순한 의도와 계책을 만든 것 같았다. 그녀는 하루하루가 달라지는 노화의 속도를 피할 수 없는 것이라 깨닫기 시작한 것이리라. 그래서 더 이상 늦췄다가는 자신의 생이 끝나는 날까지 접근할 수 없는 것이라 믿었기에 무리하게 일을 진행한 것 같았다. 노화와 금덩어리가 그녀를 막다른 골목에까지 다다르게 한 것 같았다.

블랙로즈는 이런 예측이 사실이 아니길 바랐다. 하지만 금덩어리라는 공동의 목표가 있으면 얘기는 달라질 것이다. 그들은, 이미 공동체 의식을 가지고 움직이고 있었던 것인지도. 그러면 죄의식은 없고 공동의 이익만이 존재하는 것이다. 그래서 화가는 본질적 자아를 찾는 명목으로 집을 비운 것이리라. 그 틈을 블랙로즈가 도둑고양이마냥 조심스럽게 담장을 넘어올 것이라 믿어 의심하지 않았던 것이다. 마음을 나눈 남녀가 있으면 시기 적절한 시간만 허락하면 언젠가는 그들의 공동의 놀이를 찾아 심심하고 권태로운 상황을 불식시키는 것을 이미 경험으로 알고 있었기 때문이리라.

블랙로즈는 몸을 일으켜 불을 켜고 의자에 앉았다. 허리를 펴지 않고 굽은 채로 창밖을 멍하니 올려다보고 있었다. 이미 책상 위에 어제 읽고 있던 대망이 펼쳐져 있었다. 그는 자신의 마음이 혼몽하고 얼떨떨하고 불안정한 상태에서 쉽게 벗어나지 못하고 있는 것을 느낄 수 있었다. 두 손을 펼쳐진 대망 위에 올려놓아도 활자가 쉬이 눈에 들어오지 않았다. 코팅된 얇은 종이에 물방울이 떨어져도 스며들지 않고 미끄러지듯이. 그는 아리 뒤에서 조종하고 암중비약하는 화가와 이모의 인질이 된 것 같은 불안한 생각이 들었던 것이다. 도쿠가와 이에야스처럼. 그런 불안한 상황에 처해 있어도 그는 아리의 발가벗은 육체를 생각하며 흐뭇한 생각을 하고 있었던 것이다. 아직 성인은 아니지만 곧 성인이 되는 미흡하지만 이미 완성이 되어 있는 여자의 육체를 가슴 깊이 안을 수 있었다는 것도 나쁘지 않은 행운이었다고 생각되었다. 그들은 아직 세상에 얼굴을 내밀지 않은 할아버지의 그 금덩어리를 어떻게 나눌 것인지, 아리도 한몫 끼었는지 궁금하기도 했다. 아리에게도 거절할 수 없는 거래가 아닐까. 그럼에도 그는 아리의 발가벗은 육체가 떠올랐고 치열하게 오럴을 하는 그녀가 떠올랐다. 그럴 때마다 섹스에 대한 강한 욕구가 차올랐고, 온몸이 달아오르는 것을 느낄 수 있었다.

금덩어리는 아리에게도 필요할 것이다. 그러다가 문득, 태열에게도 진귀한 보물을 찾고 있지 않을까, 하는 생각을 해 보았다. 지체장애인에게도 성적 욕구가 있듯이 그에게도 그에 상응하는 진귀한 보물을 찾아 다녔을 것이다. 이미 그는 진귀한 보물을 찾았고 어느 정도 향유했을지도 모른다. 아마, 그의 진귀한 보물은 예쁜 아가씨를 만나서 예쁜 아들딸을 낳고 행복한 가정을 이루고 단란하고 즐겁게 사는 것일지도 모른다. 예쁜 아가씨는 어디론가 멀리 떠났기에, 이젠 예쁜 딸만 남은 것이다. 그래도 그는 인생의 진귀한 보물을 찾고 누려 봤기 때문에 인생의 승자 반열에 올려도 될 것 같았다.

블랙로즈는 아리가 마음에 걸렸다. 사내가 여자와 몸을 부드럽게 섞으면 영육에 배어 오랫동안 머물러 있었던 것이다. 그게 따스하게 다가오면 사랑이고 차갑게 다가오면 미움인 것이다. 여전히 그는 아리에게서 따스함을 느낄 수 있었던 것이다. 그것이 애정으로 발전되어 은은한 빛을 던지는, 반딧불이의 불빛처럼 미미하고 약한 빛을 던지고는 있었지만 친근감 있고 그윽하고 우아하기까지 했다. 지금 인류가 넋 놓고 평안하게 살고 있는 아름다운 지구가 사건의 지평선을 지나서 블랙홀에 빨려 들어가면 아마도 마지막 단말마의 숨결이 저런 길고 오묘한 불빛을 던질 것 같았다.

블랙로즈는 아리의 신음 소리 속에 진실한 사랑이 깃들어 있다고 생각했다. 그는 그렇게 믿고 싶었다. 그래서 아직도 그는 늦었다고 생각하지는 않았지만, 그녀가 성인이 되고, 머지않아 그녀와 결혼을 하고 싶기도 했던 것이다. 그래서 관산동에 있는 기와집에서 같이 살며 행복한 나날을 보내며 아기도 낳고 건강하게 양육하고 싶었다. 그는 이젠 그런 기회가 자신에게 올 것이라 믿어 의심하지 않았다. 그게 외롭고 지지부진하고 고달프게 살아온 자신에게 선사하는 운명의 선물, 즉 진귀한 보물이라고 생각하고 있었다. 그런데 자꾸 불안해지는 것은 왜 그럴까. 다가오는 삶을 부정하는 것은 아니지만 아리에 대한 이미지가 사기그릇이 콘크리트 바닥에 떨어져서 산산조각이 나듯이 깨질 것 같았다. 그러면 접착제로 그 깨진 사기그릇을 정교하게 붙인들 무슨 소용이 있겠는가.

블랙로즈는 창문을 열었다. 차가운 공기가 훅 밀어닥치고 뒤이어 새들의 울음소리가 들렸다. 오늘은 이상하게 새벽의 어둠을 찢을 듯이 달려드는 요란한 닭 울음소리가 들리지 않았다. 그 사이 닭이 족제비에게 잡혀 먹힌 것인지, 사람들의 뱃속으로 들어간 것인지, 어느 것이든지 둘 중에 하나이겠지만, 요란한 닭 울음소리가 들리지 않자 새벽의 빗장이 영영 열리지 않을 것 같았다. 하지만 그런 근심 걱정은 사치였다. 순간적으로 아침으로 향했다. 새벽의 어둠이 풀려서 빛의 입자들이 미미하게 스며들고 있었다.

관산동의 기와집. 그는 늦은 오후에 도착했다. 그는 한동안 웅장한 솟을대문 앞에 멈춰 우두커니 올려다보았다. 그는 솟을대문이 오늘 따라 왜 이렇게 웅장하고 엄숙하게 자신을 압도하며 강압적으로 밀쳐 내는 것인지, 알 수 없었다. 할아버지와 부모와 함께 행복하게 생활할 때는 정겹고 고분고분하고 다정하게만 다가왔던 기와집이었다. 그러던 기와집이 매정하게 자신을 야멸차게 멸시하고 있었던 것이다. 자신이 현실을 부정하고 기와집을 떠나 정처 없이 떠돌아다니자 기와집이 보내는 메시지인 것 같기도 했다. 하지만 그런 험상궂고 매정한 표정도 차츰 누그러져 온화한 미소를 띠는 것을 미약하게 느낄 수 있었다. 아마도 돌아가신 할아버지가 기와집을 오랫동안 비우자 엄하게 꾸짖는 모습 같기도 했다.

그는 기와집을 세세하게 살폈다. 솟을대문 양쪽으로 건장한 사내 키 높이보다 큰 견고하고 든든한 담이 기와집과 외부와 경계를 짓고 있었다. 집 안에서 멀리까지 보이고 집 밖에서 집 안을 볼 수 없는 잘 설계된 아늑한 공간이었다. 튼튼한 대문은 굳게 닫혀 있었다. 그래서 오래 전부터 친분이 있었던 이웃집 아줌마를 찾아가서 공손하게 물었다. 그 아줌마는 예전의 아줌마가 아니었다. 세월의 발길질에 많이 늙어 이미 할머니가 되어 있었다. 그녀는 두꺼운 안경알을 쓰기까지 했다. 그녀는 상대방의 말을 듣지 않고 일방적으로 말을 했다. 아마도 그가 하는 인사말을 정확하게 듣지 못해서 대화 내용을 제대로 알아듣지 못하는 것 같았다. 청력도 많이 떨어져 있는 것이 분명했다.

"이모는 며칠 전에 일본 온천 여행을 간다고 갔어. 집은 잠겨 있을 거야. 만약 조카가 오면 비밀번호를 주라고 했어."

아줌마는 집으로 들어가더니 메모지를 하나 들고 나왔다. 그곳에 이모의 글씨로 보이는 비밀번호가 쓰여 있었다. 낯설지 않은 비밀번호였다. 자신의 생일이었기 때문이었다. 그는 기와집의 비밀번호가 할아버지 때부터 내려오던 그 번호라 다소 생경하기도 했다. 으레 집주인이 바뀌면 비밀번호도 바뀌는 것이기에 말이다. 이모가 얼마나 비밀번호를 바꾸고 싶었겠는가. 표리부동하고 간교한 그녀라면 아마도 조카가 기와집에 올 것을 예상하고 기존에 쓰던 비밀번호를 바꿔 놓고 일본에 갔을 것이었다.

"이모가 얼마나 친절하고 다정하고 살가운지 몰라. 동네 사람들은 다 알지. 인정이 많아 음식을 하면 꼭 이웃들과 나눠 먹곤 해. 이른 봄에는 들판에 있는 쑥을 뜯어 쑥떡도 하고 수육도 삶아서 마을 회관에서 거하게 잔치를 했지. 붙임성도 좋고 인사성도 얼마나 좋은지."

이모는 아줌마를 매수한 것 같았다. 지속적이고 조직적인 물량 공세와 세뇌 교육을 통해서 자기편으로 편입시켜 놓았던 것이다. 그녀의 수완이면 충분한 일이었다. 만약에 이모에 대하여 헐뜯거나 불손한 말을 하면 그 즉시 이모의 레이다에 들어가도록 틈틈이 작업을 해 둔 것이다. 그래서 동네에 와서 이런저런 말을 했다가는 그 자신은 부모 대신 키워 준 은혜도 모르는 배은망덕한 놈이 되는 것이었다. 그녀는 치밀하게 계산하고 집요하게 물어뜯는 하이에나였다. 그 무리의 우두머리 격이었다.

그는 믿음직한 대문을 열고 들어갔다. 자신을 밀쳐 냈던 중압감과는 달리 집 안으로 들어가자 안온하게 자신을 맞이하는 훈훈한 공기를 느낄 수 있었다. 밥이 익어 가는 고소하고 익숙한 공기였다. 할아버지와 부모가 살아 계실 때 느낄 수 있었던 사랑이 묻어나는 따스하고 말랑거리고 부드러운 공기였다. 정원에는 국화송이들이 구석구석 피어 있었다. 이모가 제일 좋아하는 꽃이었다. 서리가 내려도 꿋꿋하게 이겨내며 자신의 고유한 색깔을 잃지 않고 색감과 향기가 더 짙어져 좋아한다고 했던 기억이 났다. 원래 이모가 기와집에 들어와 기생하기 전까지 국화는 심어져 있지 않았다. 그러던 정원이 이젠 아담한 소나무 외엔 다른 나무는 없고 화려한 꽃들도 없었다. 소나무 아래 그늘진 곳에 이태리봉숭아가 울긋불긋 꽃을 피우며 생육하고 있었지만, 이미 서리에 차갑게 녹아내리고 있었다. 4월에 뿌리를 내려 왕성하게 꽃을 피우고 지기를 반복하는, 수줍어하고 단아하고 청순했다. 그러다가 초라하게 쪼그라들며 메마르고 있었다.

정원에는 이상하게도 꽃송이가 큼직한 노란 대국만 있었다. 별나고 독특한 이모의 취향이었다. 그녀는 꽃송이가 작은 중국과 소국은 좋아하지 않았다. 그는 정원을 무심하고 한가롭게 거닐면서 그 이유를 어렴풋이 이해할 수 있을 것 같았다. 그녀는 큼직한 대국의 꽃송이만한 찬란하고 거룩한 금덩어리를 찾고 싶은 간절한 염원이, 그렇게 정원을 괴이하고 천편일률적으로 꾸민 것 같았다. 아마도 그 금덩어리를 천신만고 끝에 찾아내고 자기 것으로 완전히 소유하게 되면 단조로운 정원의 꽃도 바뀔 것이다. 4월 즈음에, 활짝 피고 아름답고 우아한, 더 다양하고 더 다채롭고 더 아기자기한 저마다의 아름답고 고운 얼굴들로, 크지 않은 적당한 정원으로 탈바꿈할 것이 자명한 일일 것이리라. 아직은 할아버지가 은밀하게 숨겨 놓은 그 금덩어리의 행방을 찾지 못해서, 그것에 초점을 맞춰서 이런 단조로운 형태로밖에 정원을 표현하지 못하고 있었던 것 같았다.

그는 정원을 찬찬히 들여다봐도 간절하고 절박한 이모의 마음가짐과 심경을 느낄 수 있을 것 같았다. 그녀의 행위는 미신과도 같은 현상인 것이다. 아마 평소 의지하고 믿는 샤먼에게서 그런 이상하고 요상한 얘기를 듣고 행위로 옮긴 것 같았다. 그녀는 샤먼의 말을 추종하고 있었던 것 같았다. 예전에 베갯잇 속에 은밀하게 숨겨 놓은 부적을 발견한 적도 있었다. 그 베개를 베고 자면 잠자리가 늘 불편하고 악몽을 꾸기 일쑤였다. 아침이 되면 정신이 혼미하고 온몸이 땀에 흥건하게 젖어 있을 때가 많았던 것이다. 그래서 그는 부적을 숨겨 둔 베개를 장롱 깊숙이 처박아 놓았던 적이 있었다. 그럼에도 밤마다 찾아오는 악몽에서 온전히 벗어날 수가 없었다. 이모가 외출한 사이에 사랑채 아궁이에 집어넣고 불을 지폈던 기억이 났다. 흐린 날씨 탓인지 음산하고 메케한 연기가 자신을 휘휘 감는 것을 볼 수 있었던 것이다. 어떤 사악한 기운이 자신을 서서히 포위하고 있었던 것을 미미하게 느낄 수 있었다. 그럴 즈음에 갑자기 출처가 어딘지는 알 수 없는 바람이 불어와 허공으로 흩어져 버리는 것을 볼 수 있었다. 시간이 지나자 그 고마운 바람의 실체가 돌아가신 할아버지가 아닐까 하는 생각마저도 들었던 것이다. 그 이후 밤마다 찾아오는 악몽에서 벗어날 수 있었고 편안하게 잠을 청할 수 있었던 기억이 났다.

그는 사랑채로 가서 대청마루에 걸터앉았다. 안채와 다소 거리를 두고 지은, 돌아가신 할아버지가 생전에 기거하던 곳이었다. 방문을 열고 안을 들여다봤다. 예전의 모습 그대로였다. 아랫목에는 장판이 아궁이의 열기에 시꺼멓게 타들어 가고 있었다. 그 흔적은 자신이 집을 나가기 전과 거의 흡사한 크기였다. 아궁이에 불을 지펴 지속적으로 사람들이 기거하지 않았다는 증거였다. 이모가 자신을 위해서 비워 둔 것 같았다. 방바닥이나 TV 화면에 하얗게 먼지가 내려앉아 지저분하지 않았고, 조금 전에 청소한 것처럼 깨끗하고 말끔하게 정돈되어 있었다. 그는 방 안으로 들어가서 두꺼운 커튼을 걷었다. 통유리가 담장 너머의 세상까지 내려다볼 수 있었다. 그는 할아버지가 돌아가실 때까지 기거하시던 사랑채를 전통 방식대로 짓지 않은 것이 의아할 때가 있었다. 그럼에도 그는 대수롭지 않고 무신경하게 넘겼던 것이다. 그는 세상을 별 생각 없이 무의미하게 무작정 방황을 하고 나서 기와집에 도착해서, 사랑채의 통유리를 통해서 담장 너머로 아득하게 펼쳐지는 세상을 보자 그것을 조금이나마 이해할 것도 같았다. 예전에 익히 보지 못한 새로운 세상이었다. 할아버지는 탐욕으로 혼란스럽고 아비규환인 세상에서 이리저리 부대끼며 영육이 많이 지치고 쇠락한 손자에게 이런 경직되지 않은 아름다운 경치를 보여 줌으로써, 세상을 지혜롭고 진지하게 관조하면서 느긋한 여유와 편안한 안정감을 얻을 수 있는, 그런 무형의 유산으로 남기고 싶었던 것 같았다.

　그는 외투를 벗고 아궁이에 불을 지폈다. 장작은 큼직한 참나무를 도끼로 쪼개어 바람벽에 쌓여 있었다. 어릴 적 통나무를 쪼개었던 나날들이 흐릿하게 떠올랐다. 그때 할아버지가 곁에서 친절하게 가르쳐 주었다. 그 푸근하고 넉넉하고 행복했던 시절이었다는 것을 새삼스럽게 느낄 수 있었다. 그는 허리를 숙여서 바닥에 흩어져 있는 솔가리를 한 움큼 쥐어 아궁이에 넣고, 그곳에 장작을 쌓고 불을 지폈다. 타닥타닥 둔하고 약하게, 죽음의 그림자에 눌린 고통의 소리인지 아픔의 소리인지 분간할 수 없는, 갈급하고 굴절된 소리였다. 멀리서 흐릿하게 들리는 통나무를 두드리는 소리와 가까웠다. 그러자 불꽃을 튀기며 불이 붙기 시작했다. 하나의 나약한 불꽃이었다가 하나의 불길이 되었다. 하늘거리는 연기가 아궁이를 떠나 처마 끝으로 향하고 있었다. 차가움과 멈춤에서 따스함과 움직임을 넘어서 활기와 율동을 동반하는 운동성으로 변하고 일정하게 유지할 때, 언제나 치열한 생존의 음성을 들을 수 있었다.

그때 태양이 저물어 가고 있었다. 그는 점점 기울어 사위어 가는 태양을 올려다보며 오늘의 태양은 저렇게 저물어 밤의 어둠을 견디고 내일을 기다리는구나. 그런 타성에 젖어 기와집에 온 목적을 서서히 잃어 가고 있을 즈음에 아리에게서 카톡이 느슨하게 풀어진 의식을 뚫고 겁박하듯이 뛰어들었다.

"블랙로즈, 보물은 찾은 거야?"

"응."

"정말?"

"응."

그는 저물어 가는 태양을 찍어서 보냈다. 조금 지나면 저녁 노을이 만들어질 찰나였다. 그는 기와집에서 바라본 태양의 위엄이 금덩어리보다 더 소중하고 귀한 것이라고 생각하고 있었다. 아리는 그렇지 않은 것 같았다.

"아니 그것 말고."

"그건 소중하지 않아."

"그게 소중해."

"소중한 건 현재를 즐기는 거야. 살아가면서 현재만큼 소중한 것은 없어. 과거에 포로가 된 사람들은 바보 멍청이지. 미래의 평안과 안녕을 위해서 소중한 현재를 소비하고 갉아먹는 사람들도 어리석은 것은 매한가지야."

그러자 아리는 카톡을 보내지 않았다. 그녀는 그와 다른 생각을 하고 있는지 그의 카톡에 동감을 하는 것인지 알 수는 없었다.

그는 아궁이의 타오르는 불길을 보며 장작을 얼기설기 넣었다. 그러자 다소 불길이 주춤거리며 애매한 소리를 내더니 마른 참나무들에 불이 붙기 시작했다. 이젠 아까보다 힘센 한 덩어리의 불길이 되어 두꺼운 구들을 데우고 있었다. 소나무와 달리 참나무는 불땀이 좋고 송진을 뿜어내지 않았다. 참나무는 정갈하고 깔끔하게 마른 자태를 태우고 있었다. 건장하고 늘씬한 육체를 가진 사내가 알몸으로 격렬하게 섹스를 하듯이 온몸에 불덩어리를 뒤집어쓰고 달려드는 것 같았다. 그는 아리의 불덩어리 같은 육체도 타들어 가는 장작과 다르지 않았다. 처음에는 서먹서먹하고 낯설고 어색해하다가 점차자신의 육체를 태우면서 불꽃을 내뿜으며 과감하게 자신감을 드러내며 억지로 꾸미는 작위적인 모습을 찾을 수 없었다. 그러면서 헐벗고 굶주린 욕구를 채워 나가는 모습이 떠올랐다. 귀하고 아름답고 사랑스러워 보였다. 그것도 그 짧은 순간으로 끝났었다. 그는 하나의 불꽃이 튀고 연이어 메케한 연기를 내뿜으며 여러 갈래로 이어지는 불길들이 이글거리는 소리를 내며 장작을 순식간에 태우면서도, 그 큰 불길이 하나의 미미한 불꽃에서 나왔다는 것이 놀랍고 경이로울 뿐이었다. 그는 최초의 불꽃이 중요하다는 것을 느꼈다. 남녀의 관계도 그렇고 인간관계도 그렇다는 것을 느낄 수 있었다.

그는 인간의 감정도 불꽃과 다르지 않을 것이라 생각했다. 여러 갈래로 퍼지며 디테일하게 분산하는 감정도 하나의 불꽃에서 나왔다는 생각이 들었다. 하나의 점으로부터 시작된 우주의 탄생도 하나의 불꽃과 다르지 않을 것이다. 빛과 어둠도 시간도 공간도 존재하지 않았던 곳에서 시작한 하나의 불꽃이 시간과 공간을 만들고 빛과 어둠을 만들었다. 헤아릴 수 없이 응축되어 있었던 에너지가 끊임없이 폭발적으로 팽창하여 묘막한 우주를 만들고, 그러는 사이 우연히 우주의 먼지보다 작은 태양도 만들고 지구도 만든 것이리라. 인간의 감정도 단순하면서도 얼마나 복잡한 것인가. 심중에 익어 가는 석류처럼 촘촘하게 들어차서 각기 다른 감정의 알맹이들을 하나씩 잉태하고 있었던 것이다. 그러다가 자제력을 잃고 격노한 분노에 휩싸이면 산불처럼 거친 바람을 타고 골짜기를 타고 능선을 넘어서 울창하고 푸른 산을 잿더미로 만드는 것과 다르지 않았다. 그 원인은 미미한, 하나의 불꽃이었다.

그는 탐욕도 그것과 다르지 않을 것이라 생각했다. 보잘것 없는 하나의 보석으로 시작하는 것이었다. 금반지 하나만 있으면 세상 모든 것이 부럽지 않을 때가 있었지만 며칠이 지나면 그 차오르던 기쁨과 넘치는 환희는 어느새 차갑게 식어 버리기 일쑤였다. 끓어오르는 탐욕은 금반지보다 더 값지고 귀한 것을 요구하고 갈망하는 것이었다. 막노동을 해서 살 수 있는 보석은 이젠 눈에 차지도 들어오지 않는 것이었다. 가방도 마찬가지인 것이다. 처음에는 싸구려든지 비싼 것이든지 상관없이 아무 것이나 들고 다니다가도 점차 사람들의 시선을 의식하게 되고, 싸구려는 상대적인 박탈감과 초라함을 느끼게 되고 값비싼 것은 보통 사람들과 차별되는, 그 뭔가에 대한 자긍심과 긍지를 고취시키는 것이었다. 구찌, 샤넬, 디

올. 결국에는 말안장을 만들어 팔던 에르메스까지 이르게 되는 것이었다. 자동차는 더 그렇다. 프라이드를 타다가 쏘나타를 타고, 그랜저를 타다가 E클레스로 옮겨 타는 것이었다. 대체적으로 자동차의 기능보다도 외부적으로 보이는 브랜드의 가치, 삼각별의 가치에 더 치중하는 것이었다. 그게 탐욕의 시발점이 되고 소비를 부추기는 동기 부여가 되는 것이었다. 그는 이젠 아리도 목걸이로 만족하지 않을 것이리라. 청바지도 100만 원이 넘어가는 것을 입을 것 같았고 가방도 루이비통을 생일 선물로 사 줘야할 것 같았다. 그는 아리의 카톡에서 탐욕의 그림자가 어슬렁거리는 것을 미미하게 느낄 수 있었던 것이다.

그는 타오르는 불길을 보고 서녘 하늘의 저녁노을을 올려다보았다. 쟁여서 타오르는 거침없는 불길과 서서히 가라앉으면서 명멸하는 그윽하고 몽환적인 아름다움의 극치를 보여주고 있었다. 아궁이 속에 한 덩어리인 장작이 타면서 사나운 불길을 일렁거리면서도 단선적이고 간헐적인 소리가 날 뿐, 어떤 괴이한 소리를 지속적으로 내지르지 않고 있었던 것이 이상했다. 바싹 마른 나무가 원래 수분이 없어 가벼운 법인데 참나무는 어느 정도의 무게를 잃지 않고 있었다. 아마도 건조한 참나무의 심층에서부터 1년마다 간신히 하나의 울타리인 나이테 사이사이 반복적인 규칙성과 촘촘한 견고함을 잃지 않고 겨울을 맞이하기 때문에 그럴 것이리라. 마치 미끄러운 아이스 위를 지탱하는 빙상 선수의 엄청난 하체를 지켜보는 것 같았다. 그것이 마른 참나무에 그대로 박제가 되어, 어수선하거나 초라하지 않고 차분하고 질서 정연한 모습으로, 훨훨 타오르는 불덩어리 속에서 온몸을 내던져도 의연함과 고고함을 잃지 않는 것인지도 모른다. 저녁노을은 점점 안으로 잔잔하게 깊이 속으로 가라앉는, 소멸하고 있는 불덩어리였지만, 그럼에도 진하고 은근한 불덩어리였다. 강렬한 햇살을 안으로 삭혀 부드러운 선홍빛이 흘러나오는 아름다운 불빛이었다. 강력한 태양풍도 대부분 지구의 자기장 밖에서 흩어지지만 어떤 것은 안으로 들어와서 붙잡힌다. 그 붙잡힌 태양풍이 공기 입자와 반응하여 아늑하고 고요한, 몽환적인 빛깔을 밤하늘에 연속적으로 발산한다. 안으로 삭히고 붙잡힌 단말마의 절망적인 마지막 순간을 아마도 저런 식으로 사람을 홀리는, 화사하고 영롱하게, 다정하고 거창하게 장식하고 있었던 것 같았다. 오로라.

그는 어둠살이 기와집 지붕 위에 내려앉는 것을 발견할 즈음에 아궁이에 엇갈리게 쌓은 장작의 형체는 완전히 허물어져 사라지고 큼직한 숯불만이 남아 형형한 불빛을 은근하게 토해 내고 있었다. 그 불빛도 어둠이 내려앉을수록 주위를 밝히다가 오래되지 않아 시커먼 재로 사라질 것이리라. 그는 예전에 돌아가신 할아버지가 군밤과 군고구마를 구워 주던 기억이 새록새록 돋아나고 있었다. 할아버지는 군밤의 껍질을 벗겨 반질거리는 알맹이만 주었다. 군고구마도 마찬가지였다. 시커멓게 탄 껍질을 벗겨 김이 모락모락 나는 고구마를 후후 불어서 사랑스럽게 건네었다. 그는 그것을 받아 맛있게 먹었던 기억이 났다. 훈훈하고 따스한 할아버지의 미소는 덤이었다. 아마도 할아버지는 금덩어리라는 자신의 인생의 알맹이를 손자에게 유산으로 남겨 둔 것 같았다. 군밤과 군고구마처럼 노란 알맹이, 향기와 빛깔이 군침을 흘리게 하고 아름다운 빛깔로 현혹시키는 그런 것이었다.

그는 예전과 변한 것은 별로 없었다. 기와집은 있는 그대로 있고 정원의 꽃 종류가 단조로운 꽃으로만 채워져 있었다. 안채의 주인이 바뀐 것뿐인데, 주인의 취향에 따라 그렇게 변한 것이다. 그럼에도 불구하고, 마당귀에 있는 맷돌이며 할아버지가 강가에서 주워 모아 둔 큼직한 수석들의 호응적 반응이 다소 어눌하고 불친절하고 낯설다는 생각이 왜 자꾸 자신의 내면의 옷자락을 기분 나쁘게 터치하고 있는 것인지 알 수 없었다. 이 기와집 어딘가에 숨겨져 있는 휘황찬란한 금덩어리 때문에 그럴 것 같았다. 그것의 압도적인 광채와 영광과 힘에 눌려서 그런 것 같았다. 그 자신이 그것을 강하게 의식하자 그렇게 보이는 것 같았다. 의식을 많이 하고 있었다는 방증이었다. 그러자 치밀하고 간교한 벌꿀오소리 같은 이모가 연이어 떠올랐다.

그는 어둠살이 제법 내려앉자 저녁 식사를 해야겠다고 생각했다. 그래서 그는 아궁이 문을 닫고 순댓국을 먹으러 갔다. 순댓국집은 지근거리에 있었다. 순댓국에 소주 한 병을 곁들이면 서민들의 밥벌이에 대한 노고와 시름을 잠시나마 잊고, 녹일 수 있는 곳이었다. 그는 순댓국을 가끔씩 먹었기에 주인의 면면을 알고 있었다. 자매 과부가 경영하는 집. 그는 음식점 문을 열고 들어가자 겨울에는 열선이 깔려 엉덩이가 따스한 방석에 앉아서 먹던 곳에 테이블과 탁자가 놓여 있었다. 주인이 건물을 사서 새롭게 인테리어를 해 개업을 한 것 같았다. 상호는 예전 그대로였다. 예전부터 순댓국이 맛있다고 평판이 좋았기 때문에 그런 형태를 유지하는 것 같았다. 예전의 평판과 전통성을 그대로 이어받고 새로운 인테리어를 첨가하는 식이었다. 하지만 그런 변화에 대하여 정확한 사정을 묻지 않았고 알고 싶지도 않았다. 어느 한 과부가 과거의 얼룩지고 구질구질한 삶을 불식시키고 보상 심리의 발로로 인한 반동적 성향에서 출발했다면 불행할지도 모른다. 아마도 그녀는 새로운 사내를 만나서 새로운 가정을 꾸미고 새로운 행복을 꿈꾸고 싶었던 것이었다.

저녁 식사 시간이 조금 지나서 홀에 손님은 없었다. 홀 아줌마는 없었고 주방에서 주인으로 보이는 아줌마가 장화를 신고 나왔다. 그녀는 장수막걸리 상호가 있는 앞치마를 두르고 있었다. 그녀는 파마를 하고 제법 화장을 두껍게 하고 있었다. 눈썹 문신도 전문가의 손길이 아닌 곳에서 시술해서 그런지 다소 어설프게 곡선을 그리고 있었다. 조잡했고, 자신감이 없는, 주저주저하는 선이었다. 그녀의 광대뼈는 양쪽으로 붉거지고 볼이 홀쭉하고 사이사이 주름살이 깊이를 달리하며 가늘게 아로새겨져 있었다. 말을 할 때 처진 얼굴 피부가 제자리를 유지하기가 어려운 듯이 허둥대는 것 같았다. 더욱이 목의 피부는 얼굴보다도 더 푸석푸석하고 더 구겨져 있었다. 수줍음이 많았던, 곱고 젊은 화창한 어느 날 나들이를 나갔던 그 팽팽하고 탄력 있는 피부는 찾을 수 없었다.

그는 김이 모락모락 올라오는 순댓국에 새우젓을 넣고 다진 청량 고추를 넣고 부추도 넣었다. 뜨거운 순대와 머릿고기와 돼지 부속 고기를 접시에 담아 식을 때까지 기다렸다. 그러는 사이 소주를 글라스에 가득 따랐다. 오늘 취하고 싶었다. 간만에 집에 와서 감정의 바늘이 이리저리 불규칙적으로 움직이고 있었다. 돌아가신 할아버지와 부모를 생각할 때 가슴이 먹먹하게 가라앉았고, 그런 낯선 슬픔에 헤어나오지 못하다가도 어느새 자신의 기와집에서 느끼는 안도감에서 오는 여유와 편안함이 온몸으로 스며드는 것이었다. 그는 단숨에 소주를 들이켰다. 그는 더 깊은 감정의 골짜기로 스르르 미끄러져 내려가는 것을 의식할 수 있었다. 그러다가 그는 기쁘지도 그렇다고 슬프지도 않은 정체된 애매한 감정의 상태로 이어졌다. 소주가 그 지점으로 인도하는 것 같았다. 그는 주저앉아서 이런 정서적인 움직임에 집중할 수 있는, 이런 상태가 싫지 않았다. 그는 순댓국집 가는 도중에 동네의 골목을 이리저리 거닐자 어릴 적 좋은 추억의 보따리를 우연찮게 찾아서, 조심스럽게 풀어 볼 수 있었다. 보물찾기. 망각의 암흑 에너지에 몸을 숨기고 있었던 우주의 섭리를 찾아낸 기분이었다. 그는 이런 것이 인생의 값진 보물이 아닐까하는 생각이 들었다. 그는 신호수를 보다가 금성산의 보물은 무엇일까. 그런 생각도 해 보았다. 금성산의 옆구리를 파고들어 가는 것이 그 보물을 찾기 위해서 그러는 것이 아닐까 하는 생각도 해 보았다. 그것은 아닐 것 같았다.

　그는 식은 순대와 머릿고기와 돼지 부속 고기를 젓가락으로 집어서 입속으로 가져갔다. 투명하고 깔끔한 소주가 지나간 자리에 순대가 들어오자 쓴맛을 쉽게 지울 수 있었다. 그는 우윳빛이 도는 국물을, 숟가락 속에 새우 몇 마리가 둥둥떠 있는 국물을 한동안 쳐다보고 있다가 입속으로 가져갔다. 간만에 먹어 보는 순댓국이 예전과 맛이 상이하다는 것을 쉽지 않게 느낄 수 있었다. 주인이 바뀐 것뿐. 비법을 전수하는 조건으로 가게를 팔았기 때문에 국물 맛이 빈틈이 있을 수 없는 조건이었다. 하지만 그 철저하게 조율된 조건에도 빈틈이 있었던 모양이었다. 자매 과부가 애써 끓여 주는 그 순댓국이 은근하게 다가와서 혀끝을 포용하며 보채는 그런 감칠맛이 아니었다. 진하고 맑은 국물에 헌신적인 절실함이 없는, 공허함이었다. 가끔 편의점에서 포장한 인스턴트 순대를 먹었을 때 대단하지 않고 하찮은 어정쩡한 맛이 나기도 했다. 값을 지불하고 포장을 뜯어 전자레인지에 데운 것이 후회되는, 그런 뻑뻑한 맛이었다. 그럼에도 국물에 미미하게 스며 있어 보통 사람들은 쉽게 알아차릴 수 없는 그런 맛이기도 했다. 그는 소주가 온몸 구석구석 스며들어 정신을 혼미하고 흐릿하게 하자 과부 자매가 끓인 순댓국의 그 진정한, 갈구한 맛의 근원은 무엇일까 하고, 그런 생각을 해 보았다. 과부 자매가 신선한 돼지 사골을 가마솥에 넣어 삶고 그 국물에 돼지머리를 밤새도록 삶은, 그 알맞은 시간을 찾기 위해서 얼마나 많은 돼지 사골과 돼지 머리를 삶아 육수를 만들어 보았겠는가. 그 자매 과부는 그 당시에 숨겨진 비율적으로 절대적인의 맛의 정점에 대한 보물찾기를 한 것이었다. 혓바닥에 있는 맛봉오리의 세심한 관찰을 어떻게 받아들이고 받아내느냐에 달려 있었던 것이다. 그 자매 과부가 위장하고 숨어 있는 귀한 보물을 찾아낸 후에, 그것이 순댓국집을 지탱하고 유지하는 보물로 자리매김한 것이리라. 아마도.

한참 순댓국을 맛있게 먹고 있을 때, 그때 장수막걸리 앞치마를 두른 아줌마가 계란프라이를 접시에 담아서 왔다. 그는 과부 자매 때에 없었던 보기 드문 서비스를 자연스레 받았다. 그는 젓가락으로 돼지 부속 고기를 먹다가 아줌마를 멀겋게 쳐다보며 목례를 하고 공손하게 고맙다고 인사를 했다. 그는 아줌마의 서비스가 자신 혼자만을 위한 행위인지 궁금하기도 했지만 신경 쓰지 않았다. 그것을 확인하기 위해서는 손님이 들어온 뒤 지켜봐야 했다. 그는 음식점에 가면 그런 정상적인 서비스 이상의 서비스를 받은 적이 많았던 것이었다. 여자의 나이가 젊고 늙고를 가리지 않고 그에게 애정이 깃든 다정다감한 눈빛과 너그러운 미소를 잃지 않고 호응적 반응을 던지는 것을 많이 겪었기 때문이었다. 아마 아줌마도 어깨가 두껍고 넓은 사내가 포근하게 안아 주고 포용하고 감싸 주기를 바라는 마음에서, 지금까지 남편에게서 무시당하고 남몰래 얻어맞는지도 몰라, 저런 특별한 서비스를 하는 것 같았다. 겉으로 드러나는 믿음직한 그는, 여자들의 호감을 사기에는 충분했기 때문이었다.

그때 손님이 들어왔다. 그는 의식하지 않지만 그쪽으로 시선이 가는 것이었다. 젊은 여자 둘이었다. 그들은 돼지국밥을 시켰고 소주와 코카콜라를 시켰다. 여긴 태생이 밀양식이 아니라 부산식의 돼지국밥에서 진화한 것 같았다. 생각해 보니, 예전에 주인 과부 자매가 부산 출신이었던 것이 흐릿하게 떠올랐던 것이었다.

소주 한 병에 글라스 두 잔 나오는 것을 마저 따랐다. 대각선에 앉은 이름이 지혜로 들리는 그녀의 시선이 자신에게 머문다. 교교한 눈빛에 메타포가 깃들어 있는, 선한 음영이 얕게 드리워져 있는 아리따운 눈빛이었다. 풍성한 긴 머리칼에 군더더기 없는 날씬한 몸매, 낭랑한 말투와 두 손을 모아 테이블 위에 가지런하게 올려놓은 차분한 자세, 풋풋한 젊음이 물씬 풍기는 탄성과 절제가 숨어 있는 간결한 몸매 라인. 지혜 맞은편, 친구로 보이는 그녀는, 사내들의 시선을 강제로 빼앗기에는 뒤태가 무모하게 방치된 감이 없지 않았다. 그녀에게서 넘치는 여자의 매력을 바라는 것은 쉽지 않은 일이었다. 그때 아줌마가 다소 심기가 불편한 표정을 드러내며 밑반찬을 테이블 위에 올려놓았다. 테이블 위에 반찬을 놓을 때, 제법 귀에 거슬리는 다소 불편한 소음이 들렸다. 딸그락. 아줌마는 자신의 울타리 안에 있는 낯선 사내가 젊고 낯선 여자에게 시선이 빼앗기고 머물러 있는 것을 여자의 촉수로 예리하게 느낄 수 있었던 것이다. 그것이 그 아줌마의 표정과 절제되지 않은 거친 행동으로 쉽게 알 수 있었던 것이다. 그는 그제야 그녀들의 테이블 위에 계란프라이가 없는 것을 확인할 수 있었다.

"블랙로즈, 보물 찾았어?"

아리의 카톡이었다.

아리는 보물이 중요한 모양이었다. 그는 아리의 카톡에 의식하지 않았다. 맞은편에 앉아서 코카콜라를 마시는 여자에게 고스란히 시선이 집중되고 마음이 집중되는 것을 느낄 수 있었다. 소주잔은 받기만 할 뿐 테이블 위에 올려놓고 코카콜라만 홀짝거리며 마실 뿐이었다. 그는 지혜를 의식하며 따라둔 소주잔을 들었다. 글라스에 따른 소주 때문인지, 코카콜라를 마시다가 지혜가 흘끗 쳐다보는 것을 인식할 수 있었다. 그녀를 의식해서 그런지 그는 긴 호흡으로 알싸하고 쓴 소주를 단숨에 들이켰다.

"블랙로즈, 보물 찾았냐고?"

아리는 다급한 모양이었다. 그녀 곁에서 그녀를 조종하는 사람이 있는 것 같았다. 그녀는 어떤 목표를 달성하기 위해서 달리는 레이서 같았다. 그녀는 어떤 무리에게 결점이 잡혀 쫓기고 있는 것 같지는 않았다. 그가 분명하고 명확하게 의식하지 못하는 별개의 세계가 있다는 것을, 그녀와 작당한 세력이 자신의 보물을 빼앗기 위해서 암약하고 있다는 것을 조심스럽게 인식할 수 있었던 것이다.

그녀는 이상하게 지혜라는 처음 본 여자에게 시선이 머물렀다. 그녀가 코카콜라를 마시는 것 또한 예쁘고 상냥하게 보였다. 자신이 코카콜라를 좋아하듯이 그녀도 코카콜라를 좋아하는 것 같아서, 더 애정이 깃드는 것 같았다. 그는 뒤태만 보이는 그녀는, 혼자 외롭게 소주를 들이키는 이름 모를 그녀가 무엇을 하던지 상관이 없었다.

그는 취기가 올라오는 것을 느꼈다. 그러자 지혜라는 여자가 더 상냥하고 더 화사하게 보였던 것이었다. 아리는, 아빠가 설치한 몰래카메라 앞에서 열렬한 키스와 격렬한 섹스를 하고 서로의 마음을 확인하고 이해하고 공유하는 특별한 뭔가가 있었지만, 지혜라는 새로운 여자가 자신 앞에 매혹적으로 머무르자 그녀에게 모든 정신과 시선이 집중되는 것을 외면할 수 없는, 사실이었다. 사내가 여자의 울타리 없이 세상에 던져 지면 본능도 울타리 안에서 안주하지 않고 밖으로 속절없이 뻗어 나가는 것이었다. 태양계를 벗어난 보이저 1호의 속도처럼 변함없이 빠르고 성실하게.

그는 가까이서 사랑할 수 있는 여자를 만나고 싶었다. 가까이에서 식사를 하는 지혜라는 아가씨도 괜찮을 것 같았다. 그는 자신의 집 근처에 사는, 자신이 방황을 하고 기와집을 비운 사이에 이 동네로 이사를 온 것 같았다. 그녀가 자신의 미래에 어떻게 관여하고 개입할지, 어떻게 펼쳐지고 진행될지 모르겠지만 자신의 삶 속으로 침투해서 적지 않은 영향을 미칠 것을 대략적으로 예측 할 수 있었던 것이다. 그는 여자에 대한 이런 예감들이 틀리지 않았고 머지않아 현실의 창에 드러나는 것이 의아했다.

그는 계산을 하고 순댓국집을 나왔다. 그는 음식점을 나오기 전에 지혜를 조심스럽게 내려다보며, 그녀의 아미에 땀이 송골송골 맺혀 있는 것을 볼 수 있었다. 그는 아리와 격렬한 섹스를 하고 난 후 온몸에 땀이 흥건하게 맺혀 있었던, 그 장면이 생생하게 기억이 났다. 그는 어떤 뜨거운 것을 입으로 삼키면, 온몸이 점점 뜨거워지고 강렬한 햇살에 노출되어 쉼 없이 노동을 하는 것처럼 기분 좋은 땀을 흘리게 한다는 것을 깨달았다. 그는 좁고 한적한 도로를 걸으면서 삶이란 밥을 얻기 위해서 일하고 섹스를 성취하기 위해서 일하는, 그 사이에서, 이리저리, 좌충우돌 부딪치며, 때로는 보채며 쉽지 않게 살아간다는 것을 어렵지 않게 느낄 수 있었다. 아궁이에 뻘겋게 이글거리던 숯불은 하얀 재가 되었다. 모든 살아서 숨 쉬는 것은 한 줌의 재로 사윈다. 우리 은하에 있는 무수한 항성들도 저마다 생의 마지막 불꽃을 태우듯이 사람인 그도 어느 날 문득 주위 사람들의 안타까움과 슬픔 속에서 사위어질 것이 자명한 일이었고 그의 삶의 흔적 또한 주위 사람들의 기억 저편에서 아련하고 초라하게 희미하고 가련하게 웅크리고 있을 것이 자명한 일이었다. 그럼에도 불구하고 사람들은 각자의 일상을 성실하게 경영하며 성심성의껏 살아가고 있었다. 한치 앞을 몰라서, 그렇게 치열하게 살아가는 것인지도 모른다. 아니면 자신은 그런 불행에서 예외적인 인물이라고 착각하며 살아가고 있었던 것인지도 모른다. 그것이 사람들의 보편적인 모습.

그는 기와집의 어둠을 깨웠다. 솟을대문에 달려 있는 것부터 창고에 있는 전구까지도 불을 밝혔다. 정원에 군데군데 태양열을 받아 불을 밝히는 불빛. 전기를 야금야금 먹으며 살아가는 불빛들도 대청마루를 밝히고 방들을 밝히고 있었다. 아직도 형광등이었다. 다소 유행에 뒤떨어진 감은 없지 않아도 가끔 불안하게 켜지고 불필요한 소리를 내지르는 형광등의 애씀과 애처로움을 가까이에서 들일 수 있어 향수를 자극했다. 아궁이 위에 걸려 있는 전구도 변한 것이 없었다. 아직까지 저런 전구가 나오는지 의아할 정도였다. 여전히 아궁이 위를 밝히고 있었다. 변한 것은 정원에 있는 태양열을 이용한 불빛이었다. 전기를 공급하는 것이 한낮의 열기를 저장해서 어두운 밤을 오랫동안 밝혀야 했기 때문에 선명하고 뚜렷한 밝기가 아니라 한정되어 있는 희미하고 가느다란 불빛이었다. 원전이라는 지속 가능한 질 좋은 전기를 공급 받는 것과 상이한 차이를 두었다. 가난한 집에서 태어나 규칙적이지 않고 불안하게 영양 공급을 받은, 병치레를 많이 하는 유약한 어린이 같은 하찮은 표정을 하고 있었다. 제대로 힘을 쓸 수 없는, 북한산 너머에 있는 성북동 언저리에서 불어온 봄바람과 같이 세상 물정 모르는, 온정과 인정만 있는, 온몸에는 근육이 자리를 잡지 못한 여리고 가냘프고 초라한 육체를 가진 어떤 학생과 다르지 않아 보였다. 하지만 없는 것보다는 나았다. 문재인이 월성1호기 경제성 조작으로 얻고자 했던 것이 아마도 이런 것인지도 모른다. 나라의 근간인 안정적인 전기의 공급을 와해시켜서, 전기값 상승으로 이어져 지속적인 경제 발전을 정체시키거나 도태시킬 수 있는, 자기들 지지하는 세력만 그것을 옹호하고, 그것이 인류를 지키고 유지하는 절대선이라고 주장하는, 그것이 북한이 치밀하게 계획하고 설계한, 진정으로 원하고 바라는 전략 전술과 다르지 않아 안타까움을 떨칠 수 없었던 것이었다. 그들은 이성적이지 않고 선동적인, 감성적이고 절제되지 않은, 말 잘 듣고 충성하는 삼류의 덜떨어지고 미련한 부역자들을 한데 모아 나라를 경영하고 있었던 것이었다. 나라의 곳간은 비워야 다시 채운다는, 얼토당토않은 논리로 대중을 이상한 곳으로 인도하고 선동하는 이상한 국회의원도 속해 있는 무리들이었다. 그들은 거대 경제 시스템을 유지하며 개선하고 능동적으로 대처하고 혁신을 이루기 위한 초석을 마련하는, 국가와 국민이 우선인 정책을 내놓지 않고 나라가 점점 쇠락해지는 해괴망측한 정책을 내놓아 강제적이고 폭력적으로 입법을 추진했었다. 그것은 그들의 집단적 이익과 안위를 위해서 자행된 범죄에 가까운 사건이었다. 조인성 친구 중 그것을 강력하게 지지하는 자들도 많아 안타까운 일이 아닐 수 없었다. 그는 이모도 저들의 무리들과 수시로 만나서 의기투합을 하여 클라이밍의 자일처럼 견고하게 꼬아 연결되어 있는 것이 아닐까 하는 강한 의구심이 생겼던 것이었다.

그는 안채에 들어가지 않았다. 왠지 자신이 편안하게 쉴 방이 아닌 것 같았고, 거북하고 낯설었다. 이방인의 주저하는 머뭇거림처럼. 그는 취기가 도는 타오르는 표정으로 사랑채 대청마루에 걸터앉아 캄캄한 밤하늘을 올려다보았다. 아무것도 없는 밤하늘, 별빛도 없고 달빛도 없었다. 어느새 짙은 구름이 밤하늘을 뒤덮고 있었다. 일기예보에서 비는 없었다. 알 수 없는 날씨. 저녁 식사를 하러 느긋하게 걸어서 갈 때까지는 별들이 어두운 밤하늘을 스스럼없이 곱고 화사하게 연출하고 있었다. 그렇게 맑고 형형한 밤하늘이 짙은 구름이 운집해 미동도 하지 않았다. 갑작스럽게 소나기라도 한차례 내릴 것 같았다. 그러던 그가 옹색한 대청마루에 비스듬히 누워 캄캄한 밤하늘을 올려다보며, 칠흑의 밤하늘에 귀한 보물은 무엇일까. 그런 생각에까지 이르게 되었다. 짙은 구름을 뚫고 간신히 반짝거리는 별빛일까. 아니면 휘황찬란하게 빛나는 둥근 보름달일까. 그것도 아니면 대기권을 박차고 들어오는 유성의 불빛일까. 밤하늘에 빛나는 모든 것은 보물인가. 빛나는, 눈에 보이는 것만 보물인가. 땅속 깊숙이 암담하고 칙칙하고 습한 곳에 묻혀 있는 것은 보물이 될 수 없는 것인가. 이런저런 생각을 하고 있을 때 굵은 빗줄기가 한 방울씩 기왓장에 부딪치는 소리가 들렸다. 아, 보물은 대지를 촉촉하게 적시는 빗줄기일지도 모른다는 생각도 해 보았다. 그때 비가 굵고 거칠게 쏟아졌다. 그는 황급히 아늑하고 따스한 사랑채로 들어갔다.

그는 아랫목에 양손을 가져가 온도를 체크했다. 이미 구들장이 뜨거워지고 있었다. 돌아가신 할아버지가 기거했던 곳이라 아직까지 할아버지의 체취가 황토 벽돌 사이사이, 나체로 드러나 있는 서까래와 대들보와 기둥. 세월의 먼지가 쌓이고 천장 가장자리에 세세한 거미줄이 있는, 색깔이 바랜 소나무의 표면을 가까이서 들여다보자 파이고 찍힌 흔적이 어수선하게 형체를 드러내며 그때의 상황을 고스란히 품고 있었던 것이다. 구석구석. 마치 덤불과 가시에 피부가 긁힌 생채기의 흔적처럼 희미하게 지워진 채 희석되어 있었지만, 그곳을 집중해서 명확하고 세세하게 들여다보면, 자신의 육체와 마찬가지로 그때 상처의 고통을 뼈저리게 온전히 기억하고 있었던 것과 다르지 않았다. 할아버지의 기와집은 자신의 육체와 다르지 않았다. 겉은 기골이 장대하고 견고하고 빈틈없이, 어떠한 비바람이 가혹하게 불어닥치고 산더미만한 파도가 과감하게 거침없이 밀어닥쳐도 버텨 낼 것 같은 위엄과 의연함과 침착성을 간직하고 있었고, 경건하고 정중하고 예의 바른 선비의 절제와 지조를 풍기고 있었으며, 간혹 사람들을 강하게 밀쳐 내는 억센 기운을 풍기기도 했다. 그럼에도 불구하고 정작 가까이에 다가가서 상세하게 들여다보면 초라하고 유약하고 비루하고 하찮게 보이는 것은 뭘까. 아마 사람들의 인생도 마찬가지일 것! 그는 이력이라는 명함의 갑옷을 두르고 사람들이 항시 이마에 의기양양하게 뽐내며 거추장스럽게 달고 다니는, 마치 하얀색 돌체 앤 가바나 와이셔츠를 입고 다니는 것을 사람들의 시선 안에 머물게 하고 싶은 의도와 조금도 차이를 두지 않았던 것과 맥락을 같이하고 있었지만, 만약에 이력과 명품의 껍질을 벗기고 알몸인 인간 개개인의 화장기 없는 민낯을 들여다보면 하찮고, 비루하고, 보잘것없는 존재로 전락하고 마는 것이리라.

그는 데워진 아랫목에 벌러덩 누웠다. 온몸에 열기가 정성스럽고 지극하게 스며들어 피부를 데우자 눈꺼풀이 점점 무거워지는 것을 느낄 수 있었다. 그는 이렇게 잠들어 영원히 깨어나지 않았으면 얼마나 좋을까 하는 생각이 뇌리에 스쳐 지나가는 것을 인식할 수 있었다. 취기에 점점 정신과 의식은 몽환적인 먼 곳을 지향하고 있었다. 이러다가 아득하게 먼 곳으로 떠나 버리면 스토리가 있는 따스하고 아름다운 꿈이 될지 어둡고 싸늘한 죽음이 될지 알 수 없는 모호한 상황이었다. 그런 와중에도 정신과 의식은 생명의 끈질긴 근성과 각성을 잃지 않고 있었다. 더욱이 그는 시시때때로 다가와서 가까이 머물러 변덕스러운 본색을 드러내지 않고 숨기는 음흉한 운명은 도대체 누가 방향을 잡는지 궁금하고 의아할 때가 많았다. 신의 영역일까. 아니면 개인의 영역일까. 지나간 시간 동안 그는 늘 선하고 반듯하고 우월한 가치로 지향하고 나아가는 원천은 분명히 정신과 의식은 아닌 것 같았다. 아마도 개개인의 집안 내력에서 쌓인 정갈한 성품이나 인격이 방향타를 잡고 나침의 역할을 하는 것이라 생각하고 있었다. 할아버지와 부모의 아련한 추억이 살아 숨 쉬는 기와집. 그러한 생각이 들 즈음에 그는 정신과 의식을 아스라이 놓았다.

그가 깨어났다. 한밤중인 줄 알았다. 우당탕거리며 거침없이 쏟아지는 빗줄기들은 흉포한 기세를 잃고, 잠잠하고 조용했다. 그는 취기가 많이 희석되었으나 정신과 의식은 흐릿하지 않을 수 없었다. 그때 그는 천장을 가로로 걸쳐져 있는 대들보에 시선이 오래도록 머물러 있었다. 그러다가 그의 뇌리에 파고드는 다정하고 은근한 할아버지의 말씀이 떠올랐다. '대들보의 평정심을 잃지 않도록 해라.' 그래서 그는 대들보에 보물의 열쇠가 있지 않을까 하는 생각에까지 머물렀던 것이다. 그는 흐릿함에 더 이상 매몰되지 않으려고 무의식의 깊은 골짜기에서 손가락 하나 들어갈 홀드를, 대들보라는 홀드를 잡은 것이었다.

그는 살아오면서 할아버지의 정통성과 말씀에 경도되어 있었다고 생각되어지지 않았다. 자신의 삶의 방향성과 운명의 방향타를 잡고 지금까지 여기까지 오게 한 것이 할아버지의 보살핌과 은혜가 아닐까 하고, 그런 생각은 추호도 없었다. 하지만 팩트로 가까이 다가와 있었던 것이다. 할아버지는 이미 손자의 미래를 예측하고 기다리고 있었던 것 같다는 생각이 농후해지는 것이었다. 할아버지는, 손자가 인생의 오솔길을 걸으면서 힘들고 고된 일상의 쉼터 가까운 거리에 보물을 숨겨 놓았을 것이리라. 그것을 찾는 것이 손자로서 의무이고 책무일 것이라는 것을, 미미하게 깨달을 수 있었던 것이었다.

그는 일어서서 대들보를 세세하게 올려다보았다. 양각인지 음각인지 알 수 없는 것이 흐릿하게 보이는 것이었다. 그 오래도록 눈에 들어오지 않았던 것이 지금에 와서야 선명하고 분명하게 드러나 자신에게 어떤 무언의 말과 지시를 하는 것 같았다. 보물 지도처럼. '대들보의 평정심'이라는 단어를 사람들이 제대로 보아도 알 수 없는, 유영하는 물고기처럼 자유로운 흘림체로 쓰여 있었다. 착시인 것 같아서 눈을 비벼도 보고 눈을 감았다 떠도 그대로 그 자리에서 가늘고 미약하게 흐느적거리며 호흡하고 있었던 것이었다. 원래 그 자리에서 몇 십 년을 알게 모르게 있는 듯 없는 듯 말이다.

그는 벌떡 일어나 당면한 현실을 직시했다. 거의 무의식적인 거침없는 행동이었다. 그는 살아오면서 이렇게 즉각적으로 반응한 적이 거의 없을 정도였다. 어둡고 꼬인 인생의 미로에서 헤쳐 나갈 수 있는 밝은 출구를 찾은 느낌이었다.

그는 더 가까이에서 살펴보기 위해서 창고에 처박혀 있었던 사다리를 이용했다. 사다리를 올라 한참을 살폈다. 그는 천장으로 향하고 있던 대들보 부분에서, 먼지가 희끄무레하게 쌓인, 음각으로 조각된 조그마한 코끼리 무리들이 느릿느릿 움직이는 것을 희미하게 볼 수 있었다. 몇 십 년을 그렇게 움직이고 있었던 것 같았다. 한 가족으로 보였다. 코끼리가 향하는 쪽은 이미 정해져 있었다. 새끼손가락이 들어갈 정도의 홀드. 그는 그 홀드를 당기지 않고 정원으로 나왔다. 그는 대들보 속에 황금 코끼리 무리들을 착취하고 싶지 않았다. 그 황금 코끼리에 담긴 할아버지가 남기고 간 진정한 의미가 퇴색되거나 왜곡되는 것이 싫었다. 만약에 대들보 안을 들여다보면 탐욕의 불길이 자신의 본성까지도 짓밟고 혼몽하게 할 것 같았다. 이모의 전철을 밟지 말라는 법은 없었다. 사람이라는 존재는 얼마나 나약하고 간사하고 자기 합리화에 익숙하다는 것을 이미 몸소 경험하고 느꼈기 때문이었다. 자기 자신도 예외가 아닐 것이라 생각했다. 살아오면서 순간순간 변하는 자신의 마음을 찬찬히 들여다본 적이 하루 이틀이 아니었기 때문이었다. 비루하고 조잡하고 천박하고 변덕스러운지를, 그는 너무나도 잘 알고 있었기 때문이었다. 그는 금성산의 허리가 잘려 나가는 상황을 생각했다. 얼마나 끔직한 일인가. 있는 그대로를 유지하며 약탈도 유실도 없는, 태초의 생생하고 파릇하고 의연한 모습 그대로 유지하고 내려오면 얼마나 좋았을까. 사람들의 편리와 탐욕은 그런 것을 원하지 않았다. 그래서 그는 대들보 안에 있는 황금 코끼리도 할아버지가 대들보 안에 쟁여서 넣어 둔 그대로 있기를 바라는 마음에서 그렇게 했다. 할아버지가 손자에게 준 보물의 진정한 의미를 깨닫고, 지키기 위해서 그렇게 했다.

정원은 가을비가 지나간 흔적을 남기고 있었다. 정원의 표면을 수분으로 코팅한 것처럼 촉촉하기 그지없었다. 도도하고 쌀쌀한 여인의 피부를 닮아 있었고, 차가웠다. 가을비는 겨울을 성큼 앞당기는 빗줄기였다. 그 빗줄기를 듬뿍 머금은 노란 국화는 기이하게 더 청초하고 세련된 자태를, 고고한 기개와 느긋한 기품을 티 나지 않게 뽐내고 있었다. 희미한 정원의 불빛에 애처롭게 둘러싸인 것이 또렷하게 드러나는 것보다 더 고혹적인 자태와 애잔한 향기를 발산하고 있었다. 그는 멀거니 밤하늘을 올려다보았다. 싸늘한 공기에 별빛은 더 한층 밝고 선명하게 여과 없이 발산했다. 저 빼꼭하고 촘촘하고 왁자하게 들어찬 별들 사이에 거시공동이 있었다. 그 거시공동 사이에 암흑 물질의 중력은 없었다. 그 암흑 물질의 중력이 은하 사이사이에 존재하여 강인하고 견고하게 끌어당기며 별들이 이탈하지 않고 안정적으로 궤도를 돌게 유지시키는 역할을 했다. 아마 할아버지도 우주에 거시공동처럼 대들보 안에 널찍하게 뚫어, 그 텅 빈 공간 속에 언제나 휘황찬란하게 발산하여 사람들의 이목을 끌어 탐욕을 발산하는, 무수한 황금 코끼리가 있을 것이었다. 기와집의 대들보마다.

이마트 편의점에서 바라본 금성산

싸늘한, 찌푸린 날씨였다. 추운 곳에서 청둥오리들이 합천호에 어렵사리 도착해 지친 날개를 V자형으로 접으며 활강하여 수면 위에 차례대로 내려앉고 있었다. 사나운 바람은 불지 않았고, 평소 평화롭고 서로에게 각별하고 온화한 대기는 온전하지 않은 결핍된 상태로 안으로 깊이 숨을 가다듬으며 불안하고 초초한 표정을 애써 숨기고 있었다. 첫눈이라도 내릴 조짐이었다. 11월의 마지막 날이 되자 비정상적으로 온화하던 날씨가 갑자기 막되고 음산하고 괴팍해 지고 있었다.

그는 회양 삼거리 이마트 편의점 테라스에 앉아 있었다. 아리가 버스를 타고 오기로 되어 있었다. 그녀는 대중교통을 이용하는 것을 좋아했다. 그녀는 버스 안에 사람들을 바라보기도 하고 큰 차창을 통해서 재빠르게 지나가는 풍경을 초점 없이 관망하는 것도 나쁘지 않았다고 했다. 대개 여느 시골이 그렇듯이 공동체 전체가 노화의 짙은 그림자에서 벗어나지 못하고 있었다. 마을 이곳저곳을 헤집고 다니는 아이들의 시시덕거리는 소리와 고함 소리, 젊은 신혼부부가 갓난아기를 안고 행복을 만끽한 채 즐거이 산책을 하는 흐뭇한 모습은 볼 수는 없었지만, 그 노인들을 바라보면서 그 나름대로 연륜에서 나오는 내려놓음과 지혜를 쉽지 않게 지켜볼 수 있었다고 말했다. 대머리인 할아버지도 있고 꼬불꼬불한 파마를 한 할머니도 있었다. 밀가루 반죽처럼 푸석푸석 윤기를 잃은 채 늘어지고 돋보기를 쓰고 보청기를 끼고 있었지만, 그들의 경건하고 정다운 영혼은 여전히 천진난만하고 순수하고 아름다운 숨결을 그대로 간직하고 있었고, 그 초점이 막연한 노리끼리한 눈빛에서 가끔씩 끓어오르다가 머문, 찬란하게 빛나는 젊음의 풋풋함과 역동성을 엿볼 수도 있었다고 말했다.

아리는 아빠의 가출에 대하여 침묵했다. 그녀는 생활비를 어떤 돈으로 꾸려 나가는지 알 수는 없었지만 상세하게 묻지도 않았다. 만날 때마다 생각이 나면 간헐적으로 용돈을 주는 것이 고작이었다. 화가는 정말로 코끼리를 찾아 떠난 것인지 한번씩 아득한 기억의 저편에서 물끄러미 주저앉아 있는 호기심의 파편들이 자신을 유혹하고 자극하고 있었던 것을 어렵지 않게 느낄 수 있었다. 한편으로 그는 화가의 가출이 부러웠던 것인지도 모른다. 그도 그래서 자신도 모르는 사이에 안정적이고 평온한 직업적인 소속감과 연대감을 찾지 못하고 빈 500리터 생수병처럼 냇가를 거쳐서 강물로 흘러들어 바다로 이어졌는지도. 아직까지 화가처럼 코끼리를 알지 못해서 그런지도.

　그는 편의점으로 들어갔다. 센서의 즉각적인 반응으로 띵동거리며 주인을 애원하듯 부르고 있었다. 주인은 편의점 창고에서 서둘러 나왔다. 냉장고에 병맥주를 진열하다가 나온 듯 냉기가 깃들어 있었다. 38세 언저리에, 미소가 훈훈하고, 덩치가 듬직하고 의젓해 보이는 젊은이가 카운터에서 앞을 응시하며 당당하게 서 있었다. 그 젊은이 배경으로 가로세로 각을 잡고 각양각색의 담배들이 보수적인 열띤 광고를 하며 진열되어 있었다. 그 젊은이는 음식을 가려 먹거나 시간을 맞춰 운동을 하는 자기 관리가 철저한 스타일은 아닌 듯 보였다. 생각날 때마다 시간을 때우는 식에 가까워 보였다. 그는 지난여름에 아이스크림을 사기 위해서 잠깐 들렀을 때 나이가 지긋하고 은근한, 하얀 머리칼이 일정한 간격으로 자란, 그래서 단층처럼 층이 생긴, 염색을 짙게 한 사람이었다. 노인이라고 지칭하기는 송구스럽고 민망한 곳에 닿아 있는 사람이었다. 어느 순간부터 노인이 되겠지만 노인으로 취급하면 버럭 성내고 불쾌감을 노골적으로 드러낼 것 같았다. 아무래도 훈훈한 미소를 머금은 젊은이가 그분의 아들인 것 같았다. 유전적으로 예측 가능한 몸피 안에서 소극적인 자율성과 명징한 객관성을 잃지 않고 형태의 조화와 구조의 밸런스를 손상하지 않는 선에서 온화하게 일치했다.

그는 소주와 맥주를 사고 쫀득한 오징어를 샀다. 오늘은 소맥을 마시고 싶은 강한 충동이 생기는 것이었다. 원래 주로 투명한 소주를 마셨지만 여러 종류와 색깔이 공존하는 맥주에 소주를 섞고 싶었던 것이다. 빨리 취하고 싶은 마음도 없지 않았다. 그는 한때 한국을 대표하는 단색 화가의 그림에 흥미를 가진 적이 있었다. 이색적이고 동양적이고 새로운, 설명할 수는 없지만 어딘지 심오해 보이고 단아하고 정갈한 매력이 물씬 풍겼다. 절제미와 역동성, 비움과 정지. 그는 그것을 보고 투명한 소주와 궤를 같이한다고 생각했다. 단색 화가들은 단색으로 그들의 세계를 세세하고 두드러지게 드러내고 있었다. 철학적인 외투와 노련한 말솜씨로 적절하게 잘 포장을 해서 아직도 컬렉터들에게 구매를 강요하고 있었던 것이었다. 몇몇 유명한 화가들의 그런 작태들이 볼썽사나웠다. 단색화의 정점에 간신히 기어올라 깃대를 꽂고, 그 정점에서 먼 곳까지 내려다보고 감회가 새로웠으면 하산을 했어야만 했다. 지금까지 누리고 있었던 영광과 혜택을 버리고 새로운, 견고한 세계를 구축해야만 비로소 자타 공인 위대하고 영광스런, 찬란하고 신비스러운 화가가 되었을 것이었다. 그들은 화가이지만 반쪽짜리 화가! 작품 세계를 몇 번 바꾼 피카소가 그래서 세계적인 화가이고, 귀하게 존경을 받는 것이었다. 어쩌면 그들은 겁쟁이들이고 소심한 늙은이인지도 모른다.

하산을 하면 또 다시 처음부터 새로운 세계를 구축하기 위해서 광야에서 허덕거리며 재료를 찾고 구상을 해야 하는 번거로움과 걱정이 앞섰던 것이었다. 그런 지지부진한 현실과 예약된 장밋빛 미래가 없는 질퍽질퍽한 시궁창으로 떨어질 위기에 직면한, 그런 막연한 나날들이 참으로 무섭고 참으로 두려웠던 것이리라. 그래서 용기를 내어 과감하게 판을 뒤집지 못하고 사골을 우려먹듯이 반복적으로 그런 비생산적인 행위를 엄숙하고 성실하고 꾸준하게 하고 있었던 것이다. 그들의 그림에는 맥주의 다양한 종류와 색깔, 그 진한 맛을, 더욱이 강렬하고 짜릿한 소맥의 독기가, 현혹시키는 그 독기가 없었던 것이다. 그들은 진실로 화가의 근성과 자질이 없는, 루저였다.

그는 테라스로 나와 종이컵에 대충 소주와 맥주를 부었다. 바람이 불지 않는 정적인 싸늘함이 싫지 않았다. 그는 얇고 따스한 노스페이스 구스다운을 입고 있고 속에 짧은 반팔을 입고 있었다. 춥지 않았다. 구스다운의 밀도가 800이었다. 혹한이 아니면 어느 정도 버틸 수 있는 두께였다.

몸속 깊은 곳으로 차가운 것이 들어왔다. 그는 한 잔 더 들이켰다. 쌀쌀한 날씨가 몸을 웅크리게 만들었고 뜨끈한 국물을 먹고 싶은 욕구가 생겼다. 그래서 다시 편의점으로 들어가서 컵라면을 고르는 중에 라면을 끓여 주는 기계가 있다는 것을, 그 훈훈한 젊은이가 가르쳐 줬다. 그는 종이컵 재질로 만든 용기 안에 라면과 스프를 넣고 뜨거운 물을 부었다. 그는 이런 이색적인 새로운 것을 쉽게 받아들이고 행동으로 옮기는 것을 원래 도외시하거나 꺼려했다. 영화도 신작을 보지 않는 이유였다. 집도 신축은 싫어했고 옷도 유행을 뒤따라가지 않았다. 그러던 그가, 돌아가신 할아버지가 손자를 염려해서 숨겨 둔 보물을 찾자 자기도 모르는 사이에 변한 것이었다. 그 보물을 찾자 자신이 싫어하는 습관과 삶의 접근 방식, 즉 태도까지 조금씩 변화시킨 것이었다. 보물찾기가 삶의 전환기!

그래서 그런지, 그는 삶의 비전과 희망 같은 것이 내면에서 꿈틀거리는 것을 느낄 수 있었다. 흐릿하게 제대로 보이지 않았던, 하나의 새로운 세계가 생성되는 그런 기분이었다. 덩어리진 것이 부드럽고 야들야들하고 말랑말랑한 것을 느낄 수 있었다. 순두부처럼 내면의 따스한 덩어리가 떠 있었고, 단단한 두부가 되기까지 오랜 시간이 걸리지 않을 것 같았다. 이젠 그는 결혼을 해야겠다는 생각을 했다. 자신을 닮은 생글생글 웃는 예쁘고 귀여운 아이들도 낳고 양육하는, 즐겁고 기쁘고 흐뭇한, 행복하고 멋진 나날을 가족과 보내야겠다고, 그런 구체적인 생각들이 가슴속에서 샘솟아 올라 뇌리에 선명하게 하나씩 착상되어 자신을 시나브로 조정하고 있었던 것 같았다. 지금까지 자신의 삶을 세상의 흐름과 타인의 손길에 의해서 조정되다가 이제야 자신이, 자신의 운명과 정신을 통어하고 있다는 것을 명확하게 인식할 수 있었다. 운명의 방향타를 자신이 잡고 자신이 경영한다는 것이 이런 부풀어 오르는 긍지와 경이에 찬 희열 비슷한 감정과 야릇한 투지 비슷한 열정이 생기는 것을 온몸으로 느낄 수 있었다. 어떤 새로운 일을 펼쳐 보고 싶은 강한 욕구도 당연하게 생기는 것을, 거침없이 새로운 길을 개척할 수도 있을 것 같았다. 아무도 걸어가지 않은, 미지의 땅을 희미한 등불을 들고 혼자 걸어가는 것도 불안하지도 두렵지도 않을 것 같고 무한한 자신감과 용기가 생기는 것을 미미하게 느낄 수 있었다. 그는 지나간 삶의 나날 동안 이런 기분 좋은 편안함과 여유를 만끽할 수 없었다는 것도 이제야 깨달을 수 있었다. 줄자의 눈금처럼 정확하게 나이를 먹으면서도 오감으로 직접적으로 다가오지 않는 감정들이었다.

그는 젓가락질로 면발을 들어 한참을 응시했다. 싸늘하고 찌푸린 허공 속으로 김이 하늘거리며 올라왔다. 그는 멀거니 쳐다보았다. 짧은 시간, 회양 삼거리에 차량의 왕래도 없고 그 짧은 시간 무겁게 아래로 가라앉은 진지한 고요와 침울한 적요가, 멈춰 있었다. 통통하고 야들야들한 것이 혓바닥 위에서 세련되고 품위 있는 자태를 잠시 유지하고 있다가 여지없이 어금니에 짓밟히는 것이었다. 힘겨운 절규. 그는 본래 인스턴트식품을 싫어했지만 자연식에서 주는 풋풋하고 싱그럽고 자극적이지 않고 무미건조한 맛의 향연에서 일시적으로 도피하기 위해서 편의점의 식품 코너를 이용하곤 했다. 긴박한 일상에서의 일! 하루하루 반복적이고 안이하고 지루한 삶의 연속에서 가끔씩 여행을 떠나 새로운, 낯선 사람들과 정갈한 환경이 풍기는 신선함과 생소함과 엇비슷한 기분이었다. 편의점의 식품 코너가 그랬다. 더디고 오래 걸리고 투박하고 못생긴 자연 그대로의 음식보다 폐기 시간이 엄격하게 정해지고 일정한 온도가 유지되며 틈틈이 철저하게 검열을 하고 규격에 맞는 사이즈와 상품성을 유지하며 늘 손님을 맞을 준비가 되어 있는 곳. 사람들도 그렇지 않은가. 기진한 삶의 틈바구니 속에서 견고하게 결속된 채 아등바등 살아오면서도 새로운 것에 대한 갈구와 호기심이 일절 사라지거나 소멸한 것이 아니라 애써 외면하고 있었던 것이다. 폭넓고 복잡다단한 일상의 공간에서 불쑥불쑥 튀어나오는 것을 간신히 자제하고 억누르고 있었던 것이다. 그러다가 느닷없이 무의식의 어처구니없는 반발력에 의해서 비상구를 찾은 것이 도박이고 유흥인지도. 고달프고 외롭게 살아가던 화가의 일탈도 그런 연장선에서 나온 것이 아닐까 하는 생각이 들었다. 편의점의 식품 코너, 너무나 일상적인 삶에서 사람들에게 평등하고 일시적인 안정과 평온을 주는, 그래서 짧은 기쁨과 즐거움을 일시적으로 선사하는 소소한 공간임에 틀림없었다.

그는 국물을 한 모금 들이켰다. 마뜩잖고, 유감스러운 아쉬움이 몰려드는 것을 간과할 수 없었다. 붉은 국물 위에 통통한 하얀 면발만 멀뚱멀뚱, 처량하고 궁상스럽게 둥둥 떠 있었다. 그 흔한 달걀이 길게 풀어진 채 옷을 걸친 것처럼 멋스럽게 외출하지 않았다. 소맥의 독기가 온몸을 아무렇게나 마구 휘젓고 다니자 의외의 상상력이 발동한 것인지 달걀이 봄에 피는 화사한 꽃으로 연상되었다. 회양 삼거리를 지키는, 합천과 거창과 진주를 향하는 도로 양쪽으로 늘어선, 사람들을 순간적으로 질식시킬 정도로 밀도가 높은 순백의 잔잔하고 아름답고 한가로운, 유유하고 맵시 있게 일렁거리는, 단아한 벚꽃들. 길가 양지바른 곳에 군데군데 군락을 이루어 아무렇게나 흐드러지게 핀 개나리꽃. 세상사 늘 아쉬움의 연속인지도 모른다. 그럼에도 사람들은 그 아쉬움에 즉흥적이고 격정적으로 반응하지 않고 형체도 매듭도 없이 무정형의 형태로 존재의 유무도 알 수 없이 변덕스럽고 종잡을 수 없는 바람처럼 아무렇지 않게 머물렀다가 떠나는 것이었다. 그 아쉬움 때문에 그는 소맥을 한 잔 더 들이켰다. 그는 테이블 위에 놓인 맥주병에 이슬처럼 미세한 물방울이 촘촘하게 영근 것을 내려다보고, 이것도 냉장고 속에서 떠나서 발생한 아쉬움의 한 형태라는 생각이 들었던 것이다. 병뚜껑 속에 갇혀 온전히 충일한 상태로 오래도록 동숙하다가 묵직한 내용물이 사람들의 기호의 작은 움직임에, 평정심을 잃어 허한 상태로 대들보가 소실되어 서까래가 간신히 버티고 부여잡고 있는 기와집처럼, 아슬아슬하고 위태로운, 잔인하고 가혹한 상실감의 흔적인지도 모른다. 어릴 적 가끔 빈병에 입술을 모아 바람을 불어 넣으면 다소 두툼하고 짙은 고혹적인 음색으로 애처롭고 애틋한 멜로디가 쉽지 않게 형성되는 것을 들을 수 있었다. 그것이 짧지 않은 고요한 시간을 함께한, 숙성된 오랜 시간들에 대하여 그런 식으로 아쉬움을 토로하는지도, 상실된 그 어떤 것을 회복하고 싶은 마음의 간절함의 또 다른 표현인지도 모른다. 그렇다. 맥주의 아쉬움은 그런 가늠할 수 없는 방식으로 움직이고 진행되어 가고 있었던 것이다.

눈송이가 허공을 허우적거렸다. 그는 속으로 '눈이다'라고 환호성을 질렀다. 그는 소맥을 연거푸 마셨다. 환호성의 반향에 호응한 것이었다. 취기가 돌자 온몸이 둔중하고 묵직해지는 것을 느낄 수 있었다. 그는 합천이라는 곳이 은근하게 호감이 가는 곳이었다. 높고 깊고 험준한, 유명한 산들은 아니었지만 여기저기 애매하고 허전하다고 싶었던 공터에 우뚝 솟아 언제부터인지 모르게 절묘한 곳을 차지하고 있었다. 그 앞으로 인공적인 합천호가 넓은 이마에 비해 도드라진 광대

뼈와 비좁은 뺨을 드러낸 채 웅크리고 있었다. 고라니와 산토끼가 평온하게 목을 축이는 산골짜기마다 안으로 깊숙이 맺혀 고이다 흐른 크고 작은 물줄기를 빨아들이고 있었다. 이런 곳에서 하늘거리는 눈송이들을 보고 있었다. 도로변에서 가까운 곳부터 호수 바닥이 흉물스럽고 적나라하게 드러났고, 잡풀들과 나뭇가지들이 안으로 응축되어 바싹 말라 을씨년스럽고 초라한, 다소 이색적이고 낭만적인 색채를 띠고 있어도, 어딘지 낯설고 어색함을 물씬 풍기고 있었다. 요 몇 년 동안 거의 보지 못한 눈송이들. 뚜렷한 사계절마다 어느 하나 포기할 수 없이 넉넉한 아름다움을 자아내고 찬란한 변화무쌍함을 자유로이 선선히 마음껏 뽐내는 것을 이젠 새롭고 진지하고 참신하게 느낄 수 없는 것이 한 인간으로서 참으로 불행하고 미안하다는 생각이 드는 것이었다. 계절의 마디마디가 선명하지 않고 경계가 모호한 무정형의 형태로 전이되어 서서히 상실되어 가는, 닳고 이지러지고 뭉그러지거나 힘없이 소멸되어 가는 것이 난처하고 안타깝고 죄스러울 정도였다.

그는 일어서서 합천호를 내려다보았다. 수위가 절반 정도 내려가 있어 목이 마른 듯이 갈증을 호소하고 있는 것 같았다. 그래도 지난 가을에 늦은 태풍이 몰려와 들녘에 벼가 쓰러지고 오래되어 늙고 병든 기형적인 형태의 우람한 은행나무의 가지들이 부러지고 낡은 슬레이트 지붕이 날아가는 불상사는 생겼지만 합천호의 수위는 조금씩 상승시킬 수 있었다. 만약에 사나운 태풍이라도 오지 않았다면 기근으로 몇 날 며칠을 굶어 앙상한 뼈만 남은 북한 주민들을 보는 것 같았을 것이다. 그 수면 위로 눈송이가 맥없이 휘날리며 쏟아지고 있었다. 바람의 부드러운 손길을 타지 않은 정적인, 암갈색 수면 위에 촉촉하게 쌓이며 소멸하지 않는 눈송이이었다. 그는 이상하게 그곳에 눈을 뗄 수 없는, 과도한 몰입감에서 벗어날 수가 없었다. 빛의 굴절로 나타나는 신기루 같은 것이었다. 눈송이들이 허공에 하얀 물감을 흩뿌리듯이, 스케치한 캠퍼스 위에 두껍게 덧칠을 하고 있었다. 하얀 도화지에 풀을 칠하고 잘게 부순 스티로폼을 흩뿌려 놓고 있는 듯했다. 도화지에 붙은 끈끈한 접착력이 굵은 선을 허공에 사심 없이 긋는가 싶더니 신의 허락을 받지 않은 어떠한 것도 침입할 수 없도록 선의 경계를 만들고 면을 서서히 구축하고 채워 나가고 있었다. 기둥을 세우고 대들보를 올리고 서까래를 걸쳐서 큼직하고 휘황찬란한 건물을 짓고 있었다. 코끼리 황궁!

그는 시선을 금성산으로 돌렸다. 눈송이들이 타성에 젖어 한갓지게 내리고 있었다. 지난여름 떠 있었던 뭉게구름과 가을 하늘 높은 곳에 서식하는 양털구름이 적당한 크기로 부서져서 부드럽고 하느작거리며 지향할 곳 없이 체념한 채 내리고 있는 듯했다. 기압 차이에서 발생하는 바람도 불지 않았다. 적도에서는 출현하지도 못하고 꽁무니를 빼며 숨을 죽이고 눈치를 보는 바람이라는 놈은, 그곳에서만 조금만 벗어나면 가혹하리만치 잔인하고 심술궂고 괴팍한 데가 없지 않았다. 금성산 앞의 대기는 바람의 거친 숨결을 느낄 수 없는 적도처럼 고요했다. 그러면서도 눈송이들의 입자는 커지고 더욱 촘촘하게 허공을 채우고 있었다. 함박눈이었다. 앞이 보이지 않을 정도였다. 그는 테이블 위에 쌓여 가는 눈송이들을 내려다보고, 의미 없는 미소를 던지며 수분을 먹어 눅눅해진 종이컵을 들어 입속으로 들어부었다. 뒤끝이 밍밍하고 깔끔하지 않은, 김이 빠진 맛이었다.

그는 어깨 위에 눈이 쌓이는 것을 볼 수 있었다. 얇고 따스한 노스페이스에 쌓이자 그는 손으로 털어 내었고, 머리에 쌓이는 것도 일어나서 털어 내었다. 그는 테이블 위에 있는 인스턴트식품의 잔재들, 투명한 플라스틱과 찢어진 비닐을 내려다보았다. 그 곁에 어눌한 맥주병은 몹시 시큰둥하고 불편한 표정을 짓고 있었고 침통한 소주병 또한 그러해 보였다. 갑작스럽게 벌어진 비어 있음의 옹색함인지도. 서로에게 동정의 눈빛인지 연민의 눈빛인지 괄시의 눈빛인지, 어느 한쪽을 특정 지을 수 없는 모호하고 애처로운 눈빛, 그것이었다. 병뚜껑은 테이블 위에 아무렇게 맥없이 나뒹굴고, 술병들은 일정한 거리를 두고 나란히 서 있었다. 서로에게 동질감을 느끼며 친절하고 깊은 위로가 되는 듯했다. 그는 한동안 의기소침하고 초라해 보이는 술병들을 내려다보았다. 그러고는 고요하고 텅 빈 병들의 안속을 들여다보았다. 공허하게 비어 있었다. 비어 있음의 하찮고 시시하고 초라한 모습을 제대로 볼 수 있었다. 그는 살아오면서 내면에 기어오르는 충만함과 자긍심이 하루아침에 비눗방울처럼 부풀어 오르다가 순식간에 터져 버리는 것을 볼 수 있었다. 순간 냉랭한 차가움과 소름 끼치는 헛헛함이 엄습했다. 그런 비움이 싫어, 그는 쉼 없이 무엇인가를 채우기 위해서 사회의 펄에서 진흙을 온몸에 덕지덕지 묻혀 가며 생존의 강한 외침과 무덤덤한 저항으로 발버둥치며 살아왔던 것이었다. 퇴근 후에 샤워를 하고 침대에 편안하게 누워 따스한 이불을 덮은 채 천장을 올려다보고 있으면, 어느새 불안한 마음이 사라지고 진지한 회복력을 발휘해 요동치는 불안의 소용돌이에서 평정심과 안정을 되찾아 차분해지고 침착해지는 것을 인식할 수 있었던 것이었다. 그러면서도 그것이 비움의 가장자리에 기웃거리다가 어김없이 머무는 것 또한 미세하게 깨달을 수 있었다. 그다음 날도 새벽부터 일찍 일어나 세수를 하는 둥 마는 둥 출근하는 자신을 발견할 수 있었다. 시간에 쫓기듯이 더 많은 뭔가를 채우기 위해서 말이다.

그는 지금까지 살아오면서 뭇 사람들은 삶과 죽음 사이에 채움과 비움의 반복성과 연속성 속에서 존립하고 있었던 것 같았다. 자연도 그런 얼개에서 제한되어 반복성과 연속성을 잃지 않고 끊임없이 확장하고 있었고 외롭고, 고달픈, 목적지 가 없이 방황을 하다가 이름이 정해지지 않은 행성에 불시착 하는 소행성들도 그런 섭리에서 벗어나지 못하고 있었던 것 같았다.

채움과 비움, 그것이 인생의 딜레마이고 난제였다. 한 인간 이 그 속에서 평생을 허우적거리다가 자기도 모르는 사이에 난처하고 비참하고 초라하게 생을 마칠 때가 다반사였다. 그 는 그런 범주에 들지 않는 유일한 사람이라고 생각하고 있었 지만, 어쩌면 그것은 자만심이고 자기 합리화이고 착각. 들풀 처럼 이름 없이 하루아침에 시들어 버리는 한 인간은 대체적 으로 그 범주에 머무는 것이었다. 그는 그 이름 없는 들풀이 었지만 들풀이 아니라고 극구 부인하면서 살아왔던 것이었 다. 자신은 일반 들풀들과 뭔가 다른 낭만적인 반전이 있는, 특별하고 유니크한 향기를 발산하는 들풀이라고 생각하며 살 아왔다는 것을, 이제야 조금씩 인식할 수 있었다.

그래서 그는 본능적으로, 섹스를 갈구하듯이 본능적으로 하루하루를 채워 나간 것인지도 모른다는 생각을 했다. 지금 까지 무엇을 채웠던가? 무엇을 채우지 않았던가? 애써 외면 하고 있었지만 풍족한 돈과 사랑스런 여자와 영광스런 명예를 곁에 두고 싶었던 것을 부인할 수 없었던 사실이었다. 가식과 허식의 화려한 포장지에 자신을 은밀하게 숨겨 온 것을 말이다. 이제야 그는 자신도 사람들과 하나도 다르지 않는 사람이었다는 것을, 속물 근성이 있었다는 것을 이제야 깨달은 것이었다.

그는 금성산 터널 쪽으로 올려다보았다. 이미 하얀 눈송이들은 메마르고 헐벗은 나뭇가지들 위에 엉겨 붙어 제법 화사하게 눈꽃을 피우고 있었다. 금성산을 뚫고 있는 터널 앞으로, 교각들은 땅속 깊은 곳부터 다부지고 단단하게 지지대를 구축하며 허공으로 우뚝 솟아 있었다. 시간과 자본이 충실하게 수혈되면 건설은 몇 달 안에 어느새 새로운 면모로 위용을 드러내며 주위 환경에 이질적인 형태로 우뚝 솟아 있었던 것이었다.

하얀 눈송이들 사이로 근원을 알 수 없는 머나먼 우주의 신비로운 은빛의 입자들이 순식간에 발현되었던 것이다. 신묘하면서도 사나웠다. 눈송이들과 함께 수십 겹으로 둥글게 에워싸서 질식시키고 숨통을 끊어 놓을 작정이라도 한 것처럼 달려들었다. 요란하고 난폭하고 기세등등했다. 그는 한 치 앞을 간신히 볼 수 있을 정도였다. 그런 와중에, 이미 금성산을 관통한 터널 쪽에서 밀렵꾼이 설치한 무디고 녹슨 덫에 상처를 입어 격심한 고통과 두려움에 거칠게 날뛰며 발광하고 포효하는, 울림통이 어둡고 습한 동굴 같은 큰 짐승의 기괴한 울음소리를 들을 수 있었던 것이다. 서늘하고 깊은 골짜기에 낙차가 큰 폭포의 굉음처럼 둔중하고 음산한, 형언할 수 없는 기괴한 울음소리였던 것이다. 그러자 지축이 움직이는 것 같더니, 표면이 우락부락하고 거칠고 견고한 암석으로 결속되어 있던 금성산의 껍질이 하나씩 떨어져 나가는 것 같았다. 마치 탈피하는 것처럼.

한순간 금성산이, 갑각류가 견고하고 딱딱한 껍질을 온전히 탈피하고 성장하듯이, 강인한 생존의 근성을 유감없이 드러내고 있었던 것이다. 금성산이 조금씩 꿈틀거리며 움직이는 것 같았다. 허공을 찢을 듯이 강렬하고 둔중한 굉음과 함께 크고 작은 암석 덩어리들이 여기저기 사방팔방으로 흩어지며 던져지고 있었던 것이다. 그 속에서 거대한 코끼리들이 성큼성큼 걸어 나왔던 것이다. 상아가 상실된 우두머리 코끼리가 교각이 우뚝 솟아 있는 쪽으로 걸어가자 그 뒤를 코끼리 무리들이 뒤따르고 있었던 것이다. 억겁의 세월을 야생에서 격리된 채 습하고 캄캄한 곳에 갇혀 있어 그런지, 현실 적응에 허둥지둥 갈팡질팡 우왕좌왕했던 것이다. 그는 우두머리 코끼리가 걸음을 멈추자, 자신이 언젠가부터 금성산을 지키고 있었던 신호수라는 참으로 참신한 직책과 성스러운 본분이 새삼스럽게 떠올랐다. 그래서 길을 잃은 코끼리 무리 쪽으로 손짓하며 고함을 질렀다. 그러자 지혜로운 우두머리 코끼리가 그가 지시하는 쪽으로 방향타를 잡고 걸어갈 수 있었다. 그제야 코끼리들이 합천호 쪽으로 걸어가고 있었던 것이다. 묵은 때를 씻고 코끼리 황궁에 입궁하기 위해서 말이다. 그제야 우두머리 코끼리 등에 사람이 타고 있었던 것을 희미하게 볼 수 있었던 것이다. 늙고 초췌하고 작은 그러나 이글거리는 광채가 뿜어져 나오는, 아슬아슬한 늙은이! 점점 더 가까이 다가오자 우두머리 코끼리 등에 탄 기이한 사람을 어렴풋이 식별할 수 있었던 것이다. 아리의 아빠, 화가!

여전히 눈은 내리고 있었고, 아리는 도착하지 않았다.